온
그릴
애

제 9 회 세계문학상 대상작

에메랄드궁

박향

장편소설

나무옆의자

:: **차례**

한낮 * 007

새벽 * 014

아침 * 024

채 가지고 오지 못한 짐 * 033

초원여인숙 * 040

포장마차 1 * 057

타인들 * 065

혜미 * 075

벙어리 * 086

청소년유해환경감시단 * 102

욕망의 뒷모습 * 110

자장면 * 119

모텔 전 * 126

한씨 아줌마 * 133

경석 * 144

선정 * 151

배신 * 166

317호 * 179

사랑 * 186

남편 찾는 여자 * 195

화분 * 203

서러운 풀빛 * 211

에메랄드의 겨울 * 221

불행 속에 있는 것 * 227

포장마차 2 * 234

다시 317 * 239

살보시 * 254

꿈을 꾸다 * 264

궁 * 282

작가의 말 * 289

한낮

창 너머는 정적 속에 싸여 있다. 길게 울리며 지나가는 자동차의 클랙슨 소리도 창밖의 풍경을 어쩌지 못한다. 도로에 길게 드러누운 소리의 여운은 오히려 지친 한낮의 고요를 더 부추길 뿐이다. 나무 우듬지를 비추고 있던 햇살이 잠시 구름에 가려지는가 싶더니 다시 내려앉는다. 인색한 바람이 가지 끝을 흔들자 어설픈 춤꾼처럼 나무가 흔들린다. 부질없는 흔들림이다. 이 정적을 한 번 건드려보지도 못하는 흔들림이 무슨 소용이 있는가. 연희는 피식 웃음을 날린다.

풍경 속으로 여자가 나타난다. 분명 좀 전까지만 해도 없었는데, 예정된 출현이기라도 한 듯 여자는 전혀 어색함이 없다. 선정이다. 선정은 나무 아래 쪼그리고 앉는다. 그러고 있으니 그녀는 나무 같다. 그녀가 만약 화분 옆에 앉았다면 그녀는 화분 같았을 것이다. 선정에게서 고개를 돌리고 연희는 걸레를 집어든다. 손바닥만 한 창문이지만 오전 내내 열어놓았더니 그 작은 공간으로 들어오는 먼지가 만만찮다.

안내실을 걸레로 한 바퀴 훔치고 났더니 허리가 시큰하게 아프다. 허리를 손바닥으로 문지르며 연희는 목을 길게 빼고 바깥을 살핀다. 선정은 여전히 나무 아래 앉아 있다. 등을 둥글게 구부린 채 고개를 숙이고 있으니 머리카락이 질질 바닥에 끌린다. 끄덕거리는 상체를 따라 머리카락은 마치 파도를 만난 배처럼 출렁거린다.

"선정아!"

이름을 부르거나 말거나 선정은 땅에 눈을 박고 있다. 가끔 작은 벌레나 땅에 떨어진 물건이 눈에 들어오면 선정은 바로 옆에서 차가 시끄럽게 경적을 울려대도 꼼짝하지 않는다. 저년은 지가 듣고 싶은 소리만 듣고 나머지 소리는 그냥 딱 리모컨으로 꺼버리는 모양이여, 라는 한씨의 투덜거림이 과장은 아닐 거라고 연희는 생각한다. 연희가 옆으로 다가가자 선정이 슬그머니 몸을 일으킨다. 연희는 백자처럼 불룩하고도 잘록한 선정의 몸을 불안하게 훑어본다. 풍만한 가슴도 그랬지만 무엇보다 적당하게 크면서도 탱탱한 엉덩이와, 그 아래로 물오른 나무처럼 싱싱하고 늘씬하게 쭉 뻗은 다리는 보는 사람의 숨겨진 관능을 일깨워준다. 오후 한시가 지나면 버스에서 내려 이곳으로 오는 여자. 어디에서 오는지는 알 수 없으나 언제나 이곳에 내리는 여자. 선정이

또 출근했네. 사람들은 그녀를 보면 그렇게 말하곤 한다. 정신이
똑바로 박힌 년은 아닌 것 같은데, 말하는 걸 보면 또 멀쩡하다.
더군다나 입고 다니는 옷은 무슨 기념일이라도 되는 양 항상 정
장 차림이다. 등허리까지 오는 긴 머리를 깔끔하게 빗어넘겨 뒷목
덜미에서 고무줄로 질끈 묶은 것 하며, 잘 다림질된 정장 바지에
더블버튼 재킷을 단정하게 입은 매무새를 누가 본다면 이쪽 동
네에 무슨 증권 사무실이라도 있는 줄 알 게다. 처음엔 미치거나
약을 먹었거나 둘 중 하나일 거라고 생각했다. 그래서 모텔 입구
에 얼굴이 비치기만 해도 당장 쫓아낼 생각부터 했다. 제정신도
아닌 여자를 데리고 성매매 시켰니 어쩌니 하며 시끄러울 것 같
아 겁준다고 경찰에 신고까지 했다. 그래도 기어이 찾아와 제 몸
제가 팔겠다고 나서는 걸 어찌하나.

"선정이 왔니?"

"안녕하세요?"

무표정하지만 예의바르게 인사를 마친 선정은 숨은그림찾기라
도 하는 것인지 구름이 어지럽게 널려 있는 하늘을 뚫어지게 쳐
다본다. 오늘은 모직 팔부 바지에 차이나칼라 바바리를 입었다.
화장기 없는 얼굴은 조금 창백해 보인다. 계핏가루를 뿌려놓은
것 같은 갈색 기미가 눈 밑에 촘촘하게 박혀 있다. 그것은 아마도
지난 계절 동안 파라솔 하나 없이 이곳을 배회하느라 얻은 훈장
일 것이다. 하늘에서 시선을 거둔 선정이 연희를 본다. 약간 충혈
된 눈이 겁먹은 소처럼 끔벅거린다.

에메랄드 궁 9

211호. 연희는 열쇠를 건넨다. 그녀는 당연하다는 듯이 열쇠를 받아든다. 그리고 마치 제집에 들어가는 것처럼 허리를 꼿꼿이 세우고 힐 소리를 또각또각 내면서 이층으로 올라간다. 뒤로 묶은 긴 머리가 움직일 때마다 정전기가 일어나 문어빨판처럼 선정의 등판에 달라붙는다. 산발한 문어다리는 왠지 모르게 불길해 보인다.

211호는 청소하는 직원들이 잠시 쉬는 휴게실이다. 그 방이 언제부턴가 선정의 차지가 되어버렸다. 청소를 하는 한씨나 오씨가 그 방을 사용하지 않는 것은 아니지만 손님이 없을 때 하루 종일 방에 드러누워 있는 선정을 보면 마치 남의 방에 들어가는 느낌이 들어 주춤하게 된다. 다리를 쩍 벌리고 방 한가운데 누워 있는 선정은 꼭 태풍에 넘어져 도로를 꽉 막고 있는 나무 같다. 누가 선뜻 치우지도 못하고 저 스스로 일어날 힘은 더군다나 없는 나무. 그래서 어쩔 수 없이 선정의 몸을 피해 쪼그리고 앉아 쉬는 게 고작이라는 것이다.

여자를 찾는 손님이 있을 때 그녀는 요긴하게 쓰인다. 피임약을 주면 잘 받아 챙기고, 계산을 해서 주머니에 돈을 넣어주면 보는 앞에서 봉투를 열어 지폐를 센다. 만약 돈을 적게 주기라도 하면 화를 내며 봉투를 집어던지기도 한다. 간혹 다시 와서 그녀를 찾는 손님도 있지만, 그녀는 다른 보도들처럼 휴대폰도 연락처도 없다. 선정이 에메랄드에 있을 때에만 그녀는 에메랄드의 여자가 된다. 처음 에메랄드 앞에 우두커니 앉아 있는 선정을 웬 손님이 데리고 들어왔을 때만 해도 같이 온 여잔가 보다 했다. 손님이 들어오면서 보도값이라고 준 것을 선정이 나갈 때 손에 쥐여 주었더니 다음날은 아예 프런트 앞에서 얼쩡거리고 있었다. 무작정 들어와서는 마치 제집처럼 구는 것이었다. 선정은 그렇게 우연찮게, 아니 어쩌면 제 의도대로 어느 날부터 에메랄드의 식구가 되었다.

주변 사람들은 직업여성도 아닌 것 같은 선정이 무슨 일로 저렇게 몸을 팔러 다니는 것일까를 나름대로의 상상력을 동원하여 하루에도 몇 편씩 소설을 써댔다. 남자에게서 충격적인 버림을 받았을 거라는 둥, 무능한 서방 대신 몸 팔러 다니는 거라는 둥, 식구 중에 누가 암에 걸렸을 거라는 둥, 남자 없이 못 사는 체질이라 저렇게 내놓고 남자를 품으러 다닐 거라는 둥, 저들 마음대로 떠들어댔다. 심지어는 남편인 상만까지 선정이만 보면 화냥년이니 뭐니 주둥이를 나불거리고 다녔다.

하지만 연희는 그런 이야기들이 달갑지가 않았다. 선정이 숨겨둔 아픈 사연이 있는 것처럼 느껴지기 때문이다. 몇 번 손님이 주는 술을 넙죽넙죽 받아 마시고는 '우리 현지 찾아야 한다'는 타령을 하는 것을 본 적이 있었다. 딸아이를 찾고 있으려니 막연한 짐작을 할 뿐이지만 아이 잃은 어미가 이러니저러니 무슨 변명이 필요한가. 미친년이든 화냥년이든 제정신으로 살아가기 힘든 게 틀림없는데 저렇게 사는 걸 어찌 욕하겠는가 하는 생각이 드는 것이다.

에메랄드 궁 11

선정을 코앞에 앉혀놓고 재촉하면 지나간 드라마를 다시 방영하듯 주절주절 숨겨진 이야기들이 쏟아져나오겠지만 연희는 그렇게 하지 않았다. 말이 길어지면 마음이 약해지는 법이다. 인간이란 것이 알면 알수록 친해지고, 그러면 관계는 더 복잡해진다. 그뿐인가. 상대방의 인생에 끼어들어 뒤죽박죽 얽히기까지 하지 않는가 말이다. 더군다나 아이 잃은 어미의 사연이라니, 생각만 해도 끔찍하다. 자신의 인생만으로도 하루에 진통제를 한 움큼씩 털어넣고 싶은데, 저렇게 복잡한 년의 인생까지 떠안으려면 산소호흡기를 달고 살아야 할지 모른다. 아예 모른 척하고 사는 게 속편한 것이다.

저녁밥 때가 되어서 211호 문을 열었을 때 선정은 어디로 가버렸는지 없다. 아무리 제 마음대로 왔다갔다하는 년이라고 해도 이쪽에선 밥 먹을 때 부르지 않을 수 없는데, 이년은 가면 간다 오면 온다 인사하는 법이 없다. 연희는 텔레비전 위에 놓인 열쇠를 주머니 안에 넣는다. 늘 반복하는 일인데도 선정이 두고 간 열쇠를 주머니에 넣을 때면 마치 이 아이를 그림자처럼 지니고 다녀야 할 것 같은 불안한 예감이 든다.

해가 뚝 떨어지기가 무섭게 술도 먹지 않은 맨송맨송한 얼굴의 남자 하나가 선정이를 찾는다. 오늘은 일찍 퇴근하고 없다고 해도 쉽게 포기하지 않을 기세다. 그 아이의 정처 없음을 벌써 눈치라도 챘단 말인지, 남자는 두고 간 물건이라도 찾는 것처럼 이쪽저쪽을 살핀다. 심지어 화분 뒤쪽이나 휴지통을 들추기도 한

12

다. 아이가 없어서 헛웃음을 짓던 연희는 팔짱을 끼고 남자가 하는 양을 지켜보고 있다. 남자의 등에 한낮의 정적 같은 권태로움이 묻어난다. 한참을 서성이던 남자가 다음에 오겠다며 나가버린다. 뒤통수에다 대고 빚쟁이처럼 쌍욕을 해봤자 아무 소용도 없을 것이다. 다시 돌아올 사내 같았으면 벌써 다른 여자를 불러달라고 했을 것이다. 이렇게 또 하루를 보낼 모양이다. 아무리 해도 점수를 내지 못하는 최하위 프로축구단처럼 텅 빈 모텔방들이 연희의 머리를 짓누른다.

　연희는 접수구 창밖으로 고개를 내민다. 이곳에서 풍기는 환락의 냄새가 나질 않는가. 벌레들이 꼬이질 않으니 환장할 노릇이다. 장사가 하도 안 돼서 세상 인간들이 모조리 발정 난 망아지처럼 짝을 구해서 이런 곳에 기어들기를 고사 지내야 할 판이다. 그런 시절이 오면 모텔은 황금알을 낳는 거위처럼 방마다 돈을 낳을 것이다. 연희는 비죽 웃는다. 남자 여자가 방이란 방에 전부 알몸이 되어 끌어안고 있는 그림이 떠올랐기 때문이다. 연희는 기침을 캑캑 한다.

에메랄드 궁　13

새벽

턱을 괴고 있던 손이 주르륵 미끄러지며 얼굴이 탁자 위로 툭 떨어진다. 화들짝 놀라 연희는 눈을 뜬다. 입을 벌리고 침까지 흘리고 있었나보다. 황급히 턱에 묻은 침을 손으로 닦아낸다. 맑은 침이 손바닥에 축축하게 묻어난다. 어디선가 냉기를 머금은 바람이 불어와 이마가 서늘하다. 섬뜩한 꿈이다.

손바닥을 허벅지에 문대며 새벽잠을 깨운 이가 뻘쭘하게 서 있는 창밖을 내다본다. 비가 오는가. 뿌옇게 흐린 유리 때문에 바깥이 잘 보이지 않는다. 망할 놈의 화상 같으니, 어제 프런트 유리를 닦아놓으라고 했는데…… 상만은 어린아이처럼 손바닥을 편 채로 유리에 대고 창을 열었다. 그러니 유리가 더러워질밖에. 어떨 때에는 창문을 열지도 않고 손님 얼굴을 보느라 유리문에다 제 얼굴도장을 쿡 찍어놓는다. 코와 이마의 개기름이 번들번들하게 번진 위에다 손바닥을 찍어대니 그 화상이 프런트를 봤다 하는 날이면 유리는 영락없는 잔칫집 튀김 소쿠리 밑에 깔아놓은 달력종이가 되는 것이다.

프런트에 혼자 쪼그리고 앉아 깊은 밤을 지키고 있으면 들리는 건 고작 지나가는 자동차의 다급한 경적 소리나 급브레이크에 길게 끌리는 바퀴 소리뿐이다. 꾸벅꾸벅 졸다보면 머리를 칼로 긋듯이 그 소리들이 휙휙 지나가서 화들짝 놀라지만 그래도 때로는 익숙해서 정겨운 느낌이 들 때가 있다. 정겹거나 놀랍거나 어쨌든 그것들은 연희와 밤을 함께한다. 문제는 조느라 이마를 몇 번씩이나 책상에 찧고 고개가 뒤로 꺾이도록 휘청할 때에도 남편이라는 작자는 없다는 것이다. 아니, 없기만 한다면 차라리 낫다. 저렇게 더러운 흔적을 묻히고 졸고 있는 자신을 빤히 노려보고 있다는 것. 망할 놈의 종자 같으니. 한 번만 더 유리창에다 얼굴을 찍기만 해봐라. 연희는 개기름 흔적이 남편이라도 되는 양 그 앞에다 대고 주먹을 흔든다.

주인 여자가 아직도 잠이 덜 깼다고 생각했는지 밖에 선 손님이 손으로 유리를 퍽퍽 두드린다. 저런, 유리 깨지게 생기지 않았나. 연희는 손수건만 한 창문을 확 열어젖힌다.

"……죄송합니다. 잠이 푹 드신 것 같았는데……"

"푹 들기는 무슨."

연희는 턱관절이 딸깍 소리가 나도록 하품을 한다. 잠을 못 잔 것이다. 적당한 시간에 교대를 해주어야 하는데, 상만은 밤 열두

시나 되어서 네발로 기어들어오더니 이층 객실로 올라가 새벽 다섯시 자명종이 울려도 코 골고 이 갈며 자빠져 자기만 했다. 새벽까지 꼬박 프런트를 지키면서 그저 생각나는 것은 쓰레기 같은 그 위인을 어떻게 족칠까 하는 것뿐이었다. 벼락 맞을 종자니, 짐승만도 못한 인간이니 아무 소용도 없는 욕만 진탕 지껄이고 나니 어느새 프런트 가장자리에 걸터앉은 어둠이 묽어지고 있었다.

"아줌마, 저……, 우리요, ……방 좀 주세요. ……조금 오래 있을 건데요."

밤새도록 바깥으로 싸다닌 겐가. 더듬거리며 말을 마친 청년이 쓰고 있던 운동모자를 벗으며 꾸벅 인사를 한다. 제 머리 위로 쑥 올라온 등산용 배낭 때문에 청년의 재킷은 제멋대로 구겨져 있다. 금방이라도 울음을 터뜨릴 것 같은 얼굴은 허여멀건 게 꼭 말갛게 씻어 물기를 쭉 빼놓은 배추 같다. 연희는 혀를 끌끌 찬다. 청년 옆에는 늘어뜨린 앞머리가 온통 얼굴을 덮은 채로 고개를 수그린 아가씨가 다리를 달달 떨며 서 있다.

"미성년자지?"

"아, 아니에요."

청년이 황급히 손을 내젓는다. 연희는 뱁새눈을 뜨고 청년을 노려본다. 고개를 푹 수그리고 죄지은 듯 서 있는 아이들은 불량배나 날라리로 보이지는 않는다. 머리에 노랑물도 들이지 않았고, 옷차림새도 얌전하다. 하지만 미성년자가 투숙했다는 것이 발각되면 벌금뿐만 아니라 영업정지까지 먹는다.

"주민등록증 내봐."

청년이 주민등록증을 내민다. 청년은 우리 나이로 스물세 살이 되었다. 연희는 청년에게 주민등록증을 돌려주며 팔짱을 낀다.

"넌 됐고, 저애 거도 좀 보자."

청년이 연희의 손을 덥석 잡는다.

"아줌마, 쟨 올해로 스무 살이 됐어요. 미성년자 아니에요. 집에다 주민등록증 놔두고 왔어요."

"안 돼, 미성년자는."

"아니라니까요. ……아줌마, 예? 며칠만 있을 거예요. 일자리 알아보고 있거든요."

사정이 급해졌는지 청년이 말꼬리를 물고 바싹 달라붙는다.

"일자리? 무슨 일자리?"

"……PC방 같은 데요. 그리고 얘는 햄버거집 알바를 할 거구요."

"집은 어디야?"

"집은, 여기서 좀 멀어요. 밤기차 타고 왔거든요. 하지만 우리 이상한 애들 아니에요. 아버지도 제가 독립하는 거 승낙하셨다고요. 그리고 얘는 ……이모 집에 얹혀 있다, ……고아나 다름없어요. ……취직만 되면 원룸 같은 데로 옮길 거예요. 며칠만 있게 해주세요, 예?"

야단맞는 아이처럼 성급하게 자신들의 처지를 변명하는 청년이 문득 안되어 보인다.

에메랄드 궁 17

"여관 같은 그런 숙박업소를 찾지, ……여긴 그런 곳보다 비싸기도 하거니와……"

"거긴 너무 더러워요. 욕실도 지저분하고, 샤워 안 되는 곳도 있고…… 앤, 아니 우린 깨끗한 데 아니면 안 돼요……"

"깨끗한 데 아니면 안 돼? 참, 지랄들 한다. 집 나온 것들이 이것저것 가릴 처지야? 그래, 며칠 있을 거야?"

연희는 이미 승낙하기로 마음먹고 있다. 요즘 같은 불경기에 제 발로 기어들어온 손님을 미성년자라고 내보낼 만큼 연희는 도덕군자가 아니다. 청년은 한 일주일 있겠다고 한다. 연희는 재빨리 숙박비를 계산해본다. 그리고 선불을 요구한다. 청년은 얼굴을 펴며 얼른 돈을 꺼내 헤아리기 시작한다. 연희는 두 개의 열쇠를 내어준다. 그리고 청년의 두 눈을 노려보듯 쳐다본다. 지금 하는 말이 위험지역의 교통표지판만큼이나 중요하다는 것을 인식시키기 위해서다.

"이층 끝 방이야. 218호. 비상구라고 쓰인 계단 옆에 창고가 있고, 바로 그 옆방이야. 방에서 불 쓰면 안 돼. 청소는 너희들이 알아서 해야 되구. 냄새 나니까 음식쓰레기 쌓아두지 마. 전열기 쓸 거면 미리 신고해. 전기세 물세 따로 다 받을 거야. 낮 손님 있으니까 복도에 나다니지 마. 특히 삼층, 오층으로는 절대 올라가면 안 돼. 엘리베이터 근처에는 얼씬도 말구. 이거 하나는 방 열쇠고……, 또 이거는 비상계단 열쇠야. 그쪽으로 출입해. 알았어?"

"네, 고맙습니다."

청년이 큰 소리로 대답한다. 조금 전, 치맛자락이라도 붙잡고 늘어질 것 같던 단단한 고집은 어디에도 보이지 않는다. 겁먹은 눈이 금방 개구쟁이처럼 변하는가 싶더니 엷은 주름을 만들며 눈웃음을 친다. 하얀 피부에 콧날이 선명한 게 영락없는 부잣집 도련님 모양새다. 손에 쥐고 있던 모자를 씩씩하게 눌러쓴 청년이 옥수수 알처럼 고른 치아를 드러내며 활짝 웃는다. 일주일 후 열쇠 두 개만 회수하면 된다. 그동안 그들이 이쪽으로 드나들 일은 없을 것이다. 눈에 띄지 않을 테니 신경쓸 일도 없다. 연희는 냉정한 얼굴로 접수구 창문을 탁 닫는다. 기다렸다는 듯이 여자아이가 잰걸음으로 바깥으로 나간다. 아마 밖에 채 가지고 오지 못한 짐이 있는 모양이다. 연희는 다시 창문을 열고 소리친다.

"짐 같은 건 비상구로 가져가. 이쪽 출입구로는 손님들이 온단 말이야. 알았어?"

네~. 길게 대답을 끄는 남자아이의 목소리가 들뜬 듯 활기에 차 있다. 돈을 금고에 넣고 이불을 목까지 끌어당겨 덮고는 눈을 감는다. 그나마 밤샌 보람이 있는 셈이다. 저것들이라도 들지 않았으면 밤새 전기값도 못 벌 뻔했다. 돈 몇 푼에 팽팽했던 긴장이 슬그머니 누그러진다. 어린것들이 집을 나와 제멋대로 짝지어 사는 게 한심하긴 하지만, 세상에 제대로 된 인간들 제대로 된 아이들만 있으면 이 장사는 어떻게 되겠는가? 저런 한심한 것들이 많아야 기를 편다.

눈을 감자, 비로소 꿈 생각이 난다. 막 깨었을 때는 숨이 막힐

에메랄드 궁 19

것 같았는데, 젊은것들을 받느라고 미처 꿈 생각에 젖어 있을 시
간이 없었다. 끔찍하고 무서웠다는 건 알겠는데, 어떤 꿈이었는
지 생각이 나지 않는다. 누군가가 엄청난 무게로 짓누르며 목을
조르는 것 같았고, 비명을 지르며 욕설을 퍼부었던 것 같기도 하
다. 다시 꿈속으로 들어가고 싶지 않았지만 연희는 잠을 청한다.
하지만 다시 잠들기는 틀린 것 같다.

무릎을 손바닥으로 문지르며 숄을 걸치고 밖으로 나간다. 어
둠이 녹은 잿빛 공기가 싸아하게 몸속으로 빨려든다. 이 동네의
새벽기운은 썩 달갑지가 않다. 다른 동네라면 당연히 하루를 시
작하는 활기찬 아침 어쩌구 하겠지만, 이곳의 아침은 다르다. 특
히 해가 몰려오기 전의 새벽시간은 밤새 버려진 찌꺼기들이 진
득하게 눌어붙어 있어 마주하고 있으면 태연하기가 쉽지 않다.
신음하고 발악하고 기만하고 불태우고 난 뒤의 쓰레기들이다.
연희는 어깨를 타고 미끄러져 내린 숄을 잡아채며 주차장으로
향한다.

번호판 가리개가 붙은 차들이 세 대 남아 있다. 잠을 잔 손님
들은 대부분 이른 아침에 빠져나간다. 간혹 퇴실시간 직전에야
허겁지겁 모텔 뒷문으로 나가는 치들도 있다. 일회용 기저귀 같
은 번호판 가리개를 꽁무니에 붙이고 있는 차 몇 대. 아마도 그것
은 격정적인 밤을 보낸 것도 모자라 아침나절까지 여자의 머리카
락에 정액 냄새를 묻혀야 직성이 풀리는 사내들의 것일 게다. 그
들은 사랑에 서툰 초보이거나 그 뜨거운 도가니가 언제까지라도

20

식지 않을 것이라고 믿는 순정파임에 틀림없다. 뜨거울 때 그들의 식탐은 끝이 없다. 나무에 반질반질한 붉은 열매가 앞다투어 달려 있는데, 하나만 먹고 말겠는가. 사랑이란 그런 것이다. 먹어도 먹어도 허기가 진다. 맛있고 달콤하고 향기롭지만 또 늘 부족하다. 그래서 조바심치고 안달이 나는 것이다. 하지만 그 나무의 가장 진한 열매를 먹어보지도 못한 채 그들은 너무 일찍 질려버리고 만다.

연희는 새삼 모텔을 둘러본다. 에메랄드MOTEL의 글자는 네온이 다 들어오지 않아 '에메랄드M'이라고만 되어 있다. 상만이 일어나면 간판사에 전화 좀 걸어보라고 해야겠다고 생각하며, 연희는 현관 앞 돌화분에 걸터앉는다. 맞은편에 군집한 아파트 옥상 위로 새벽 미명이 천천히 밝아오고 있다. 아파트 단지 외벽에 붙은 '주거환경 침해하는 러브호텔 사라져라'라는 현수막의 글자들이 또렷하게 밝아올 때쯤 연희는 자리에서 일어난다. 우두둑. 무릎에서 뼈가 어긋나는 소리가 나며 통증이 올라온다. 다리 아픈 것을 또 깜빡했다. 벌써 그런 나이가 된 것인지 작년부터 일어서거나 앉을 때 팽팽하게 늘어난 고무줄로 살을 퉁기는 듯한 아픔이 왔다. 병원에 가보자고 하면서도 전기찜질이나 하고, 그것도 안 들으면 약효가 며칠씩 지속된다는 파스나 붙이고 말았다. 몸 아픈 것까지 건망증이라니…… 정말 나이가 들기는 들었나 싶다. 연희는 다리를 움켜쥐고 통증이 가실 때까지 가만히 서 있다.

주차장에서 자동차 시동 거는 소리가 들린다. 하지만 뒤를 돌아보지는 않는다. 철저한 무관심, 이 직업이 가져야 할 첫번째 덕목이다. 구형 검정색 그랜저가 빨간 브레이크등을 밝히며 모텔 정문을 빠져나가고 있다.

자동차가 빠져나간 자리에 포장마차 주인인 정란씨가 서 있다. 새벽 다섯시면 끝나는데 오늘은 퇴근이 늦다.

"늦네?"

"그 화상이 또 술 처먹고 뻗어서 혼자 정리하느라 그렇게 됐어."

그 화상이란 정란씨의 남편을 말한다. 밤장사가 끝난 포장마차를 정리하려면 손이 좀 가는 게 아니다. 장사하는 건 혼자서 그럭저럭 해나갈 수 있다고 했다. 하지만 남은 식재료며 음식, 쓰레기 등을 정리하는 일이 여간 힘든 게 아니라서 남편이 도와주지 않으면 혼자서는 거의 불가능한 일이라는 것이다. IMF 때 사업하다 망한 정란씨의 남편은 진작에 신용불량자가 되었다. 직장을 구할 수도, 돈이 있어 다른 사업을 할 수도 없으니 어쩔 수 없이 마누라 포장마차 일을 거들고 있지만, 옛날 잘나가던 때의 미련을 아직까지도 버리지 못했다. 물론 그놈의 술이 문제였다. 술은 정란씨 남편의 숨겨진 미련을 아무 눈치도 없이 언제 어디서나 툭툭 불거져나오게 했다. 가끔 정란씨 포장마차에서 소주 한잔을 할 때면 안주보다 먼저 나오는 것이 서로의 남편 흉이었으니까 그 정도 들어주는 건 아무것도 아니었다. 마치 품 앗이하듯 하루는 이 남자, 또 하루는 저 남자 욕을 아주 마음놓

22

고 해대다보면 몸에 숙변처럼 묵혀 있던 덩어리들이 확 내려가
곤 하는 것이다.

　연희는 눈을 게슴츠레하게 뜨고 멀리 사라져가는 정란씨의 봉
고차 꽁무니가 완전히 사라질 때까지 쳐다보고 있다.

아침

"이런 쎄가 만발이 빠질 놈들, 비싼 돈 내고 술 처묵고, 와 넘의 집 담벼락에다가 토악질이고. 어이구, 드런 놈들. 덜 떨어진 놈들!"

한씨 아줌마다. 모텔로 막 들어서는 한씨의 한바탕 욕설이 끝나기가 무섭게 오씨가 빗자루와 쓰레받기를 들고 밖으로 뛰어나간다. 뒤따라 나가보니 모텔 담벼락에 김밥 먹고 토한 흔적이 분명한 검은 입자들이 너저분하게 말라붙어 있는 게 보인다. 오씨가 흙으로 덮어씌우고 빗자루로 싹싹 쓴다. 건물 둘레에 야트막한 담벼락이 쳐져 있어서 그런지, 재수가 없으면 하룻밤에도 몇 번씩 토사물을 뒤집어쓴다. 어디 토사물뿐이겠는가. 엉덩이를 뒤흔들어가며 이쪽저쪽 벽에 지도를 그려놓은 취객의 오줌은 일단 마르고 나면 아무리 물로 씻어내어도 냄새가 시골 변소 수준이다.

청소하는 두 사람 중 한씨는 출퇴근을 하지만 조선족인 오씨는 모텔에서 숙식을 해결하고 있다. 이 동네에서 동남아인이나 조선족을 쓰는 곳은 많다. 외국인은 내국인을 쓰는 것보다 월급이 적은데도 불평도 없고, 잔꾀를 부리지도 않는다. 그들 중에서도 오씨는 복덩이라 할 만하다. 느리긴 해도 착하고 깔끔하고 부지런하다.

오씨가 빗자루와 쓰레받기를 서로 맞대어 탁탁 털어댄다. 아침 햇살 속으로 흙먼지가 분주하게 날린다. 연희는 불꽃처럼 이글거리는 모텔 꼭대기를 장식한 황금 돔에 눈을 준다. 손차양을 만들었으나 이마를 찡그려야 할 정도로 눈이 부시다.

동쪽을 보고 있는 에메랄드는 해를 받는 아침 나절에 가장 빛난다. 지붕 위에 아라비아 궁전을 본뜬 둥근 돔이 있는데, 아침 햇살이 닿으면 에메랄드라는 이름에 걸맞게 그 부분이 보석같이 반짝거린다. 먼 곳에서 보면 그것은 뒤집어놓은 하트 모양으로 보이기도 하고, 육감적인 여자의 엉덩이처럼 보이기도 한다. 상만은 보석이나 하트나 여자의 엉덩이나, 그게 모두 우리한테는 길조라고 낄낄거렸다.

"저 황금 돔, 저것이 우릴 부자로 만들어줄 거야. 두고 봐."

상만은 황금 돔을 봤을 때, 바로 저거야, 라는 생각이 들었다고 했다. 아닌 게 아니라 연희 역시 낮이면 햇살에, 밤이면 노란 조명에 밝게 빛나는 돔이 마음에 꼭 들었다. 처음 모텔을 인수할 때 상만과 연희는 저 황금색 돔이 사랑에 몸살 난 연인들을 사정

에메랄드 궁 25

없이 유혹해줄 것이라 생각했다. 그리하여 이곳이 곧 그들의 꿈의 궁전이 될 것이라 믿어 의심치 않았다. 아침 햇살에 눈이 익을 것 같아도 연희는 이 자리에 서서 찬란히 빛나는 황금 돔을 바라보는 것을 멈추지 않았다. 한참을 보고 있으면, 황금 돔이 심장 속으로 들어와 핏줄을 타고 몸으로 서서히 번져갔다. 곧 자신과 돔이 일체가 되고, 연희는 공중으로 붕 떠오를 것 같은 오르가슴을 느끼곤 했다.

연희는 빛을 피해 눈을 감는다. 그리고 이글거리는 황금 돔에게서 고개를 돌린다. 언제부턴가 황금 돔이 햇살에 빛날수록 초조해지는 버릇이 생겼다. 황금 돔이 황금이 아니라는 사실을, 황금 돔의 그 어처구니없는 무능함을 인정하고 난 뒤부터였을 것이다.

아파트 외벽에 붙은 현수막이 을씨년스럽게 펄럭인다. 석 달 전쯤부터 내걸린 현수막은 그동안 비바람에 상해서 누렇게 찌들었다. 그래도 주민들은 현수막을 걷어낼 생각을 하지 않는다. 그걸 보고 있으면, 화가 부글부글 끓어오르다 급기야 빌어먹을 욕설이 튀어나온다. 요즘 모텔 경기가 꼭 그 꼴인 것이다. 세상의 연놈들이 아랫도리가 근질거려도 오입질을 하지 않기로 작정하였는지 한창 경기가 좋아야 할 봄철에도 오뉴월 개불알처럼 축 늘어져 도저히 살아날 기미가 없는 것이다. 이러면 안 되는 것이다. 적어도 러브호텔이라면 연놈들이 구름같이 몰려들어 방방마다 좋아서 죽겠다고 앓고 난리를 쳐야 제대로 돌아간다고 할 수 있는데 말이다. 신문이나 텔레비전에서 실물경제가 어떻고 지수가 어떻고 떠들어대지만 그게 다 개소리다. 러브호텔이 얼마나 잘되느냐만 보면 안다. 온 나라 백성들이 돈이 많아 흥청망청해지면 그 돈이 제일 먼저 어디로 가겠는가? 등 따시고 배부르면 남의 살이 그리워지는 것은 인지상정이다.

몇 년 전에 성매매특별법이 만들어졌을 때는 이 동네 전체가 초상집 분위기였다. 아예 손을 놓고 빚을 등에 진 채 이 동네를 떠나는 사람들도 있었다. 이제 모텔 사업은 안 되는구나 하고 죽을 준비만 하고 있는 사람들에게 그래도 희망의 풀씨를 심어준 것은 바로 인간들의 욕망이었다. 몸을 불태우고 싶어 안달을 하는 연인들은 어둠을 틈타 이곳을 찾았다. 일명 성파라치라는 것들이 어둠 속에 숨어서 카메라를 들이대고 있어도 연인들에게는 둘만의 공간이 필요한 법이었다. 무슨 중요임무라도 맡은 사람처럼 모자를 쓰고 선글라스를 낀 연인들이 모텔에 잠입을 하면 연희는 그 모습이 기특해서 표창장이라도 주고 싶은 심정이었다. 세상이 당장 종말을 맞이하더라도 인간들이 하고 싶어 안달하는 유일한 것이 있다면, 그것은 바로 남녀 간의 그 짓일 거였다.

하지만, 그들이 온다고 좋다구나 손뼉만 치고 있을 수는 없었다. 모텔 사업은 하루가 다르게 변해가고 있었다. 주차장에서부터 방으로 직행하는 1실 1주차 무인시스템에, 수중안마기와 거품물결 월풀욕조 2인탕은 기본으로 구비해놓고 실내장식을 최

에메랄드 궁 27

신 아파트처럼 꾸며서 사람들을 유혹하고 있는 모텔들이 여기 저기 생겨났다. 컴퓨터로 다운받은 영화를 42인치 텔레비전으로 볼 수 있을 뿐 아니라 어떤 모텔은 욕실에까지 벽걸이 텔레비전을 설치해놓고 있다는 것이다. 인터넷에 모텔 카페를 만들고, 사용 후기를 올리면 유효기간이 기재된 할인쿠폰을 주고, 카페 회원에게 할인제, 공동구매제, 거기다가 마일리지 카드까지 발급해준다니 에메랄드가 살아남으려면 발악을 하지 않으면 안 된다는 말이었다. 뭔가 새로운 모색을 하지 않으면 사막 한가운데 모래 속에 파묻혀 흔적도 없어져버릴 지경이었다. 인터넷의 소위 모텔 카페라는 곳에는 고객이 찍은 모텔 사진들이 속속 올라와 있었다. 올라온 것들을 보면 연희는 그 발랄함에 기가 팍 죽었다. 각종 고급 욕실용품에 콘돔도 종류별로 색깔별로 방 안에 구비해놓고, 냉장고에 찬 맥주까지 공짜로 제공했다. 거기다 그 찬란한 사용 후기! "남녀가 데이트를 하려면 주말엔 뭘 하더라도 5, 6만 원은 나간다. 밖에 나가면 덥고 짜증나고 편하게 쉴 곳도 마땅치가 않다. 그러니 편안하게 먹고 마시고 쉴 수 있고 사랑도 할 수 있는 모든 것을 갖추어놓은 공간인 ○○모텔이 데이트의 종합선물세트와 같은 것!!" 이렇게 적어놓는데 누가 가보고 싶지 않겠냔 말이다.

결국 리모델링을 감행하지 않을 수 없었다. 돈이 무서워서 그렇지 진작부터 리모델링을 생각하지 않은 것이 아니었다. 이미 있는 모텔들을 잡아먹을 듯이 으리으리하게 광을 내며 새로운 모텔들이 주변에 생겼다. 분위기 찾는 사람들은 자꾸 그쪽으로 쏠려갔고, 그렇게 간 손님들은 다시 돌아올 생각을 하지 않았다. 단골들 바짓가랑이만 붙들고 있자니 해독할 수 없는 암호를 손에 쥐고 있는 듯 초조하고 불안했다. 빈 프런트를 지키다보면 입에서 단내가 날 지경이었다. 엎친 데 덮친 격으로 이 년 전 누전으로 화재가 났고, 겨우 방 한 칸 태웠을 뿐인데 사람이 죽어나갔다. 그나마 보험에 들어 있어서 보상이 그럭저럭 해결되기는 했지만 이쪽저쪽으로 무마시키는 데 나간 돈도 한두 푼이 아니었다. 손을 털자니 이미 진 빚을 까고 나면 남는 게 없었다. 어차피 불에 탄 방도 수리해야 했고, 주변 모텔들의 상황이 이런데 손 놓고 구경만 할 수도 없었다. 건물을 담보로 또 대출을 받아 큰 맘 먹고 재작년에 리모델링 공사를 감행한 것이다.

외관이 깨끗해지니까 처음에는 확실히 손님이 늘었다. 상만은 그것 보라고, 서비스업은 그저 투자한 만큼 돌아오는 거라고 희희낙락했다. 그러나 그 약발은 일 년을 채 넘기지 못했다. 리모델링의 단물을 다 빨아먹은 사람들이 하나둘 빠져나가기 시작한 것이다. 요즈음 들어서는 시집 보낸 딸년 기다리는 친정어미 같은 심정으로 갈색 코팅이 된 유리문만 목을 빼고 쳐다보는 신세가 되어버렸다. 이런 식으로 가면 결국 빈손으로 돌아설 게 뻔했다.

대출금을 갚아나가는 일이 보통이 아니다. 대출금 상환 날짜를 어겨서 은행 직원이 다녀간 것이 벌써 대여섯 번은 된다. 상환이 안 되면 경매에 넘어갈 것이라고 으름장을 놓고 가는 은행 직원을 보면 가슴이 쿵쾅거린다. 마치 상대도 안 되는 줄다리기의 맞은편 줄을 잡고 서 있는 기분이다. 팽팽해진 줄을 저쪽에서 일부러 놓든지, 아니면 힘으로 지든지 어쨌든 이쪽은 넘어지게 되어 있는 것이다. 급기야 저번 달부터는 상만에게서 빌어먹을 이놈의 모텔, 팔아치워버리자는 소리가 솔솔 새어나오기 시작했다. 연희는 일부러 못 들은 척했다. 차마 그 말에 동조할 수가 없었던 것이다. 연희에게 절대로 포기할 수 없는 게 있다면 그것은 잃어버린 자식과, 자식 같은 이 건물이었다.

이 모텔에 모든 걸 쏟아부었다. 처음 식당 종업원 일을 시작했을 때에는 작은 라면가게 하나 차리는 게 목표였다. 식당의 게으른 주방장 덕분에 몇 번 음식을 만들어내다가 정식으로 주방으로 들어갔다. 주방장이 되니 욕심이 생겼다. 남의 식당 주방장 일을 일 년쯤 하고 나니 자기 식당이라도 하나 가졌으면 하는 꿈은 당연했다. 하지만 집세 주고 관리비니 뭐니 제하고 나면 빚만 덩그러니 남을 게 뻔했다. 엄두가 나지 않는 그 일을 시작하게 된 것은 그래도 붙임성 좋고 죽어라 열심히 일한 상만 덕분이었다. 상만이 몇 번 공사장 십장과 함께 연희가 일하는 식당으로 밥을 먹으러 왔다. 십장은 곧 좋은 소식이 있을 거라면서 기대하라더니 정말로 공사장 함바에 딸린 식당을 운영하게 해주었다. 함바식당 할머니가 허리 디스크로 일을 더 이상 못하게 되었다는 것이다. 공사장 규모가 제법 커서 밥을 먹으러 오는 인부들이 꽤 되

30

었다. 공책에 공사장 인부들의 밥공기 수를 그은 작대기가 하나
씩 늘어가면 가슴 속에서 희망이 쌓였다. 공사가 끝나자 작은 여
인숙을 하나 인수할 만큼 돈이 생겼다. 여관 장사라는 게 가만히
앉아서 돈을 번다는 상만의 주장에 연희는 간단하게 식당을 접
었다. 에메랄드 모텔을 인수한 것은 여인숙 장사 오 년만이었다.
경매에 나온 물건이었으나 인수하기에는 버거운 게 사실이었다.
하지만 마침 그때 우연찮게 손에 들어온 상만의 재산이 있었다.
무모한 시도였지만 안 되면 손 털고 처음 빈털터리였던 때로 돌아
가면 된다는 배짱도 있었다. 하지만 지금에 와서 생각해보면 당
초 빚을 껴안고 이것을 받아안은 것 자체가 이미 망조였다.

연희는 발 앞에 거치적거리는 돌멩이를 휙 차 날렸다. 이런 얼
어죽을 인간들이 있나? 왜 이 좋은 철에 오입질도 않고 얌전하게
지나가느냐 말이다. 연희는 지랄 같은 기분을 씻어내기라도 하듯
목구멍 밑에 차오른 가래를 냅다 뽑아 뱉어낸다. 건너편 진미아
구찜 남자가 나오다가 기겁을 하고 뒤로 몸을 넣는다.
'쪼잔한 놈. 맨날 땅딸한 금붕어 같은 마누라나 파는 놈. 사내
대장부면 젊어 한땐데 불알은 어디다 써먹어.'
연희는 진미아구찜 남자가 사라진 덧유리문을 흘겨본다. 그래
도 아직은 아구찜 너보다야 낫다는 위세가 그 한심한 불알에게
전달되기를 바라면서 말이다. 연희는 고개를 꼿꼿하게 쳐들고 팔
짱을 낀 채 모텔을 올려다본다. 오층 창문 세 개가 아직도 열려

에메랄드 궁 31

있다. 창이 열린 방은 아직 청소가 끝나지 않았다는 뜻이다. 오늘 따라 청소가 늦다. 연희는 현관 유리문을 몸으로 밀고 들어가며 괜한 짜증이 노란 종기처럼 솟아나는 것을 느낀다.

채 가지고 오지 못한 짐

"아이구……, 저 망할 것들. 야단났네, 야단났어."

한씨가 고개를 절레절레 흔들며 안내실 문을 여는 연희를 쳐다본다. 욕설과 걱정이 버무려진 한씨의 표정은 마치 첩실과 본처 사이에 엉거주춤 서 있는 남정네처럼 복잡해 보인다.

"왜요? 무슨 일인데?"

"아, 새벽에 이층으로 올라갔다던 애들 말이야."

한씨는 목소리를 낮추고 귀에 입을 바짝 댄다. 이게 도대체 무슨 이야기야? 순간 잠시 아연해진다. 저런 쳐죽일 것들! 어쩐지 둘밖에 없는데 짐이 많다 싶었다. 채 가지고 오지 못한 짐이 있어 왔다갔다하는 줄 알았더니 그게 그거였어? 그러나 연희는 한씨 앞에서 감정을 어설프게 드러내는 서투른 짓은 하지 않는다.

"아줌마, 딴 데 가서 뭐라 이야기는 말아요. 괜한 소문날라."

에메랄드 궁 33

"내야 뭐 이 집 식군데……, 그런 걱정은 말고…… 눈을 속이려고 아마 바깥에 잠시 놔두고 들어왔던 모양인데 참 맹랑한 것들이네…… 이제 와서 어떻게 해? 돈보다 그 어린것이 ……불쌍하잖아."

"그냥 넘어갈 일은 아니네요. 가보고 와야겠어요."

전염병균이라도 옮은 것 같은 기분이다. 한씨 앞에서 침착해지려고 하지만 다리가 덜덜 떨린다.

'보통내기들이 아니야.'

연희는 조심스레 이층 계단을 오른다. 이층 계단참에 놓인 알로카시아의 줄기 하나가 아래로 푹 꺾여 있다. 저것들이 짐을 옮기면서 나무를 건드렸나. 조심성 없는 것들. 줄기는 다시 회복할 수 없을 것 같다. 꺾인 줄기 아래 당집 깃발처럼 축 늘어진 이파리가 불길해 보이기까지 하다. 나중에 가위로 잘라주어야겠다는 생각을 하며 연희는 팔짱을 바투 낀다. 비록 자갈길이지만 잘 달리고 있는 버스 앞에 거지 같은 것들이 갑자기 튀어나와 가로막은 기분이다. 저것들을 가만둘 수 없다. 연희는 발소리를 죽이고 복도로 들어선다. 복도는 지난밤 뜨거웠던 성애의 바다에서 아직도 빠져나오지 못했는지 환락적이고 퇴폐적인 기운이 가득 들어차 있다. 연희는 꿈을 꾸듯 그 기운 속으로 들어선다. 기분이 한결 나아진다. 가끔 이유 없이 우울할 때면 일부러 객실 복도를 서성이곤 한다. 그러면 어느 방에서든 고양이 울음 같은 앓는 소리가 들린다. 고저장단이 다르지만, 각방에서 들리는 소리들은

34

완벽한 화음을 이룬다. 그 소리는 어떤 음악보다 좋다. 사내 계집이 오만 허울을 다 벗고 희롱하는 그 짓이야말로 얼마나 아름다운가. 모름지기 모텔을 운영하는 사장의 기본자세는 이러해야 한다고 연희는 속으로 혼자 웃곤 했다.

그러나 지금 이층은 조용하다. 어제 이층은 세 개의 방에 손님을 들였다. 세 방 모두 대실이었으니 손님이 남아 있을 리 없다. 계단을 지나 복도 끝으로 간다. 복도 끝 방에 이르러 문 앞에 귀를 세운다. 과연 이상한 소리가 들린다. 젊은것들이 끼를 건너가며 줄창 서로를 탐하는 그런 소리가 아닌, 다른 소리다.

연희는 더 참지 못하고 문을 벌컥 연다. 숨길 작정에 마음이 바빴는지, 왔다갔다하느라 잊은 것인지 문은 잠겨져 있지 않다.

"엄마아!"

안에 있던 둘이 지른 비명에 방 안 공기가 폴짝 뛰어오른다. 연희는 입을 쩍 벌린다. 과연 한씨의 말대로다. 갓난아기가 있다! 금방 업힌 아기를 내린 것인지 아기는 포대기에 싸여 있다. 연희는 여자아이가 안고 있는 포대기를 낚아챈다. 이제 겨우 삼칠일이나 지났을까. 뱃속 피가 채 가시지 않은 아기의 얼굴은 붉은 반점이 열꽃처럼 여기저기 피어 있다. 연희는 턱까지 덜덜 떨고 있는 여자아이를 노려본다. 제 애비의 무르팍에서 재롱떨 나이가 막 지난 것 같은 어린 티가 덜 여문 눈매와 가는 턱선에서 완연하게 드러난다. 가만히 뜯어보니 긴 생머리를 뒤로 질끈 묶은 얼굴은 잠 못 자고 새벽에 나온 때문만은 아니다 싶을 정도로 부어

에메랄드 궁 35

있다. 방금 해산을 마친 산모처럼, 늙은 호박 한 덩어리를 고아서
먹이면 쑥 빠질 것 같은 푸석푸석함이 빨갛게 달아오른 볼과 목
언저리까지 고여 있는 것이다.

"요런 못된…… 누굴 속이려고. 안 돼, 애까지 있으면. 누구 망
하는 거 보려고 그래?"

"아줌마, 조심하께요. 예?"

여자아이가 핏기가 가신 얼굴로 연희 앞으로 다가온다.

"왜 거짓말 했어? 몇 시간이나 속일 거라고 거짓말했냐고?"

청년이 얼른 연희 앞에 무릎을 꿇는다.

"잘못했어요, 아줌마. 어쩔까 고민하면서 밤새 돌아다녔어요.
……어디든 들어가고 보자고……, 애가 너무 힘들어했거든요."

말을 마친 청년이 연희 손에서 포대기를 빼앗으려 한다. 연희
는 청년의 손을 확 뿌리친다. 작정하고 덤빈다면 부모가 여기를
못 찾아낸다는 법도 없다. 그들이 오면 가만있겠는가. 영업을 못
하게 하니, 불을 질러버리니 하면서 한바탕 난리를 칠 게 뻔하다.
자식 키우는 부모 입장에서 생각해봐라 운운하며 훈시는 또 얼
마나 늘어놓을 것인가. 몇 년 전에 딸아이의 뒤를 밟은 부모가
쳐들어와 미성년자를 투숙시켰다며 경찰에 고발을 한 적도 있다.
딸애 엄마가 갖은 패악을 부리며 마치 살인범이라도 다루는 수
사관처럼 연희를 몰아붙인 일은 지금 생각해도 머리꼭지가 징글
징글하다.

"제발 부탁이에요. 갈 데가 없어요, 아줌마. 안 받아주시면 여

36

기서 꼼짝도 안 하겠어요."

"애기 있으면 못 받아줘. 생각해봐. 여기가 뭐 하는 곳인지 몰라? 모르고 온 건 아니지? 시시때때로 울어제칠 텐데 장사가 되겠어? 말이 되는 소리를 해야지."

여전히 팔짱을 풀지 않은 굳은 얼굴로 연희는 청년에게 눈을 흘긴다. 하지만 연희는 왠지 모르게 자신의 목소리에서 점점 힘이 빠지고 있다는 것을 느낀다. 아이들에게 앙살을 부리면서도 커닝하는 학생처럼 눈은 자꾸만 핏덩이에게로 쏠린다. 어쩌면 방문을 연 순간부터 눈감아주고 말 것이라는 사실을 알고 있었는지 모른다. 청년은 그런 마음을 훤히 읽고 있기라도 한 듯 맹렬하게 연희에게 달라붙는다.

"아줌마, 부탁해요. 조금만 있다가 갈게요. 직장만 구해지면 방도 하나 구할 거구요. 곧 아시겠지만 우리 애기 잘 먹고 잘 자요. 우는 일은 없을 거예요. 만약 울면 입이라도 틀어막을게요. 얘가 쓰러지기 일보 직전이라구요. ……애기 엄마가요. 얼굴 좀 보세요. 아줌마, 한 번만 봐주세요."

여자아이 낯빛이 창백하다 못해 눈 밑으로는 파란 기운이 감돈다. 얼굴은 어찌나 힘이 없어 보이는지 골목길에 간신히 켜져 있는 오래된 가로등처럼 가물가물하다.

"그러게 집을 왜 나와?"

"……"

여자아이 눈에서 눈물이 뚝 떨어진다. 연희를 간절하게 쳐다보

에메랄드 궁 37

고 있던 청년이 침묵한 틈을 비집고 얼른 포대기를 가져간다. 조심스럽게 아이를 안더니 청년은 다시 연희 앞에 무릎을 꿇는다. 고개 숙인 청년의 목덜미가 썰어 말린 고구마처럼 퍼석하다. 갑자기 짠해진다.

"가까이 와봐."

청년에게서 아기를 받아든 여자아이가 앉은걸음으로 주춤주춤 다가와 포대기를 연희 앞으로 내민다. 연희는 고개를 쑥 빼고 포대기 안을 들여다본다.

"얼굴은 조막만한데 붙을 건 다 붙었구먼."

아직 핏덩이인데도 올망졸망하게 붙은 이목구비가 제법 사람 흉내를 낸다. 무작정 아이를 빼앗아 안았을 때는 미처 살피지 못한 얼굴이다.

"며칠이나 된 거야? 딸이야?"

네. 여자아이가 소리도 내지 않고 입을 오물거린다. 연희는 손을 내민다. 아직 덜 여문 아기의 머리를 만지는 손끝이 가늘게 떨린다. 말캉말캉하고 따뜻하다. 조금만 힘을 주면 밀가루 반죽한 덩어리처럼 움푹 파일 것 같아 팔목은 절로 뻣뻣해진다. 아기의 뇌에 새겨진 작은 주름들이 지문을 파고든다. 찌릿한 느낌이 심장까지 전해져온다. 연희는 천천히 숨을 멈춘다.

"하여튼 알아서 해. 무슨 말썽 생기면 당장 짐을 싸야 될 테니까. 애 울리지 마. 애 우는 소리 듣고 누가 오입하겠느냐고. 알았어?"

38

연희는 결국 아이들을 받아들이기로 한다. 일주일 치 숙박료를 목돈으로 받은 때문도, 이래 망하거나 저래 망하거나 망하기는 마찬가지다 하는 심정도 아니다. 불빛에 드러난 이 기묘한 일가가 몸속의 뭔가를 건드려 온몸의 힘을 죄 빼놓았던 탓이다. 연희는 자꾸 눈초리가 젖어오는 것 같아 짐짓 화가 난 듯 툴툴거리며 방을 나와버린다.

초원여인숙

"저, 갤로퍼 저번에도 왔던 차네."

상만이 콧구멍을 후비며 안내실로 들어온다. 연희는 들은 척도 하지 않고, 인터넷을 연다. 인터넷은 외출이 자유롭지 못한데다 지겹게 널린 시간을 어쩌지 못하는 하루 일과를 간단하게 해결해준다. 인터넷에서 불가능한 것은 없다. 가상공간에서 익명으로 존재할 수 있다는 것은 엄청난 매력이다. 모텔에만 불륜이 득실거리는 것이 아니다. 메신저에 접속하자마자 바지부터 까내리려고 덤비는 놈도 있다. 뇌를 간질이며 관능을 자극하는 말들이 질펀하게 모니터를 채운다. 거기에 한두 마디 맞추어주는 것은 그리 어려운 일이 아니다. 하지만 시간이 지날수록 남자라는 것들이 하는 짓거리가 한심하고 불쌍하고 역겹게 느껴졌다. 결국 변태들의 욕정에 손을 담근 꼴이다. 어린 것이나 늙은 것이나 불알이라고 달린 놈들은 결국 구멍 맞출 생각부터 하는 족속들이다. 그런 건 에메랄드에서도 충분히 많이 봤다. 온갖 잡동사니 종자들이 연합하여 오두방정 깨춤을 추는데, 거기 들어가서 같이 들썩거릴 필요는 없다. 처음 한동안은 메신저에 재미가 들려 있었지만 거기서 빠져나오는 데 그리 시간이 오래 걸리지 않았다.

메일을 확인한 다음 가족 찾기 카페로 들어간다. 새로운 소식이 있나 살펴보고 기막힌 사연이 있으면 리플을 다는데, 오늘은 별다른 이야기가 없다. 다음 순서는 쇼핑사이트. 둘러보다가 공동구매 같은 데 맘에 드는 물건이 있으면 사거나 찜해둔다. 이리저리 돌아다니다보면 프런트 앞의 시간은 누가 빌려쓴 것처럼 금방 지나간다.

쯧. 못마땅하다는 듯이 힐끔 컴퓨터 화면을 일별한 상만이 탁자 위의 신문을 집더니 소리나게 확 펼쳐든다. 신문 위로 불룩 솟은 상만의 머리는 위에서 보니 마치 도넛처럼 둥글게 가운데가 비어 있다. 신문을 와락 구겨버리고 싶은 충동을 간신히 참으며 연희는 숄을 집어든다. 밤새도록 코 골고 이 갈다가 정오가 훨씬 지나서야 어기적거리고 나타나다니.

"마누라 죽일 참이야?"

"왜 또 시비야?"

"잔소리는 이제 하기도 싫어. 다른 집들 다 둘러봐. 밤에 프런트를 마누라가 지키나, 바깥양반들이 지키나."

"그러니까 피곤하면 조바 쓰랬잖아."

"조바는 또 무슨 조바야!"

연희 잔소리가 나오기 시작하면 상만이 조바 타령을 해대지만, 사실 마음에도 없는 소리라는 걸 너무나 잘 알고 있다. 따로 월급 줘가며 프런트 지킬 사람을 쓸 처지가 아닌 것이다. 빌린 돈 다 갚으려면 아직 몇 년을 더 고생해야 될지 모른다. 더군다나 조바를 쓰는 다른 업주 말을 들어보면 주인이 프런트 지키고 앉아 있을 때와는 수금액이 확실히 차이가 난다는 것이다.

"마누라 생각 좀 하라고. 이러다가 초상 치르고 싶지 않으면. 당신 몸만 아깝게 생각하지 말란 말이야."

"별 미친⋯⋯, 들어오면서 보니까 접수구 창에 온통 머리카락 처발라놓고 잠만 잘 자고 있더만."

들어오면서 보기는 봤단 말이다. 약간은 무안해져서 연희는 고함을 빽 내지른다.

"그래, 깜빡 졸았다. 그렇게 자면 더 피곤한 거 몰라서 이래? 돈은 벌고 싶고, 자기 몸은 게을러서 꼼짝도 하기 싫고, 마누라는 사람으로 안 보이고! 그런 거지, 지금?"

상만의 뒤통수를 향해 종주먹을 들이대는데, 연희의 코와 입술이 절로 일그러진다. 미안한 생각이 드는지 상만이 입을 꾹 다문다.

"이층에 젊은것들이 애 하나 안고 들었어. 선불 받았고, 곧 갈 거래. 그래서 집어넣어놨으니 알고는 있으라고."

화를 삼키며, 지나가는 말처럼 미리 선수를 쳐놓는다. 나중에

42

사실을 알고 어떤 분란을 일으킬지 알 수 없기 때문이다.

"애가 있다고? 곧 간다는 건 확실하지? 빽빽거리고 울어제끼면 곤란한데……, 요즘 같은 불황에…… 교육이나 잘 시켜놓지. 그리고 선정이 말야. 걘 좀 느지막이 나오면 안 되나? 꼭 아침부터 와가지고는 사람 좀 쉬지도 못하게 방을 차지하고 누워서……"

"아침은 무슨 아침이야? 걔 출근시간이 몇 신데? 자기가 늦게 일어난 건 생각 못 하구선. 그리고 그 방에 당신이 왜 들어가. 선정이 걔가 말을 알아듣기를 해, 갈 곳이 있어? 괜한 애 트집 잡지 말고 그냥 프런트나 잘 지켜. 손님 없다고 잘 생각 말고!"

연희의 말에 콧방귀도 뀌지 않은 상만이 푸르륵 신문을 뒤집는다. 훤하게 뚫린 정수리에 압정 하나를 쿡 박아버리고 싶다는 잔인한 충동이 불쑥 끼어든다. 눈을 흘기는데, 밉다고 삐딱하게 누우며 상만이 콧구멍에 손가락을 집어넣는다. 연희는 우웩 토하는 흉내를 내며 얼른 방을 나온다.

재활용하려고 폐지를 정리하다보면 신문지 곳곳에 코딱지다. 어떨 때에는 손대기 싫어서 보지도 않은 신문을 그대로 구겨 쓰레기통에 집어넣은 적도 있다. 상만의 오른쪽 손등에 난 팥알만한 사마귀도 꼭 코딱지가 붙은 것처럼 보인다. 그럴 때는 손에 스치기라도 할까봐 그 옆을 지날 때 팔을 잔뜩 웅크리고 지나다닌다. 그뿐인가. 사람이 미워지면 밥 먹는 꼴도 보기 싫다더니 그 말이 딱 맞다. 밥 먹으면서 쩝쩝 소리내는 것도 듣기 싫고, 쪽쪽 빤 젓가락으로 반찬을 뒤적거리는 것도 싫다. 된장국을 제 숟가락으로 휘휘 젓는 짓거리도 몸서리가 쳐져, 가능하면 같은 밥상 머리에 앉는 것을 피한다. 하지만 한씨, 오씨와는 아무렇지도 않게 먹는 걸 보면 잘못된 건 상만이 아니라 연희 자신인지도 모른다. 예전에도 상만은 밥 먹다 말고 숟가락으로 된장국을 휘휘 저었다. 휘휘 젓다가 한 숟가락 떠서 입에 넣어주기도 했다. 그때는 더럽다고 생각하지 않았다. 그의 입속에 있는 것도 꺼내먹을 수 있었다. 하지만 똑같은 사람인데 어째서 지금은 그 짓이 견딜 수 없게 싫은지 알 수가 없다. 상만이 먼저 밥을 먹으면 소독이라도 한 뒤 먹어야 할 것 같아 연희는 된장국을 다시 팔팔 끓이곤 한다. 어디 밥 먹는 것뿐이겠는가. 꼴을 안 보더라도 상만이 지나간 자리마다 달팽이처럼 진득하게 남겨둔 흔적들은 한여름에도 소름이 쪽쪽 돋게 한다. 가래침을 뱉고 물도 내리지 않은 변기는 그래도 봐줄 만하다. 양치를 하고 나면 꼭 자기 입속 물을 세면대에 뱉고는 물로 씻지 않는 것이다. 고춧가루나 가래가 묻어 있는 세면대를 보면 구역질이 난다. 하루에도 몇 번씩 세제를 풀어 수세미로 벅벅 문질러 씻는다. 그러다보면 남은 인생도 이렇게 미워하면서 살아야 하나, 하는 회의가 올라온다. 도대체 미움의 근원은 어디서부터 시작되었을까? 가족들 다 버리고, 그 가족들로부터 때려죽여도 시원찮을 년이 되어 시작한 사랑이었다. 그런데, 어째서 이 모양인가.

상만은 유부남이었다. 아내가 엄연히 눈 시퍼렇게 뜨고 살아 있었다. 그것도 매일 아침저녁으로 만나는 사람이었다. 길 건너편에서 이쪽을 바라보며 자기 엉덩이의 반밖에 안 되는 낚시의자에 앉아 뜨개질을 하는 만명슈퍼 안주인이었다. 아이가 없다는 것만 빼면 겉으로 그들 부부는 매우 평화로워 보였다. 어쩌면 그 평화는 이 년 동안 몰래 연애를 해온 연희가 만들어준 것인지도 몰랐다. 사랑은 연희와 하고, 아침밥은 제 마누라와 먹는 일이 남자가 누릴 수 있는 최고의 행복처럼 보이기도 했다. 연희가 임신을 하기 전까지는 말이다.

상만을 보고 있으면 시간이라는 괴물이 인간을 얼마나 잔인하게 변화시키는지 절실히 느끼게 했다. 남쪽 항구도시 M시, 변두리 시장통의 쌀집 아들 상만은 인물 좋고 성격 좋고 예의바른 청년으로 일찌감치 동네에 호가 나 있었다. 복싱선수로 고등학교 때 전국체전에 나가 미들급 결승전까지 진출했다. 그런데 그 해 결승전에서 어이없이 무너졌다는 소식이 들렸다. 전날 여관에서 잘못 먹은 탕수육 탓으로 밤새 설사를 해댔다는 것이다. 겨우 링 위에 올라섰지만 힘 한번 제대로 써보지 못하고 나가떨어졌다 했다. 소문이 사실인지 아닌지 그 여부는 알 수 없지만 어쨌든 그날 이후로 상만의 인생은 준비된 것처럼 곧장 내리막길로 내달았다.

비슷한 처지에 빠진 별볼일 없는 친구들이 당구장에 모여 내기당구를 하다가 옆 동네 패거리들을 만나 싸움이 벌어졌다. 그런데 이게 무슨 조직의 행동대원들이 벌인 패싸움으로 지방신문

에메랄드 궁 45

의 사회면을 장식하면서 상만은 그 길로 연행되어 육 개월을 감방에서 썩었다. 세계챔피언을 꿈꾸던 전도유망한 청년이 하루아침에 깡패로 전락하여 전과자가 된 것이다. 그후에도 불운한 제 신세를 달랠 길 없었던 상만은 여차하면 성질을 부려 수시로 경찰서에 들락거렸다.

쌀집 영감은 둘째아들의 사고 수습을 위해 합의서 쓰기에 바빴다. 사람들은 젊은 혈기를 잠재우려면 빨리 결혼을 시키는 도리밖에 없다고 했다. 가게를 하나 내주겠다는 조건으로 영감은 아들을 꼬드겼다. 평소 둘째아들에게 유독 수전노 노릇을 했던 아버지의 성정으로 보자면 어림도 없는 이야기였다. 아버지는 공무원인 큰형만 인간 취급을 했다. 형에 비하면 상만은 쓰레기였다. 아버지에게서 떨어질 떡고물은 애당초 상한 탕수육을 먹은 날 밤에 끝났다고 봐야 했다. 상만은 귀가 솔깃해졌다. 아버지의 제안은 뿌리치기 힘들었다. 물론 인생을 함께할 여자는 중요했다. 하지만 여자보다 돈이 먼저라는 것은 고스톱판이 한 판만 돌아도 알 수 있는 뻔한 이치였다. 이래 사나 저래 사나 양아치 인생으로 접어든 것, 뭐 달라질 거 있겠나 싶은 심정으로 상만은 아버지가 정해주는 짝과 결혼을 했다.

여자는 마음에 들지 않았다. 하지만, 맘에 접착제처럼 착 달라붙지 않는 이상 그저 집에 있는 물건들 중 하나려니 생각하면 되었다. 살자고 마음먹으면 못 살 것도 없었다. 그렇게 몇 달을 살았다. 그런데 그 몇 달 동안 상만은 뭔가가 자꾸 변한다는 것을

46

느꼈다. 마누라라는 여자가 생기면서부터 주변이 조금씩 달라진 것이다. 먼저 건들거리던 양아치들이 가게 주변에서 싹 사라졌다. 처음엔 그 이유를 몰랐다. 모든 전화를 마누라가 중간에서 차단하고 있다는 것도, 덩치가 산만한 마누라가 가게가 다 그늘지도록 그림자를 늘여놓고 있다는 것도…… 그러니 자연히 나가서 놀 일이 없어졌다. 일이라도 하지 않으면 심심하고 좀이 쑤셔 죽을 지경이었다. 가게 청소, 물건 떼오기, 배달 등을 군소리 없이 했다. 하다보니 이력이 붙었다. 갑자기 건실한 모범시민으로 둔갑한 것 같은 자신이 어색했지만 기특할 정도로 대견하기도 했다. 사람들은 모두 그가 이제야 옛날의 예의바른 청년, 상만으로 돌아왔다고 입을 모아 칭찬을 했다.

하지만, 연희는 아니었다. 사랑하는 사람은 처음부터 서로를 알아보는 법이다. 그즈음 연희는 여상을 졸업하고 중소 섬유업체에서 경리 일을 보고 있었다. 매일 아침 그의 가게 앞을 지나 밤이면 다시 그 가게 앞을 거쳐 돌아왔다. 노란 백열전구 아래 권태로운 표정으로 앉아 있는 그는 연희에게 좋은 낚싯밥이었다. 어쩌다 가게에 들러 물건을 고를 때, 옆을 스치거나 머무는 그의 몸에서 풍기는 눅눅한 땀냄새에 연희는 아찔한 현기증을 느끼곤 했다. 연희는 그에게 보이기 위해 화려하고 자극적인 스타킹을 신었다. 짧은 치마 밑으로 미끈하게 드러난 다리를 간절하게 쳐다보는 그의 눈빛은 병든 짐승의 그것처럼 안타까웠다. 그는 마치 길을 잃고 남의 집에 잘못 들어온 영락한 왕자처럼 애처롭게 느

에메랄드 궁 47

꺼졌다.

　그러던 어느 날 삼 년이나 다니던 회사가 부도난다는 소문
도 없이 간단하게 문을 닫아버렸다. 때 맞춰 어머니까지 허리병
이 도져 몸져눕게 되었다. 연희는 어머니 대신 집안 살림을 도맡
아 하지 않을 수 없었다. 택시 운전하는 아버지와 자동차정비소
에 나가는 오빠와 대학 재수에 들어간 남동생과 중학생인 여동
생. 연희에게는 그 어디에도 희망이 보이지 않았다. 집안일에만
파묻히기엔 젊음이 너무 아까웠다. 가끔 틈을 내어 칵테일학원이
나 양재학원, 미용학원 들을 기웃거렸다. 하지만 그것들은 연희
의 잠든 욕망을 충족시키기엔 미미한 존재들이었다. 아무래도 그
런 쪽으로 팔자를 바꾸기에는 너무 늦어버렸거나 어울리지 않는
다고 생각했다. 아니, 아니었다. 회사의 부도와 어머니의 병으로
주변의 모든 것이 바뀌었다. 그런데 무엇을 다시 시도할 수 있겠
는가. 하루하루가 얼음과 설탕을 뺀 진득한 미숫가루처럼 텁텁한
날들이었다.

　하지만 그 답답함 속에서도 오로지 연희만을 향해 말을 타고
달려오는 누군가가 있었다. 그것도 청량한 방울 소리를 내면서
말이다. 모든 것이 변한 연희의 주변에서 오로지 그대로인 단 한
사람, 바로 상만이었다. 상만은 연희가 도달할 수 있는 유일한 세
계처럼 생각되었다. 연희는 하루에도 몇 번씩 가게에 가서 알랑
거리며 노골적으로 그를 유혹했다. 역 앞 초원여인숙에서 조급하
게 상만을 받아들였을 때에는 이루지 못할 아프고 서글픈 사랑

이 그저 불쌍하고 가여워서 애꿎은 눈물만 쏟아냈다. 그의 아내 보기가 죄스럽기는 해도, 처음부터 식구들을 버리고 야반도주할 것이라고는 꿈에도 생각하지 않았다.

고향을 뜨자고 꼬드긴 사람도, 남동생 등록금을 훔치라고 이 야기한 사람도, 지구 끝까지 가더라도 널 지켜줄 것이라고 말한 사람도 상만이었다. 그런 상투적인 말이 심금을 울린 것은 아니 었다. 연희는 상만과 함께 있는 것이 무조건 좋았다. 임신했다는 사실을 알았을 때, 연희는 어떤 선택의 여지도 남아 있지 않다는 것을 깨달았다. 우리는 함께여야만 한다고 믿었다.

하지만 상만이 이혼을 하고 다시 연희와 결혼하는 데 몇십 년 이 걸릴지 모를 만큼 그의 아내는 미련스럽다 싶은 답답함이 있 는 여자였다. 웬만한 외상값은 다 떼이고 살 정도로 장사하는 데 에도 악착이 없었다. 이상한 것은 그래도 가게는 제법 잘된다는 점이었다. 들쭉날쭉한 잇바디를 드러내고 그녀는 잘 웃었다. 삼겹 으로 접히는 목살을 구부리며 누구에게나 인사를 잘했다. 특히 동네 꼬마들은 그녀에게서 공짜로 알사탕을 얻어가는 일이 큰 즐 거움 중의 하나였다. 마을은 마치 친절하고 낙천적인 그녀를 중 심으로 동심원을 이룬 것처럼 보였다. 사람들은 그녀를 좋아했 다. 아이가 없다는 결점으로 밀어붙이기에는 동네 사람들의 그녀 에 대한 애정과 신뢰가 너무나 깊었다. 잔잔한 동네를 발칵 뒤집 어놓을 자신도 없었다.

여자보다는 돈이 더 중요하다는 생각으로 마지못해 선택한 아내였지만 막상 손을 놓으려고 하니 상만은 마음이 짠하고 불편했다. 작은 슈퍼지만 그동안 일을 해보니 무슨 일인들 못하랴 싶은 자신감도 있었다. 상만은 자신이 몰래 모아놓은 돈 삼십만원 외에 그의 아내와 함께 만든 어느 것도 들고 나오지 못했다. 보통예금 통장 하나 챙기지 않았다. 남아 있는 아내를 위해서 그가 할 수 있는 최선의 배려였다. 연희도 그것이 편하다고 생각했다. 비난은 조강지처를 버렸다는 것만으로도 충분했다. 돈 한 푼 없이 알거지로 만들어놓고 나왔다는 말까지 듣고는 아무리 사랑하는 사람과 함께한다고 해도 행복해질 것 같지가 않았다.

그녀는 남편이 없더라도 그렇게 가게 앞 낚시의자에 앉아 뜨개질을 하며 살아갈 수 있을 것이다. 어차피 애정도 없는 남편과 한 집에서 산다는 것이 그녀에게 무슨 의미가 있을 것인가. 상만이 없다는 것은 그녀의 낚시의자가 없어진 것보다 더 심각하지 않을 것이라고 생각했다. 적어도 낚시의자는 그녀에게 꼭 필요한 것이지만, 사랑도 관심도 없는 남편은 밥 해주고 빨래도 해주어야 하는 귀찮은 존재에 지나지 않을 것이라고 생각했다.

하지만 연희는 달랐다. 상만이 없으면 살 수 없었다. 손에 꽉 쥐고 그 사람이 내 곁에 있다는 것을 수시로 확인해야 했다. 사랑을 가져야 했고, 끝까지 그것을 지켜야만 했다. 뱃속에서 자라는 아이가 그것을 증명하고 있었다. 아이는 사랑의 결실이었다. 절대로 상만을 포기할 수 없었다.

"너도 알다시피 내가 가지고 나올 수 있는 돈 가지고는 사글세

방 구하기도 빠듯할 거야. 당분간 생활비도 필요할 거구. 니 동생이야 올해 못 가면 내년에 가도 되잖아. 내가 나중에 다 갚아줄게. 돈 많이 벌어서 유학도 보내주자."

머리 하나는 어느 집 자식에게도 빠지지 않는다는 자부심을 주었던 남동생 대학 공부 시키려고 택시 운전을 하는 아버지와 자동차정비소에 나가는 큰오빠가 삼 년을 모아온 돈이었다. 남동생에게는 미안했다. 하지만 뱃속에서 천연덕스럽게 자라고 있는 아이를 버리기에는 믿고 있는 사랑이 너무 깊었다. 아무리 사람들이 어리석다고 손가락질을 해도, 이것이 사랑이 아닐 거라는 의심은 들지 않았다. 명명백백한 사랑이었고, 그것을 외면한다면 천벌을 받을 것 같았다.

하지만 사랑은 영원하지도, 변함없지도 않았다. 사랑은 가난 속에서 쉽게 백기를 들었다. 방세가 밀려서 밤도망치기를 몇 번 반복하면서 뭔가를 극복하기에는 서로 너무나 지쳐 있다는 사실을 깨달았다. 미움과 원망은 시간이 지날수록 그 매듭이 굵어져만 갔다. 서로를 할퀴어서 상처를 내고, 딱지가 여물기도 전에 더 큰 상처를 내었다. 그리고 그 가난과 원망 속에서 아이를 버렸다.

공사장에서 일을 하던 상만이 자갈지게 등짐을 지다가 허리를 다쳐 병원에 한 달 동안 누워 있을 때였다. 들어오는 돈도 없이 생각지도 않았던 병원비 지출이 시작되자 방세는 고사하고 당장 끼니도 이을 수 없을 정도로 주머니는 말라갔다. 연탄을 때지 않아 방 안에서도 입김이 허옇게 올라붙었다. 아이의 얼굴은 마른

버짐이 일고, 연희는 허기가 져서 발짝만 떼어도 현기증이 났다.

하루 종일 일을 찾아나섰지만 아이를 업고 일을 할 수 있는 곳은 그 어디에도 없었다. 생각다 못해 아이를 재워두고 방문을 걸어잠근 채 집 근처 식당에 나가 일을 했다. 배달을 하다 잠깐잠깐 집에 들러 아이에게 우유를 먹였다. 집에 들를 때마다 골목 밖에서부터 아이의 울음소리가 들렸다. 아이는 이마와 두 볼이 벌겋게 달아오른 채 얼굴의 핏줄이 온통 터질 것처럼 악을 쓰며 울고 있었다. 배달을 나갔다 하면 늦는다며 통박을 주던 식당 주인이 연희의 사정을 알고는 고개를 절레절레 흔들며 말했다.

"애 아버지가 병원에서 나올 때까지만이라도 아일 보육원에 맡기지. 하루 종일 겁나지도 않아? 무슨 일 생기면 어쩌려고 애를 혼자 두는지 모르겠네."

마치 누가 그렇게 결정해주기를 기다리고 있었다는 듯이 그 말을 들은 날부터 연희는 영아원을 알아보기 시작했다. 영아원을 정하고 막상 결심이 서자 마음이 다급해졌다. 하루라도 늦으면 아이에게 큰일이라도 생길 것 같은 불안감이 시시각각 엄습했다.

식당 일을 마치자마자 연희는 옷도 갈아입지 않고 아이를 들쳐업었다. 전날 싸둔 기저귀가방을 들고 방문을 나서는데, 어디선가 아이 어르는 소리가 들렸다. 어릴 때 엄마가 동생을 업고 어르는 소리 같기도 하고, 텔레비전에서 들리는 소리 같기도 했다. 귀신 울음소리 같기도 하고 누군가의 비명 같기도 했다. 섬뜩하고 무서운 느낌에 몸을 떨며 연희는 텅 비어 있는 방을 휘휘 둘러보았다.

52

아이의 엉덩이를 한 번씩 추켜올릴 때마다 잠든 아이가 붙어 있는 등이 축축해왔다. 방금까지 아이가 누워 있던 사글셋방의 벽에서 기어나오던 한기가 버스를 타고 가는 내내 연희의 등과 가슴에 서늘하게 들러붙었다. 영아원 앞에 포대기와 이불에 싸인 아이를 내려놓을 때에는 차라리 담담했다. 한 달만 있다가 찾으러 올 것이라는 스스로의 다짐이 마치 질긴 오징어를 씹는 것처럼 목구멍 속으로 넘어가지 않고 입속에 맴돌았다.

돌아오는 골목길은 깊은 정적에 빠져 있었다. 무슨 일이 일어날 것 같은 기분 나쁜 적막감이었다. 그 고요 속으로 옷자락이 허벅지에 스치는 소리가 사각사각 하고 들리자 드러난 두 뺨과 목덜미 전체에 싸하게 소름이 돋아났다. 담담하다고 생각했는데 자꾸만 무릎이 꺾이고 다리에 힘이 풀렸다. 연희는 여러 번 암기를 해야만 잊지 않을 수험생처럼 곧 데리러 올 거라고 수십 번을 중얼거렸다.

하지만 결국 아이를 버린 셈이 되고 말았다. 곧 올 거라고 했지만 곧 올 수 없다는 것을 누구보다 연희 자신이 잘 알고 있었다. 혼자인 게 너무 무서워서 버스에서 내리자마자 상만이 누워 있는 병원을 찾았다. 늘 아이를 업고 병원을 찾았는데 빈 등인 연희를 보고도 상만은 아이의 안부를 묻지 않았다. 병원비는 어찌해서라도 내어야 했을 것이니 상만은 어쩌면 진작부터 연희에게 아이를 버리자고 말하고 싶었을지도 몰랐다.

이름도 짓지 않은 아이를 영아원 문 앞에 두고 온 후로 연희는

상만과의 잠자리가 싫었다. 상만과 같은 공간에서 숨을 쉬고 있
다는 사실이 끔찍하게 느껴졌다. 몸이 먼저 그를 거부했다. 어쩔
수 없이 몸을 섞지만 그와 살이 맞닿을 때마다 찬바람이 부는 낯
선 문 앞에 두고 온 아이가 미늘처럼 목에 걸렸다. 밤이 되면 아
이의 울음소리가 이명이 되어 울렸다. 심장 대신 그곳에 빈 포대
기가 걸쳐져 있는 것 같았다. 밤새도록 펄럭펄럭 포대기가 바람
에 날리면 온몸이 물에 불린 메주콩처럼 부풀어올랐다.

　아이를 다시 볼 수 없다는 것을 알았을 때, 살고 싶지 않았다.
밥맛도 없고 꼼짝하기도 싫었다. 어떤 날은 하루 종일 자기도 하
고 어떤 날은 꼬박 뜬눈으로 밤을 보내기도 했다. 말수가 줄어들
고 바쁘게 걷던 걸음걸이가 느려지고 텔레비전에 정신을 빼앗겼
다. 우연히 아침 방송에서 잃어버린 사람들을 찾아주는 프로그
램을 보았다. 그것만 보고 있으면 가슴에 퍼런 멍울이 졌다. 그러
던 어느 날 해외입양아들이 나왔고, 간혹 그들이 가족을 만났다.
그 방송을 하는 수요일만 되면 피가 머리 위로 치솟고, 눈앞이
하얘지며 현기증이 났다. 아이는 해외로 입양되었다고 하지 않았
는가. 다음 방송에는 그애가 꼭 나올 것 같았다. 아니, 분명히 찾
아올 것이라고 믿었다. 연희는 기다리기만 하면 되었다.

　수요일 아침만 되면 연희는 노트를 들고 화면 앞으로 바싹 다
가앉았다. 그동안 노트에 신상명세를 적은 아이가 아홉 명이었
다. 세월이 몇 년인데 어릴 때의 얼굴이 남아 있을 리 없었다. 혈
액형이 같고 나이가 비슷한 여자아이들 중에서 출신 보육원의

54

지역이 비슷하거나 가까우면 일단 이름을 적어놓는 식이었다. 유난히 마음에 와 닿는 아이의 이름에는 동그라미를 쳐두었다. 입양 전에 호적신고를 한다고 하였으니 한국 이름이 무엇인지만 알아도 범위가 훨씬 좁혀질 것이었다. 하지만 영아원에 데려다놓기로 결심을 하고 몇 날 며칠 고민만 하다가 결국 이름을 지어주지 못했다…… 처음부터 아이의 이름을 짓기 위해 서로 고민하지 않은 것도, 출생신고에 대한 이야기를 먼저 꺼내지 않은 것도 키우지 못할 거라는 예감 때문이었을까. 그 생각만 하면 젖몸살을 앓는 것처럼 으슬으슬 열이 나고 가슴이 저렸다.

아이의 눈이 너무 익숙해서 방송국에 연락을 해본 적도 있었다. 직원과 이야기를 나누는 그 짧은 시간 동안 연희는 아이를 버렸다는 죄책감과 부끄러움에 목이 꽉 잠겨 말을 할 수가 없었다. 서류상 드러난 모든 사항이 일치할 경우 최종적으로 유전자검사를 해볼 수 있다는 말에 연희는 늘 수화기를 내려놓았다. 우선 아이의 한국 이름을 몰랐다. 지어주지 않은 아이 이름을 알 리 없었다.

아주 가끔 이름도 없이 보육원 앞에 버려졌다는 입양아도 있었다. 그럴 때면 텔레비전을 보는 내내 가슴이 답답했다. 지난주 수요일에도 그랬었다. 쌍꺼풀 진 눈이 선명하고 컸으나, 메마른 우물 같은 눈을 가진 아가씨였다.

"몰라요. 이름도 없고요. 처음부터 보육원 앞에 버려졌다고 했어요."

에메랄드 궁 55

네덜란드로 입양되었다는 스물두 살 된 여자아이는 안구건조증이라도 있는 것처럼 조명 아래에서 눈을·똑바로 뜨지 못했다. 텔레비전 화면에 클로즈업된 여자아이를 보는데 슬픔보다 두려움이 먼저 등을 쓸고 지나갔다. 평범한 한국인의 보통 얼굴을 한 긴 머리 아가씨는 한국말을 못했다. 그녀는 그저 무표정한 얼굴로 카메라를 응시했다. 연희는 여자아이의 얼굴을 뚫어져라 보았다. 텔레비전 화면이 어른거렸다. 새삼스러운 물기가 눈가에 번졌다.

'그냥 잠시 맡겨두었던 것뿐이란다.'

아이를 만난다면 그렇게 말해주고 싶었다.

포장마차 1

막 포장을 들추고 들어오는 연희를 향해 정란씨가 흘깃 눈치를 준다. 포장마차에는 연인 사이로 보이는 젊은애들 둘이 엉덩이를 딱 붙이고 앉아 있다. 고개를 푹 숙이고 있는 여자아이와는 달리 남자는 여자애의 귀에다 대고 뭔가를 열심히 이야기하고 있다. 연희는 정란씨 가까이에 앉아 손님이 먹다 남긴 소주를 들어 한 잔 따른다. 정란씨가 오이와 당근 썬 접시를 내놓는다. 소리를 죽이고 한다고 하겠지만 가까운 자리라 그런지 아이들의 말소리는 이쪽까지 선명하게 다 들린다. 정란씨가 비죽이 웃고 있다.

"물론, 콘돔은 공짜야."

여자가 말간 눈을 뜨고 남자를 바라본다. 정말? 하는 눈빛이다. 남자는 고개를 끄덕한다. 하지만 여자는 미덥지 않은 표정이다. 남자가 눈짓으로 묻는다. 그럼 더 뭐?

에메랄드 궁 57

"공짜가 문제가 아니고……"

여자가 머뭇거린다.

"그거 우리가 달라고 해야 주나?"

여자는 차마 제 입으로 콘돔이라고 발음하지 못한다.

"아니야, 현희야."

현희, 여자애의 이름이다. 연희하고 비슷하다, 라고 연희는 생
각한다. 현희는 마치 처음 그 낱말을 접해본 아이처럼 군다. 남자
는 현희의 머리를 쓰다듬는다.

"아니, 항상 있어. 공짜야. 그냥 있는 거야. 생수나 텔레비전하
고 같아."

현희는 고개를 끄덕인다. 남자는 현희의 숙여진 얼굴을 두 손으
로 감싸고 그윽이 들여다본다. 이제 결심 섰어? 현희는 고개를 끄
덕인다. 현희는 남자의 어깨에 머리를 기댄다. 결심 섰어? 하고 물
은 남자가 막 일어서려는 참이다. 남자의 얼굴에 얼핏 '또 왜?' 하
는 짜증이 확 묻어난다.

"지난번 임신중절을 하고 난 후 처음이지, 오빠."

남자가 입을 꾹 다문다. 그러더니 정란씨를 흘끗 본다. 정란씨
는 모텔 앞 포장마차 주인답게 태연한 얼굴로 어묵 냄비에 물을
부으며 간을 보고 있다. 얼굴은 태연하지만 귀는 먹이를 발견한
하이에나처럼 그들을 향해 활짝 열려 있다는 것을 아마도 모를
것이다.

"수술은 생각한 것보다 정말 힘들고 무서웠어. 돈도 돈이지만

그때 배도 너무 아팠어."

"두 달이나 지났잖아. 그동안 너, 내 손도 안 잡았어. 넌 마치 손만 잡아도 임신되는 사람처럼 행동했다구. 생각 안 나?"

"오빠가 짐작이나 할 수 있을까? 첫 중절은 불임을 야기한다고 하는 그런 무서운 사실들을 말하는 게 아냐. 그거보다 더 무서운 건…… 병원에서 다리를 공중으로 쳐들고 누워 있던 내 모습이야. 다시는 그런 무서운 일을 벌이지 않을 거라고 결심했어. 오빠가 어떤 유혹을 하더라도 다시는. 하지만 또 무너져버렸어. 내가 어떻게 해야 할까? 한 달 전부터 오빠 어린애처럼 보채고."

"콘돔만 사용하면 아무 문제 없어."

"그럼 그땐 왜 그걸 사용 안 했어? 내 걱정은 조금도 안 한 거야?"

"널 너무 사랑하니까 그걸 미처 생각하지 못했어."

"하지만 다섯 번이나 했잖아. 그때마다 오빠가 콘돔 이야기한 적은 한 번도 없었잖아."

드디어 현희의 입에서 콘돔이라는 단어가 나온다. 속상하고 억울하고 화가 난 것이다. 금방이라도 눈물을 쏟아낼 것 같던 현희의 눈이 어이없다는 듯 커지며 분노로 일그러진다.

"그게 말이 돼? 난 그걸 어디서 구입하는지도 몰랐어. 하지만 오빠는 알았을 거 아냐."

"갑자기 벌어진 적도 많았는데, 어떻게 그걸 미리 준비하고 다녀."

"맞아, 갑자기 그런 적도 있었지. 불 꺼진 학교 화장실에서, 등산을 하다가 옆길로 새어 오빠 잠바 깔고……"

"목소리 좀 낮춰."

"그리고 DVD방에서 세 번이었어."

"그래서? 우리가 서로 사랑을 나눈 게 모두 내 책임이란 말야?"

"그때마다 오빠 사랑한다고만 했지, 내가 위험할 거라고는 이야기 안 했어."

현희의 눈에서 눈물이 주르륵 흘러내린다. 현희는 이미 연희나 정란씨는 안중에도 없는 눈치다. 목소리를 낮추지도 주위를 두리번거리는 일도 없이 현희는 눈물이 흐르는 눈으로 남자를 쏘아보며 말을 잇는다.

"학교 화장실이 처음이었어. 첫 경험을 화장실에서 하게 하다니, 내가 얼마나 비참했는지 알아? 동아리방에서 늦게까지 작업을 하다가 내가 들어간 화장실에 오빠가 따라 들어왔지. 그건 그렇다고 쳐. 우연인지 계획인지 모르지만, 산에서 할 때는 나뭇가지가 등을 찔러서 얼마나 아팠는지 알아? 난 이중의 고통을 참아내야 했어. 지나가는 사람들이 볼까봐 가슴은 또 얼마나 졸였는지."

"그런 말이 어딨어? 계획이라니. 너 정말 서운하다. 내가 계획적으로 너를 등산하다 말고 나뭇가지 찌르는 바닥에다 눕혔단 말야?"

"그후로 오빠가 선택한 장소가 바로 DVD방이었어. 그리고 두

번째인지 세번째인지 모를 그때에 임신이 된 거야. 그때도 그 DVD방에서 오빠는 밖에다 하면 임신은 안 된다고 했잖아. 콘돔이란 말은 입에서 꺼내지도 않았어. 내가 얼마나 힘들지, 내가 얼마나 힘들었는지 상상이나 해봤어?"

"미안해. 정말 미안하다고 했잖아. 이제 그만해. 너 그 말 나한테 벌써 몇번째인지 알기는 해? 내가 죄인처럼…… 아, 됐다. 그만하자."

"오빠 내가 이 말만 하면 화를 버럭 냈어. 오빠랑 안 한 지 겨우 두 달이야. 그것도 내 몸이 이제 회복되었는데, 오빠는 요 근래 나만 만나면 보챘잖아. 그리고 나보고 오히려 화를 냈어."

"화를 내다니, 내가 무슨 화를 냈다고 그래."

"오빠 그랬어. 도대체 얼마나 참으란 말이냐고, 내가 남자를 너무 모른다고. ……남자를 잘 알지도 못하는 내가, 그 잘 알지도 못하는 사랑하는 남자 앞에서 주눅이 들고 말았지. 요즈음은 만나기만 하면 오빠가 화를 내니까, 남자가 원할 때 다리를 벌려주는 일이 남자를 잘 아는 일이 되는 것이라고 생각하지 못했기 때문에, 그것이 사랑을 증명하는 일이 되리라고는 더더욱 생각하지 못했기 때문에 내가 얼마나 슬펐는지 알기는 해?"

"증명은 또 뭐고, 그것 때문에 너가 슬프다니. 그건 또 무슨 말이야?"

"지난번 만남에서 오빠가 그랬지, 이럴 거면 우리 그만하자고. 그러고는 오빠가 좋아하는 동태탕을 먹다 말고 숟가락을 툭 놓

에메랄드 궁 61

더니 그냥 집으로 가버렸어. 그리고 다시 돌아오지 않았어. 난 앉아서 동태탕을 더 떠먹었어. 동태탕, 엄마가 끓여줘도 안 먹는데…… 그걸, ……목구멍 속으로 식어버린 동태탕이 들어가면서 위장을 싸아하게 후벼파는 것 같았어. ……수저를 놓고 지하철을 타고 혼자 집으로 갔어. 그리고 사흘이 지났어. 오빠 정말 아무런 연락이 없었어. 오빠를 보지 않고는 살 수가 없을 것 같았어. 하지만 오빠 전화를 받지 않았어."

"니가 문자를 남겼지. 사랑한다고, 사랑한다는 걸 증명해야 한다면 그렇게 하겠다고."

"난 지금도 두려워. 오빠가 동태탕을 먹을 때처럼 수저를 탁 놓고 가버릴 것 같아서."

남자가 현희의 두 손을 꼭 잡는다.

"그렇지 않아. 그땐 니가 내 마음을 너무 몰라주니까 나도 화가 났던 거라구. 사랑은 표현할 때에만 상대방이 알 수 있는 거야. 난 사랑에 목이 마르고 타죽을 것 같아. 이제 다시는 널 아프게 하는 일은 일어나지 않을 거야. 지난 두 달 동안 입술을 깨물고 반성하면서 내 성기를 잘라버리고 싶었어. 나란 놈, 사랑이라는 말을 볼모로 널 강간한 치한이 아닐까, 이런 생각을 했어. 아니, 니가 나를 그렇게 생각하는 것 같아 너무 화가 났어. 사랑하는 사람에게 치한 취급 받으면서까지 구걸하고 싶은 생각은 없어. 맹세해. 니가 원한다면 평생 몸에는 손끝 하나 대지 않고도 널 사랑할 수 있다구."

남자는 마치 포기한 듯 말했지만 이건 설득이고, 더 나아가 조르기다. 남자의 의도대로 모든 것이 이루어질 게 뻔하다. 사랑하는 사람이 원한다면 스킨십조차 포기하겠다는 남자의 말에 현희는 이미 감동모드로 돌입할 준비를 끝냈다. 사랑과 용서와 자책으로 넘치는 현희의 눈은 남자의 눈 속 깊은 곳에 가닿는다. 현희는 남자의 손을 잡아 제 가슴에 댄다. 결국 성난 바다처럼 들끓는 남자의 성욕이 이긴 셈이다. 벌떡 자리에서 일어난 남자가 정란씨에게 얼른 계산을 하더니 현희의 손을 잡아끈다. 뒤따라 나서는 여자 목소리가 다시 가느다랗게 들린다.

"좀 어두워지면, 좀 있다……, 제발 오빠. 너무 밝아."

"너 여덟시까지 학원 가야 하잖아."

모텔에는 상만이 앉아 있을 것이다. 오후 다섯시. 건너편 건물에 되비친 태양이 그들을 그악스럽게 비추고 있다. 햇살에 밀려 성급하게 들어가는 그들의 등이 발갛다. 남자의 뒷모습에서 발기된 성기가 하늘을 향해 솟아 있는 것이 보인다. 현희의 귀에 대고 남자는 이렇게 말할 것이다. '아무 문제 없어. 나만 믿어.'

연희는 히죽 웃으며 남은 소주잔을 들이켠다. 남자라는 것들이 하는 수작이란 세월이 지나도 어쩌면 변한 게 하나도 없다. 지금은 뻔히 보이는 남자들의 속셈을 어째서 저 나이 때에는 까맣게 몰랐을까 싶다.

"어째 대낮부터 소주를 찾어?"

연희는 한숨을 푹 쉰다. 아니, 한숨이 저절로 푹 새어나온다.

에메랄드 궁 63

"없으면 없는 대로 화가 치밀고, 있으면 또 있는 대로 꼴이 뵈기가 싫네. 카운터 앉아 있는 꼴을 보니 속이 느글거려서 말야."

낄낄낄. 정란씨가 개구쟁이 아이처럼 상체를 흔들며 웃어젖힌다. 공감한다는 뜻이다.

타인들

　사흘 동안 쉬지 않고 비가 내렸다. 습도는 높으나 그 끈적끈적함이 사람들을 끌어들이지는 못했다. 축축하고 음습한 기운이 건물 안팎으로 연소되지 못한 연탄가스처럼 가라앉아 있다. 비가 오면 분위기에 젖어 사람이 많을 것 같은데 그렇지가 않다. 경기장이나 극장이나 모텔이나 마찬가지다. 그곳이 어디든지 사람 부대끼는 장소는 맑은 날씨가 제격이다. 어제 오후부터 비가 잡히는 것 같더니 저녁때가 지나자 밀린 숙제를 하듯 제법 사람이 들었다. 각성제라도 뿌려야 좀 말똥말똥해질 것 같던 세상이 조금씩 정신을 차리기 시작한 것이다. 방 열쇠를 건네는데 히죽히죽 웃음이 나왔다. 새벽에는 술에 취한 손님 몇이 여자를 끼고 들어왔다. 소란을 일으키지만 않는다면 술주정뱅이라도 대환영이다. 가끔은 주저리주저리 내뱉는 술주정도 귀여워 보일 때가

에메랄드 궁 65

있다.

아침엔 언제 그랬나 싶게 햇살이 도로 가득 퍼져 있다. 비 온 끝이라 그런지 도로는 더욱 눈이 부신다.

"방 있죠?"

기억이 틀리지 않다면 여자는 두어 주 전 오늘과 비슷한 시각에 연희에게 같은 질문을 한 적이 있다. 하지만 손님이 먼저 인사를 건네지 않는 한 알은척하는 것은 금물이다. 정면으로 눈을 들여다보거나 눈을 맞추는 짓은 더더욱 하면 안 된다. 연희는 여자가 내미는 돈을 받아넣으며 열쇠를 고른다. 511호. 오층이다. 정확히 따지면 사층이다. 4로 시작하는 호실은 없으므로 오층이 사층이 되는 셈이다.

"아뇨, 516호로 주세요."

여자는 호실을 지정하여 요구한다. 곧 남자가 그리로 온다는 말일 것이다. 연희는 516호 열쇠를 내민다. 오전의 오층은 지나치게 적요할 것이다. 어젯밤 오층에 묵었던 두 팀의 손님들은 새벽에 빠져나갔다. 오층 청소는 한 시간 전에 끝났다. 아마 약간의 기척이 남아 있다면 억센 억양의 심한 경상도 사투리를 쓰는 한씨 아줌마의 욕설 정도가 아닐까.

한씨의 욕설은 아침에 모텔을 들어서는 순간부터 시작된다. 몰상식한 손님들은 물론이고, 자기가 일하고 있는 숙박업소도 그 대상에서 벗어날 수는 없다. 상만이나 연희 면전에서도 거리낌 없이 뱉어낸다.

66

한씨의 주장은 그렇다. 이 바닥에서 숙박업은 인간이 가질 직업이 못 되고, 두 눈 번히 뜨고는 못할 장사다. 장사가 잘되는 것은 곧 세상의 말세를 뜻하는 것이며, 돌이킬 수 없는 재앙을 부르는 것이니, 러브모텔이라고 생긴 것들은 모조리 삼풍백화점 무너지듯 한 번에 싹 없어져버려야 한다. 입에 침을 튀기며 서두에는 삼풍을 식전행사처럼 붙이고 말세와 재앙 운운이 끝나고 나면, 짧은 시간 동안 방을 빌려쓴 인간들을 싸잡아 난도질하는 시간이 시작된다. 비로소 한씨 특유의 경상도 사투리 욕설이 나오는 것이다.

"이 잡년들은 지 새끼들 아구리에 밥은 처넣어주고 오능 기가. 넘의 사내 가랭이에 대가리 처넣고 좆뿌리까정 빨고 난 입으로 집에 가서 저녁밥 할 때 지 새끼들 목구녕에 넘어갈 음식, 쎄바닥에 숟가락 넣고 간 볼 꺼 아이가. 아이구 더럽다, 드으러워. 에이 퉤."

"하이튼 인간 말종자들은 어쩔 수가 없다카이. 술을 처묵었으몬 곱게 처묵지, 온 방 안에 이기 뭐꼬. 쓰레기통은 뭐, 뜨물 닦아내는 휴지 버리능 긴 줄 아나. 이불 우에 이건 또 뭐꼬. 비니루를 쓰고 하든지, 장화를 신고 하든지, 넘의 장사하는 이불에다 이리 싸제끼놓으몬 우짠단 말이고."

"더런 자슥들, 재떨이에 재만 떨면 되지, 가래침을 와 뱉고 지랄이고. 가스나가 미친는갑다. 와 빤스를 벗어놓고 가노. 그라이 바람이 들지, 문디 가스나."

에메랄드 궁 67

한번은 아줌마, 다 그 문디들 때문에 아줌마 밥 먹는 거예요, 하고 은근히 나무랬더니 그런다.

"누가 모르나? 내사 돈 벌라고 쎄 빠지는 사람 아이가. 벗고 빨고, 누워 씹고, 엎드려 땀 빼는 연놈들 욕이라도 해가미 일을 해야 심이 덜 든단 말이다. 내가 저거 하는 사업 잘되라꼬 이리 열씸히 청소하능 거면 억울해서 몬 살제. 내 스트레스 해소다. 내 사업 잘되자꼬 하는 욕이라 그기다."

말은 거칠게 하면서도 한씨의 청소 솜씨는 가히 일품이다. 욕실은 맨발로 들어가도 발을 한 번 털고 가야 할 것 같은 기분이 들 정도로 물기 하나 없이 반짝반짝하고, 방은 어제 도배한 방처럼 깨끗하다. 그러니 어쩌다 귀에 거슬리는 소리가 있어도 못 들은 척 넘어간다. 집에 가면 십 년 전에 죽은 남편이 놓고 간 두 혹덩어리 때문에 목구멍이 콱콱 막힌단다. 남편이 밖에서 본 고3 아들은 학교가 싸움터인 줄 알고 만날 얻어터지고 오거나 다른 애들을 쥐어패서 학교에 불려다니는 게 일이고, 젊은 시절 밥상머리에서 조금만 마음이 틀어지면 밥상을 뒤엎곤 한 늙은 시모는 치매에 걸려 집에만 들어가면 먹을 거 내놓으라고 패악을 쳐 밤잠도 자는 둥 마는 둥이라니, 볼이 미어터지게 내뱉는 욕설이야 한씨 말대로 그냥 스트레스 푸는 중이라고 생각하면 그만이다.

남자는 베개를 안고 서 있다. 그저 베개를 안고 서 있을 뿐 남자는 아무 말도 하지 않는다. 그러고 보니 아까 들어올 때에도 남자가 말이 없었던 기억이 난다. 하지만 그건 흔히 있는 일이다. 이곳은 말이 필요한 곳은 아니다.

"뭐가 필요하세요?"

"어어 어어."

남자는 손가락 하나를 들고 베개를 가리킨다.

"베개가 필요하시다구요? 하나 더요?"

연희 역시 손가락 하나를 세운 뒤 베개를 가리킨다. 남자가 고개를 끄덕인다.

"들어가 계세요. 곧 갖다드릴게요."

들어가 있으라는 손짓을 하자 남자는 그제야 고개를 끄덕이며 활짝 웃는다. 인터폰을 하지도 않고, 남자가 베개를 들고 또 하나를 가지러 온 것으로 보아 아마 여자도 청각장애인인 모양이다. 탕비실에서 베개를 가지고 뛰다시피 계단을 오른다. 프런트가 비어 있어 빨리 갔다 올 생각이다.

벨을 아무리 눌러도 안에서는 기척이 없다. 주먹을 쥐고 쾅쾅 문을 두드린다. 인기척이라곤 없는 복도에 빨간 카펫이 조롱하듯이 연희를 올려다보고 있다. 연희는 베개를 안은 채 프런트로 내려온다. 자리에 앉자마자 인터폰이 울린다.

"어어어어어어."

아까 그 남자인 모양이다.

"베개를 가지고 갔는데요."

여기까지 말을 한 연희는 수화기를 조용히 놓아버린다. 그들은

에메랄드 궁 69

듣지 못한다. 보이지 않는 곳에 대고 그들이 할 수 있는 말은 아무것도 없다. 연희는 다시 베개를 들고 방으로 올라간다. 이번엔 방문이 활짝 열려 있다. 화가 난 남자가 문 앞에서 연희를 보며 씩씩거리고 있다. 이번엔 말 대신 손짓으로 아까 한 번 다녀갔다는 표시를 한다. 손가락으로 두번째라는 표시를 하며 입 모양을 크게 한다. 아까 왔었어요. 남자가 고개를 끄덕이며 미안했던지 머리를 긁적인다.

마우스를 이리저리 움직이며 인터넷을 뒤진다. 오리털 이불이 삼만 사천원? 오리털 이불 사진 위에 마우스를 대고 클릭하자 화면이 다시 바뀐다. 사진이 몇 배는 더 커진다. 이불은 테디베어 무늬가 새겨져 있어 아기들에게 잘 어울릴 것 같다. 화면에 눈을 바짝 대고 섬유 구성을 살펴보던 연희는 잠시 멈칫한다. 마우스 포인터가 이불 위에서 거칠게 원을 그린다. 아기 이불이라니, 손가락으로 마우스를 탁 친 연희는 쳇머리를 흔들며 화면을 닫는다. 인터넷 쇼핑사이트를 지우자 아까 보다 말았던 방송국 화면이 나타난다. 연희는 방송국 홈페이지 속을 하릴없이 쏘다닌다.

저녁을 먹고 나자 몸이 나른하며 잠이 쏟아진다. 꼬박 졸았는가 싶었는데 덩치가 산만한 것이 접수구 창을 가로막고 서 있다. 마누라가 집을 나간 지 십 년은 된 홀아비 같은 상이다. 몸에서 풍기는 기운이 추레하고 구질구질한데다 생긴 것도 제 맘대로다. 꼭 주물러놓은 떡반죽같이 생긴 놈이 밥 먹은 게 내려가지도 않은 시각에 여자를 찾는다. 선정이를 들여준다. 마치 손님이 부르기를 기다리고 있었다는 듯이 콩콩거리고 계단을 밟는 선정의 발소리가 대책 없이 경쾌하게 들린다.

516호에서 시간 연장을 해달라고 한다. 맥주랑 적당한 안주도 부탁해요. 싸운 것인지 운 것인지 코맹맹이 소리로 여자가 전화를 걸어온다. 맥주를 갖다주고 계단으로 내려오는데 315호 앞에 선정이 쪼그리고 앉아 있는 게 보인다.

"너, 거기서 뭐하니?"

다가가려는데, 갑자기 315호 문이 벌컥 열리며 알몸의 남자가 선정의 팔을 확 낚아챈다.

"이년이 내가 화장실 간 새에……"

마치 들으라는 듯이 말을 흘린 남자가 선정을 질질 끌고는 문 안으로 사라진다. 연희는 우두커니 그 모습을 보다가 프런트로 내려온다. 그리고 난리가 난 것은 삼십 분쯤 후다.

"씨팔, 빨리 들오란 말이야!"

남자의 째진 고함소리가 복도를 울린다. 이층은 아니고 삼층이다. 연희는 계단을 향해 빠른 걸음을 옮긴다. 소란이 일어난 곳은 삼층 복도다. 아까 그 알몸이 팬티 하나만 달랑 걸친 채 315호 앞에서 선정의 뺨을 철썩철썩 때리고 있다. 그걸로도 모자랐는지 남자는 선정의 머리채를 획 휘어잡는다. 연희는 달려가서 남자의 어깨를 퍽 친다. 술을 마셨는지 술냄새가 복도에 가득 들어찼다.

에메랄드 궁 71

"왜 여자를 때리고 지랄이야, 지랄이?"

"이년이 한 번 더 하자고 그러는데……, 돈 준다고 말이야. 한 번……."

"이 양반이, 당신, 시끄럽게 일 한번 만들어볼 테야? 경찰 불러줄까? 끌려가서 신원조회 한번 당해볼 거야? 마누라 불러들이지 못해 안달이 났어? 이거 봐. 어디다 여자한테 폭력을 행사해! 고소당하기 전에 집에 가서 당신 마누라 젖이나 주무르고 자! 아니면, 엄마 젖이나 더 먹고 오든지!"

연희는 남자의 손에서 선정의 팔을 낚아챈다. 그 바람에 남자가 쿵 소리를 내며 뒤로 자빠진다. 연희는 선정을 데리고 얼른 이층으로 내려와 211호로 들어간다. 곧이어 왜 이리 시끄러워? 하는 상만의 목소리가 들린다. 언제나 그런 식으로 마무리하는 것이 그의 몫이다. 사건 끝나고 출동하는 영화 속의 경찰차처럼 오늘도 어김없이 제시간에 등장한 것이다. 어쨌든, 상만이 등장하고 삼층 복도는 금방 잠잠해진다.

입고 있던 웃옷은 어떻게 했는지 선정은 얇은 블라우스만 달랑 걸치고 있다. 그 블라우스도 남자가 쥐어뜯은 모양인지 단추가 몇 개 달아나고, 풍만한 선정의 가슴이 그대로 드러나 있다. 추워서 그런 건지 무서워서 그런 건지 선정은 중풍 걸린 노인네처럼 덜덜 떨고 있다. 연희는 선정의 가슴을 여미어주고 어깨에 이불을 걸쳐준다.

"아저씨가 나갔으니 그 술 취한 놈은 아마 파출소로 끌려갔을

72

게다. 그건 걱정 말구, 오늘은 여기서 자라. 미친개한테 물렸다고
생각해."

"그 새끼가 나를 때렸어요."

"그래, 그냥 자."

"그 새끼가 그거 하면서도 나를 막 때렸어."

"미친놈!"

"돈은 받았어?"

"어이구 미친년, 곧 죽어도 돈이야? 그렇게 맞고도 돈밖에 생
각이 안 나?"

"우리 현지 찾아야 해. 우리 현지 찾으려면 돈 가지고 오라고
했어."

술에 취해야 내뱉는 '우리 현지' 타령이 오늘은 맨정신에 나온
다. 아니, 그렇게 두들겨 맞았으니 맨정신이 아니기도 할 것이다.
이불을 어깨에 두른 채 선정이 옆으로 스르르 쓰러진다. 그 바람
에 이불이 누가 벗기기라도 한 것처럼 바닥으로 미끄러진다. 연희
는 이불을 다시 선정의 어깨까지 끌어올려주고 등을 두어 번 톡
톡 두드려준다.

선정의 가방을 뒤져보지만, 화장품 파우치 말고는 지갑도 핸드
폰도 없다.

"핸드폰이라도 있으면 집에 연락이라도 하겠구만."

선정은 금방 잠이 들었는지 낮게 코까지 곤다. 피곤했던 모양
이다. 흐흐흐흐. 아직 진정이 안 되었는지 선정은 신음소리까지

내며 흐득인다. 연희는 선정의 얼굴을 가만히 들여다본다. 선정의 볼에 눈물 자국이 상처처럼 움푹 파여 있고, 속눈썹에 눈물한 방울이 이러지도 저러지도 못하고 맺혀 있다. 연희는 검지손가락으로 선정의 눈물을 찍어낸다.

"니 인생도 참 지랄 같네."

후드득. 추운 듯 선정이 어깨를 떤다.

혜미

　이층 끝방은 창문이 반쯤 열려 있다. 한 시간쯤 전에 목욕 간다고 아기를 안고 나오더니 환기를 시키느라 창문을 열어놓은 모양이다. 아직 갓난애긴데 목욕탕이 괜찮을지 모르겠어요, 라고 웅얼거리기에 연희는 내가 봐준다며 자는 아기를 덥석 받아안아 버렸다. 그러고는 내내 아기를 들여다보고 있었던 것이다.

　아기는 아직 자고 있다. 연희는 아기를 안으려다 말고, 손을 볼에 갖다댄다. 잠깐 나갔다 왔더니 손이 차갑다. 찬 기운에 아기가 깜짝 놀랄지도 모른다. 힘주어 문지르던 손바닥을 이불 밑으로 넣는다. 혜미가 오기 전에 한 번 더 안아보고 싶다. 그때, 다그락다그락 바닥을 가볍게 두드리는 슬리퍼 소리가 난다.

　"아즘마."

　혜미다. 서로 뭉쳐진 젖은 머리카락이 걸을 때마다 덜썩덜썩 혜미의 가는 어깨를 친다. 제 얼굴에 붙은 머리카락을 어깨 뒤로 넘기며 혜미가 활짝 웃는다. 버린 아이가 컸으면 저만큼 됐을까 싶게 혜미는 볼수록 애착이 간다. 거기다가 엄마와 꼭 닮은 아기는 보고만 있어도 미소가 절로 떠오른다. 안고 있으면 꼭 알을 품은 어미닭 같은 심정이 된다. 보드랍고 따뜻하게 품어주고 싶다. 포근하게 감싸주면 품속에서 손가락도 길어지고, 발바닥도 넓어지고, 마디마디 주름도 예쁘게 새겨질 것 같다. 그럴 때마다 근원을 알 수 없는 간절함이 몸의 급소마다 돋을새김으로 새겨진다.

"목욕했어?"

"오랜만에 했더니 몸이 날아갈 것 같아요. 이 동네 목욕탕 정말 좋아요."

한 블록 지나서 있는 이, 삼층이 목욕탕인 세원장에 간 모양이다.

하얀 목을 뒤로 젖히며 활짝 웃는 혜미의 싱그러움이 눈부시다. 어쩌다가 부모를 버리고 예까지 나와 사서 고생일까. 저렇게 순진하고 고운 아이가. 연희는 또 버릇처럼 혀를 끌끌 찬다. 순하고 착한 것은 혜미뿐만 아니다. 제 부모의 처지를 아는 것인지 아기는 한 번쯤 내놓을 법한 괜한 고집 한 번 부리지 않는다. 칭얼거리면 기저귀를 갈아주거나, 어미젖을 물려주면 되었다. 한 달이 지났건만 아직 우는 아기 때문에 항의전화를 받은 적은 없다.

날짜가 차면 나가겠거니 했는데, 일주일이 지나자 아기 엄마가 생글거리며 나타나 한 달 치 선불을 손에 쥐여주었다. 있는 듯 없

76

는 듯 하도 조용하니 받아도 되겠다 싶은 욕심이 들었다. 더군다나 한 달 치 선불은 적은 액수가 아니다.

"애는 한잠 든 것 같다. 옆에 있으니까 나도 잠이 쏟아져 잠시 나갔다 들어왔어."

"고마워요, 아즘마."

"낯선 곳에서 지내기 어렵지 않니?"

"……사실은요, 여기 우리 처음 아니에요."

"그래? 전에도 여기 온 적이 있었단 말야?"

"네, ……재작년에 여기 놀러왔었는데, 그때 처음 에메랄드에서…… 경석씨나 저나 말은 하지 않았지만 같은 생각이었어요. 아무리 둘러봐도 갈 곳이 없었을 때요, 이곳이 고향처럼 마음에 찍혀 있는 거예요. 이곳에 와야 한다, 여기서부터 다시 시작하자."

"몹쓸 것들, 나한테 첨부터 말을 했더라면 조금 더 쉬웠을지도 모르잖아."

"그러고 싶었지만, 그럴 수가 없었어요. 우릴 어떻게 볼까 겁이 났어요. 그땐, 말 한마디만 뱉어도 주위 사람들한테 야단을 맞았거든요. 처녀가 배부르고 아이 낳고 하니까 그러더라구요."

"그럼, 애 낳고 며칠간은 어디 있었던 거야?"

"배부른 거 표시 날 때부터 친구 자취방에 있었어요. 근데, 애 낳고 나니까 주인 아즘마가 우리 집 연락처를 대라고, 더 이상 그냥 두고 볼 수가 없다고 어찌나 그러는지 그 집을 나올 수밖에 없었어요. 우리에겐 여기가 마지막이었어요. 더 이상 우리를 받아주지 않으면 그냥 셋이서 죽자, 라고 결심했어요."

"죽기를 결심하고 왔단 말야? 어이구, 안 받았으면 송장 칠 뻔했네."

눈을 동그랗게 뜨고 깔깔거리며 웃자, 혜미가 부끄러운지 무심코 연희 손을 잡았다 놓는다.

"그래, 부모님한테는 영영 연락을 안 할 거야? 혜미가 이러고 있는 거 엄마는 모르시지?"

"전, ……부모님이 안 계세요."

"아, 그래. 참, 이모 집에 얹혀 있다고 그랬던 것 같아. 내가 깜박했구나. 그래도 이모가 걱정하실 텐데."

"저, 집 나온 지 좀 오래됐어요."

"그래? 이모한테는 전혀 연락도 안 하구?"

"……전요, ……우리 애기 잘 키우고 싶어요. 우리 엄만, 아버지 없이 절 낳았는데, 제가 세 살도 되기 전에 큰이모한테 맡겨두고 집을 나가버리셨대요. 돈 벌어오겠다고요. 그동안만 좀 키워달라고 그러셨대요. 그런데, 제가 중학교에 들어갈 때까지 소식 한 장 없었던 거예요. 첨에는 돈 벌어서 오기 전에는 소식도 안 전할라나보다 하고 생각하셨대요. 독하게 맘먹었나, 이렇게요. 근데, 이모가 이리저리 수소문해보니 다른 데 시집가서 아들 낳고 잘살고 있었대요. 그때부터 이모가 달라지시더라고요. 설거지 똑바로 안 했다고 야단하시고, 친구랑 놀다가 늦게 들어온다고 때리고…… 그땐 그런 걸 못 참겠더라고요. 엄마는 완전히 날

버렸는데, 이모가 뭐라고 날 데리고 있겠어요. 고등학교 2학년 때 집을 나와버렸죠. 그러고는 혼자 살았어요. 편의점 아르바이트부터 시작해서 식당에서도 일하고, 대형할인점에 취직도 하구요."

"혼자서 얼마나 힘들었어, 그래?"

"혼자 있으면 좋을 것 같았는데, 시간이 갈수록 차라리 이모한테 구박받는 게 낫겠다 싶을 정도로 외로워서 미칠 것 같았어요. 그때, 경석씨를 만났어요. 나이를 속이고 편의점에서 일할 때였는데, 가게 단골손님이었어요. 첨엔 그저 단골인 줄 알았는데, 나중에 알고 보니까 흑심이 있었더라고요. 호호호."

"그랬겠지. 이렇게 이쁜 아가씨를 그냥 내버려뒀을 리가 없지."

혜미가 배시시 웃는다.

"전 엄마처럼 미혼모는 안 될 거예요. 경석씨하고 떳떳하게 결혼식 해서 아버지 있는 아이로 잘 키울 거예요."

혜미는 아이를 조심스럽게 받아 안는다. 물에 젖은 혜미의 머리카락이 날 선 칼날처럼 코끝을 스친다. 비누 냄새가 사방에 퍼진다. 이잉. 순간, 낡은 엔진 소리를 내며 모텔의 정문 턱을 넘는 자동차 소리가 들린다. 혜미가 얼른 이층으로 올라간다.

인상을 잔뜩 구긴 남자가 돈을 지불하자마자 성큼성큼 걸어가더니 엘리베이터 앞에 선다. 팔짱을 낀 여자가 남자 두 발짝쯤 뒤에 서 있다. 마치 다툰 사람들처럼 얼굴을 마주 보려고 하지도 않으면서 엘리베이터가 오자 나란히 탄다. 들어가자마자 달라붙을 것들이…… 연희는 중얼거리며 텔레비전을 켠다. 죽일 듯이

에메랄드 궁 79

으르렁거리며 이혼한 부부가 다시 만나는 드라마다. 이제 막 재혼한 둘은 서로를 격렬하게 껴안으며 애무를 한다.

상만과도 떨어져 있으면 저렇게 뜨거워질까. 연희는 픽 콧방귀를 뀐다. 그 화상은 어찌된 일인지 지금 당장 머리를 거꾸로 처박고 죽는다고 하여도 눈 하나 깜짝 안 할 것 같다. 눈은 신문에 박은 채, 손가락은 콧구멍에 넣은 채 느릿느릿 말을 보탤 땐 너무 미워서 확 밀쳐버리고 싶은 생각이 무럭무럭 솟아나는 것이다.

띠리리링. 벨소리가 밤새 연인들의 입김으로 달아올라 있던 실내공기를 뒤흔든다. 객실 인터폰이다. 힐끔 본 인터폰에 반짝이는 불빛이 이층이다.

"응, 혜미야. 왜?"

방 안으로 들어서던 상만이 잔뜩 미간을 찌푸리며 눈을 흘긴다. 상만은 혜미네를 좋아하지 않았다. 처음 일주일 있다가 간다고 했을 땐 별말 않더니 한 달 연장했다는 이야기를 듣자, 혜미 방에 찾아가서 돈을 줄 테니 당장 나가달라고 으름장을 놓았다.

"잘 들어! 애새끼 우는 소리가 단 한 번이라도 내 귀에 들렸다 하는 날엔 확 다 뒤집어엎어버릴 테니까. 그날이 니들 이삿날이야. 알았어?"

부라린 상만의 눈은 껍질을 깐 양파처럼 반들거렸다. 고개도 들지 못하고 쩔쩔매는 혜미가 끄덕끄덕 가는 목을 흔들었다. 그날은 톡 부러질 것같이 약해 보이더니 갈수록 혜미는 씩씩해졌다. 저만하면 어떤 상황에서도 지 새끼는 든든하게 지키겠다 싶은 생각이 드는 것이다.

혜미 목소리는 물 위에 뜬 공처럼 가볍다.

"아즘마, 아까 얘기한다는 걸 깜박했는데요, 우리 애기 이름 지었어요. 며칠 동안 인터넷 한자사전도 얼마나 많이 뒤졌는지 몰라요. 다현이요, 예쁘죠? 많을 다, 별기운 현."

"다현이? 참 예쁘다."

많을 다, 별기운 현. 다현. 아이의 이름을 속으로 되뇌니 따뜻한 햇살 아래 나와 앉은 듯하다. 그곳에 가만히 있으면 기다리던 사람이 곧 나타날 것 같다. 연희는 가만히 중얼거린다. 정말 나타나면, 내가 아이를 알아볼 수는 있을까. 연희는 싸하게 밀려오는 알 수 없는 느낌 때문에 아랫배를 만지작거린다.

처음 살림을 차리면서 제일 먼저 사놓은 육아용품들을 흘겨보던 주인 아주머니는 몸을 풀고 막 드러누운 연희에게 기어이 밀린 방세 이야기를 했다. 공사장에서 일하던 상만은 다른 인부와 싸워서 유치장에 들어갔다고 하더니 사흘씩이나 소식이 없었다. 연희는 천장의 벽지 무늬가 움직이는 것이 눈물 때문인 줄 몰랐다. 뜨거운 액체가 귓등으로 넘어갔다. 주인 아주머니가 혀를 차며 방문을 탁 닫았다.

"주제를 알아야지. 애는 무슨…… 부모는 아무나 되는 줄 아나?"

그 소리를 듣는데, 갑자기 창자가 꼬이면서 복통이 왔다. 연희는 배를 움켜쥐고 방바닥을 구르기 시작했다. 허리가 끊어질 듯한 복통은 밤까지 멈추지 않았다. 옆에 누운 아이가 배가 고픈지 모기 우는 소리를 냈다. 하지만, 손가락도 까딱할 수 없을 만큼 배가 아팠다. 허리가 펴지지 않아 몸을 모로 눕혀도 아이에게 젖을 먹일 수가 없었다. 이틀 동안 엉금엉금 기어서 아기에게 분유를 먹였다. 분유 맛을 본 아기는 젖꼭지는 입에도 대려고 하지 않았다. 젖몸살을 하는지 가슴이 딱딱하게 굳고 맞은 것처럼 이곳저곳이 아팠다. 그래도 그냥 내버려둘 수는 없었다. 짜내기라도 해야 다시 젖이 고일 것이다. 유축기를 갖다대었으나, 젖이 나오지 않았다. 조금 붓는 듯하더니 사흘째 되는 날부터 젖은 아예 말라버렸다.

아이를 버리고, 이상하게도 아이 생각만 하면 그날 밤처럼 창자가 뒤틀리며 복통이 왔다. 그뿐 아니었다. 핏줄까지 하얗게 말라버렸는지 젖가슴은 유난히 더 쪼그라들었다. 그래도 아이 생각을 멈출 수 없었다. 얼굴은 가물거려도 두부 속살 같은 아이의 피부를 손바닥은 아직도 기억하고 있었다. 이제 컸으면 스무 살은 넘었겠지만 연희에게는 아직 갓난아기 그대로다. 길을 가다가도 등에 업힌 아이만 보면 목이 꺾일 듯 뒤로 돌아갔다. 언제부턴가 복통을 느낄 수 없게 되었지만 연희는 지금도 어린 아기를 보면 저도 모르게 배를 만지작거리곤 한다.

몸을 다 싸고도 한 뼘이나 남았던 배냇저고리, 꼬마 기차가 그

려진 하늘색 포대기, 꽃무늬가 프린트된 우유병, 한낮의 빨랫줄
에 눈이 시리게 펄럭이던 옥양목 기저귀, 속눈썹이 유난히 길고
볼이 터질 듯 통통했던……, 기저귀를 갈아주면 얼굴이 햇살 받
은 것처럼 환해지던 아이. 이십 년이 넘도록 그런 것들이 시린 상
처에 소금을 뿌린 듯이 아팠다. 아마도 죽을 때까지 아니, 죽고
나서도 그 아이의 모습을 버릴 수는 없을 것이라고 생각했다. 그
런데, 시간이 지나면서 아이의 얼굴은 점점 희미해졌다. 어떨 때
는 지우개로 말끔히 지워버린 것처럼 흔적도 없었다. 이제 아이
는 있기도 하고 없기도 하다. 그런 기분이 들 때, 가슴은 쇳덩이
를 얹은 듯 무거워졌다.

　아이를 버린 후로 숨을 쉬고 살아 있다는 느낌을 가진 적이 없
었다. 죽은 목숨이라고 생각하고 살았다. 그래서 죽을 각오로 밤
낮없이 일을 했다. 차라리 뼈가 부서졌으면 좋겠다고 생각했다.
꼭 아이를 찾아오고야 말겠다고, 그러고 말겠다고 이를 악물고
닥치는 대로 일을 했다. 상만이 일하던 공사장 함바 식당을 경영
하게 되었을 때, 그때 아이를 데려왔어야 했다. 그랬더라면 아이
를 영영 잃어버리는 일은 당하지 않았을 것이다. 하지만 함바 식
당에서 어떻게 아이를 돌보고 키울 것이냐며 차라리 그곳에 있
는 것이 아이에게 더 안전할 것이라며 상만이 조금만 더 기다리
자고 했고, 그 조금이 사 년을 훌쩍 넘겨버렸다. 공사장 규모는
제법 컸고, 인부들은 연희가 만든 음식을 좋아했다. 장사는 누가
밀어주기라도 하는 것처럼 잘되었다. 돈 뜯어가는 가족이 있는

에메랄드 궁　83

것도 아니었고, 목돈 들어갈 자식이 있는 것도 아니었다. 돈 모으는 재미에 손이 곱아지는 것도 몰랐다. 늦었지만 그때라도 아이를 데려왔어야 했다. 아니, 알아보기라도 했어야 했다. 어떻게 갓난아기가 시간이 지나면 크는 줄을 몰랐단 말인가. 돈을 웬만큼 벌어 도시 외곽에 있는 작은 여인숙을 인수했을 때, 두근거리는 가슴을 안고 영아원으로 찾아갔다. 벌써 여섯 살이 되었을 아이는 이미 영아원을 떠난 지 오래였다. 보육원으로 옮긴 후 해외로 입양시킨 것이 이 년 전이라 했다. 직원이 한심하다는 얼굴로 시선을 돌렸다. 몸속의 장기가 항문으로 와르르 빠져나가는 듯했다. 이렇게 몸이 텅 빈 것 같을 수가 있을까. 상만이 미웠다. 그 모든 것이 돈독 오른 상만 탓이라고 여겼다. 이 인간을 영원히 용서해서는 안 된다고 생각했다. 상만에게 이를 갈면 갈수록 아이에게 덜 미안하다고 믿었던 것일까?

혜미의 밝은 목소리가 전화기에 아직까지 여운으로 남아 있다. 연희는 상만이 눈치채지 못하게 자근자근 눈초리를 누른다. 갑자기 상만이 버럭 고함을 지른다. 혜미와 다정하게 말하는 것이 듣기 싫다는 뜻일 것이다.

"516호, 시간 다 되지 않았어? 연장한 뒤로 몇 시간이 지난 거야? 사람들이 기본을 몰라. 기본을!"

그러고 보니 516호의 연장한 대실 시간이 어느새 후딱 지나고 있다. 516호로 인터폰을 하려고 하는데, 끄으윽 창자에서 몇 년

84

묵은 신트림을 뿜어낸 상만이 안내실 문을 열고는 휙 나가버린다. 썩은 걸레 냄새가 안내실에 진동을 한다. 쌍욕이 저절로 튀어나온다.

"어이구, 저 웬쑤, 웬쑤. 프런트 안 보고 또 어딜 내빼는 거야. 지랄 맞은 인사! 또 처자빠져 자고 싶어 환장을 했구만!"

인터폰을 해도 516호에서는 대답이 없다. 연희는 받지도 않는 인터폰을 들고 주둥이가 다 닳아지도록 공시랑공시랑 욕을 해댄다.

벙어리

물기 머금은 이파리가 햇살에 되비쳐 팔랑거린다. 연초록 잎 몇 개를 단 나무는 마치 생전 처음으로 식물이 된 듯 수줍어 보인다. 연희는 고개를 빼고 색을 조금씩 드러내고 있는 계절을 본다. 계절도 당황스러울지 모른다. 이렇게 빨리 제 차례가 돌아올 줄은 몰랐을 것이다. 시간은 넓이뛰기 하는 선수처럼 경중경중 사소한 것들을 건너뛴다. 손에 턱을 받치고 얼굴은 유리창에 붙이고 눈을 감는다. 거리의 바람이 코끝에 와 닿는다. 그때 오씨가 접수구 창을 두드린다.

"사장님, 벌써 세 시간이 지났어요. 근데, 밖에서 암만 두드려도 대답을 하지 않아요."

"누가?"

"아까 그 벙어리들 말입네다. 마침 그 옆방이 비었기에 청소할까 했시요."

　그러고 보니 깜빡하고 있었다. 인터폰을 해도 듣지 못하겠거니 하고 아예 신경을 꺼놓고 있었던 것이다. 연희는 자리에서 벌떡 일어난다. 그리 흔하게 일어나는 일은 아니지만 이 동네에서도 간혹 자살소동이 일어났다. 게다가 들어간 남녀는 장애인이다. 그들이 세상을 비관할 이유야 모텔 문을 두드린 다른 남녀들보다 훨씬 많지 않겠는가. 자살이나 범죄가 일어나면 숙박업소는 한동안 타격이 크다. 몇 년 전 작은 화재로 어처구니없게도 사람이 하나 죽어나갔을 때 입었던 충격을 생각하면 지금도 모골이 송연하여 겨드랑이부터 식은땀이 차오른다. 빚을 등허리에 짊어진 지금 같은 상태에서 사람이라도 죽어나간다면 문을 닫아야 할지도 모른다. 오씨를 앞세우고 연희는 삼층으로 올라간다.

　"이 방임네다."

　오씨가 317호를 스쳐 지나가는 연희의 옷자락을 잡으며 말한다. 그들에게 317호의 열쇠를 주었던가. 317호의 여분 열쇠는 상만이 가지고 있다. 가끔 상만은 317호에 들어가 잠을 잤다. 처음엔 그 연유를 몰랐다. 저 인간이 미쳤나, 왜 멀쩡한 방 놔두고 손님 방에서 자고 지랄이야, 라고 생각했다. 그 방이 317이라는 숫자를 달고 있다는 사실을 깨달은 것은 불과 얼마 전이다. 317…… 연희에겐 무섭고 두려운 숫자가 상만에겐 그리움과 안타까움의 숫자였다니.

　"잠겨습네다."

에메랄드 궁　87

당연히 잠겼을 것이다. 철컥철컥 소리만 날 뿐 손잡이는 옆으로 돌아가지 않는다. 갑자기 불안이 엄습한다. 유서 한 장만을 달랑 남긴 채 숨이 끊긴 시체 두 구를 눈앞에서 보기라도 한 것처럼 다급해진다.

"안 되겠어. 옆방으로 들어가보자."

316호의 베란다를 통하면 317호의 베란다로 건너뛸 수 있다. 방과 방 사이의 베란다 간격이 그리 넓지 않아 아주 위험한 경우는 아니다.

"저어……, 사장님……, 불러올까요? "

급하게 316호 베란다로 나가는 연희를 잡아채며 오씨가 숨이 넘어가는 소리로 말을 한다. 오씨의 눈동자가 약하게 흔들린다. '상만에게 가서 비상키를 달라고 하지 그러느냐.' 오씨의 눈이 그렇게 말하고 있다. 이쪽의 수긍을 요구하듯 고개까지 끄덕이며 오씨는 대답을 재촉하고 있다. 하지만 그러고 싶지가 않다. 상만이 가지고 있는 317호 열쇠에는 손도 대기 싫다.

"됐어."

"그라면 지가 하갔습니다. 전 어릴 때 나무도 많이 타봤더랬심니다."

"나도 나무 많이 타봤어. 걱정 마. 3층인데, 떨어진다고 죽기야 하겠어?"

아무려면 어때. 어떻게 되든 상관없어. 연희는 혼잣말로 중얼거리며 난간을 잡는다. 차가운 금속의 촉감이 몸속으로 밀려온다. 난간을 잡고 서니, 문득 죽음을 선택하기로 결정한 사람처럼 의연해진다. 자살이란 게 아무것도 아니구나 싶다. 명옥이년도 이렇게 아무것도 아닌 느낌이 들어서 쉽게 죽음을 결정했는지 모른다. 그년도 그랬을 것이다. 아득바득 살아가야 할 이유가 뭐 있을까. 그냥 죽어도 괜찮을 것 같다. 이렇게 중얼거리며 목말라 음료수를 들이켜듯 독극물을 홀딱 마셔버렸는지도 모른다.

지금, 연희는 어떤가. 자신 역시 아득바득 용을 쓰며 살아갈 이유가 없다. 자식도 버렸다. 그애를 만날 가능성은 전혀 보이지 않는다. 어쭙잖은 사랑은 다 타지도 못하고, 흉물스러운 폐가처럼 가슴 한복판에 내려앉았다. 때려죽일 남편은 남보다 못하다. 돈을 잘 벌어 돈 쓰는 재미로 사는 것도 아니다. 살아갈 이유가 뭐 있는가? 그냥 죽으면 어떤가. 꽉 죽으면 뭐 어떤가. 하긴 살아가면서 죽고 싶었던 때가 어디 한두 번 있었던가. 사람 목숨이 열두 개라고 하면, 그래서 사람들이 죽을 때마다 죽고 다시 산다면, 복장 터지는 답답한 일들이 좀 줄어들기는 했을까.

명옥이년이 연희 앞에서 코끼리 다리통만한 허벅지를 드러내고 뒈졌을 때, 저년은 왜 저리 행복해 보이나 이런 생각을 했다. 자신도 그렇게 행복하게 보이고 싶었다. 결국 그년이 이겼다. 상만이 보관하고 있는 317호의 열쇠 때문에 연희는 지금 차가운 금속 난간을 쥐고 온몸을 바들거리며 위태롭게 서 있지 않은가. 등 뒤에서 무거운 몸뚱이도 아랑곳없이 공중부양을 한 명옥이의 유령이 회심의 미소를 짓고 있는 것 같은 느낌이 든다. 연희는 차마

에메랄드 궁 89

고개를 휙 돌리지는 못하고 곁눈질로 조금씩 뒤를 돌아본다. 어디 한 군데 짚을 곳 없는 휘휘한 공간이 눈앞으로 불쑥 다가온다. 온몸이 부르르 떨린다.

그녀, 언제나 만명슈퍼 앞에서 큰 엉덩이를 낚시의자에 얹어놓고 뜨개질만 하고 있을 줄 알았던 상만의 아내가 찾아왔을 때 …… 그때, 하루가 거북 등에 매달아놓은 시계처럼 느리게만 느껴지는 그때, 연희는 세상에서 그처럼 힘든 일은 다시 나타나지 않을 것이라고 믿었다. 하지만, 지금 생각해보니, 그때는 혼자 숨어들 공간 하나 정도는 가지고 있었던 것 같다. 지금처럼 비상구도 보이지 않을 만큼 절망적이지는 않았다는 말이다.

연희는 등을 조금 뒤로 젖힌다. 명옥이의 푸짐한 살이 등뼈에 와 닿는 것 같다. 내놓고 실컷 능멸했던 그 뒤룩뒤룩한 살조차 문득 그립다.

"나, 왔어."

헐렁한 잠바를 걸친 뚱뚱한 몸이 휘청 앞으로 쏠리는 듯했다. 연희는 접수구 창을 가득 채운 여자의 거대한 몸집을 경멸스러운 듯 쳐다보았다. 가슴과 허벅지, 엉덩이, 어깨가 거대한 살덩이로 뒤덮이고, 그 살에 파묻혀 인간은 보이지도 않았다. 목을 빼고 뒤를 둘러봤지만 여자는 혼자였다. 남자들에 매달려 여관을 들락거리는 것들을 보면 못생긴 여자는 있어도 저렇게 뚱뚱한 여자는 없다. 지 몸 하나 간수하지 못하고 둔하게 살을 찌우냐. 누가 너랑 하고 싶겠어? 쯧쯧.

그렇게 속으로 혀를 차고 있을 때, 물에 팅팅 불어 터질 듯한 여자의 손이 갑자기 접수구 창을 스윽 열어젖혔다.

"나, 왔다니까."

무거워서 잘 움직이지도 못할 것 같은 몸과 달리 가느다란 여자의 목소리에 놀라 연희는 고개를 창밖으로 내밀었다. 퍼석퍼석한 부기가 여자의 얼굴에 발효된 밀가루반죽처럼 눌어붙어 있다. 어쩌다가 저렇게 살이 쪘을까. 예전보다 두 배는 분 것 같다. 눈 코 입이 볼에 파묻혀 그 형체를 구분하기 힘들었지만, 연희는 그녀가 누구인지 알아보았다. 온몸의 피가 정수리로 몰리는지 뒷덜미가 뻐근했다. 눈앞이 하얘지며 그녀의 얼굴이 지워졌다. 연희는 천천히 접수구 창에 머리를 부딪치지 않도록 애를 쓰며 자리에 바로 앉았다.

'명옥이가 왔다.'

명옥은 아무 말도 하지 않고 안내실로 들어와 앉았다. 철퍼덕. 그녀가 힘을 놓고 주저앉는 바람에 방에 깔아놓은 이불이 한 뼘이나 들썩거렸다. 연희는 명옥을 보았다. 하지만 눈을 치떠서 노려보지는 않았다. 그녀가 어떻게 나올지 스스로 방어벽을 구축하고 있는 중이었다. 명옥이 멱살을 잡고 늘어진다면 자신도 그럴 참이었다. 세월이 얼만가. 이제는 입장이 바뀐 것이다. 명옥이 연희의 멱살을 잡고 흔들기에는 세월이 너무 흘렀다. 세월이 흐르면 강산만 변하는 것이 아니다. 사람도 변하고, 처지도 바뀐다.

에메랄드 궁 91

"연락이나 좀 주지. 나는 혹여나 하고 기다렸는데······"

연희는 기다렸다는 명옥의 얼굴을 멍하니 쳐다보았다. 저렇게 뚱뚱한 여자에게 기다릴 누군가가 있다는 것은 믿기 어려운 일이다. 하지만, 기다렸다는 명옥의 말은 연희에게 묘한 감상을 불러일으켰다. 그녀는 상만을 기다렸다고 말하지 않았다. 그녀는 연희에게 기다렸다고 말하고 있는 것이다. 기다리는 동안 그녀가 얼마나 황폐해졌을지 연희는 짐작할 수 있었다. 인간은 기다리는 동안에는 아무것도 할 수 없다. 기다림의 끝은 미래다. 기다리는 사람에게 현재라는 시간은 없다. 지금 당장은 아무 일도 하지 못하고 오로지 기다리고만 있을 뿐이다. 그러므로 기다림의 시간은 인간에게 무의미하고 무용하다.

너무 오랫동안 기다렸기 때문에 그녀는 세월을 뭉텅 잘라먹은 사람처럼 보였다. 무의미한 기다림의 세월이 악머구리처럼 달라붙어 명옥의 몸을 저렇게 살찌워놓은 것일까.

"내, 여기서 사흘만 묵자. 손님이라 생각해주라."

"······"

"사흘만 있다가 갈 테니까, 방값 내라 하면 내고······"

"아니, 방값은 무슨······"

고작 한다는 소리였다. 연희는 자신의 머리털을 죄 뽑아놓고 싶었다.

"······그리고, 다시는 안 올 거니까. 내, 사흘만 묵고 가자."

그게 말이 되는 소리냐고 받아쳐주고 싶은데, 목구멍에 본드라도 발라놓았는지 소리가 나오지 않았다. 그 대신에 연희는 벌떡 일어나 커피를 한 잔 타서 명옥이 앞에 밀어놓았다. 어디선가 오 래된 젓갈 묵은 냄새가 났다. 연희는 거의 본능적으로 코를 큼큼 거렸다. 명옥의 몸에서 나는 냄새였다. 퀴퀴한 지린내였다. 연희 는 인상을 찌푸리며 명옥의 얼굴을 일별했다. 짙게 칠한 눈썹은 지우개로 지운 것처럼 번져 있고, 땀 때문에 파운데이션이 얼룩 져 온 얼굴에 도랑을 파놓았다. 번들번들한 입술은 아이가 먹다 남긴 짬뽕처럼 지저분했다. 겹겹이 쌓인 목살 틈으로 까무족족 한 때가 긴 실선을 그어놓고 있었다. 연희는 회심의 미소를 지었 다. 경멸, 경멸! 마음속으로 실컷 쏘아붙였다. 그러는데도 몸은 본처 앞의 소실처럼 자꾸 움츠러들었다.

"이 사람 찾아올 테니까……"

연희는 자리에서 일어났다. 지금 뭐하는 짓인가 싶었다. 머리 끄덩이를 잡아채서 여관 바깥으로 내동댕이치는 게 맞지 않은가 말이다. 그런데도 자꾸 주눅이 들었다. 무엇 때문인가. 아이 때 문인가. 그녀를 깔아뭉개며 당당히 그 동네에서 나올 수 있었던 이유였던 아이…… 자꾸만 아이 생각이 났다. 연희는 안내실을 나오며 소리나지 않게 문을 닫았다. 어쨌든 이 웬수를 찾긴 찾 아야 할 것이다. 명옥이 후루룩 소리를 내며 커피를 마시는 소 리가 어릴 적 밭일하고 온 아버지가 세수하는 소리처럼 귀를 쟁 쟁 울렸다.

사흘 동안 상만은 그녀의 방에서 함께 묵었다. 어처구니가 없

에메랄드 궁 93

고 황당했지만 눈감아주자 싶었다. 서방을 하루아침에 도둑맞은 년이었다. 분명, 사흘만 있다가 갈 거라고 했고, 다시는 찾아오지 않을 거라고 했다. 속이 부글부글 끓어오르고 밤에 잠 한숨 편안하게 자지 못했지만 참자 싶었다. 아니, 참고 말고 할 것도 없었다. 미련하고 뚱뚱하고 바보 같은 여자였다. 꿀릴 게 없었다. 걱정할 게 뭐 있겠는가 싶었다.

에메랄드를 인수하기 전에 경영했던 작은 여관에서였다. 상만은 밤마다 옛 마누라 앞에서 소주병을 깠다. 어스름이 내리기 시작하면 비닐봉지 속의 소주 서너 병과 노가리 몇 마리가 상만과 함께 집으로 들어오곤 했다. 밤늦게까지 술에 취해 되지도 않는 말을 횡설수설하다가 상만은 옛 마누라의 지린내 나는 허벅지에 머리를 처박고 잠을 잤다. 낮에 상만은 어디론가 볼일을 보러 나갔다. 명옥은 방에 죽치고 앉아 하루 종일 텔레비전 드라마를 봤다. 웬 무적 소리가 나서 들어가보면, 고래 같은 몸을 들썩거리며 코를 골면서 잠을 자고 있었다. 밥때가 제일 싫었다. 밥상 앞에 같이 앉을 수도 없고, 그렇다고 안 줄 수도 없었다. 명옥이 들앉은 방에 밥상을 차려 갖다바쳤다. 명옥은 밥을 잘 먹었다. 아귀아귀 입안에 밥을 퍼넣으며 손으로 김치를 죽죽 찢어먹었다. 밥상을 명옥의 얼굴에 집어던지는 상상을 수십 번도 더 했다. 고작 연희가 할 수 있는 일이라곤 그때마다 머릿속으로 열심히 주문을 외는 것뿐이었다.

'그래, 사흘만 참아보자. 그래도 가지 않으면, 기름찬 니년 배

때기에 칼이라도 푹 찔러넣어버릴 테니까.'

아침이면 마치 제 엄마랑 자고 나온 사람처럼 상만은 아무렇지도 않게 행동했다. 정작 연희는 상만을 똑바로 쳐다볼 수가 없었다. 하지만 겁나지는 않았다. 까짓, 가버릴 테면 가라는 식의 배짱도 없잖아 있었고, 남자 하나에 목숨을 거는 어리석은 짓은 다시는 하지 않을 거라는 굳은 결심도 했다. 무엇보다 상만이 그녀에게 가지 않을 거라는 자신이 있었다. 단지 죄책감에 떠는 것뿐이라고 스스로를 위안했다. 그랬는데, 사흘째 되는 날 새벽에 비명을 지르며 상만이 연희를 깨웠다.

"그그그……그 연희야, 어어, 어쩌면 좋니? 이이이……이히 이 일을……"

술에 절어 부은 그의 얼굴이 싹 오른 감자처럼 푸르딩딩했다. 고장난 장난감처럼 그의 얼굴에서 경련이 일어나고 있었다. 연희를 향해 팔을 들고 있었지만, 귀에는 그의 팔과 다리의 뼈 마디마디가 어그러지고 있는 소리가 들렸다. 어디론가 연결시키지 않으면 온몸이 모두 내려앉을 것만 같았다.

"내내내 내, 이이이 이 마누라쟁이가……"

농약을 마시고 그녀가 죽어버린 것이었다. 두 다리를 쭉 뻗고 곧게 누운 그녀의 펑퍼짐한 몸체는 마치 베이킹파우더를 과하게 집어넣은 밀가루반죽 같았다. 그녀는 죽음을 선택했다.

한 많았을 단 한 줄의 짧은 유서는 상만을 더욱 오열하게 했다. '만명슈퍼를 김상만에게 넘깁니다.' 만명슈퍼. 하루에 만 명씩 찾아오라는 기원으로, 상만의 '만'자와 명옥의 '명'자를 넣어 상호를 붙였다는 만명슈퍼……

"조심하기요."

한껏 낮춘 오씨의 속삭임이 들리는 순간 317호 베란다를 막 디딘 오른쪽 발이 기름칠이라도 한 것처럼 아래로 쭈욱 미끄러진다.

"윽ㅡ."

오씨가 입을 틀어막으며 눈을 질끈 감는다. 연희는 몸을 구부려 다시 발을 317호의 베란다에 올린다. 다리에 힘을 잔뜩 주고 몸을 317호 쪽으로 이동한다. 지지직. 바지 올이 터지는 소리가 난다.

실내와 연결된 베란다 문을 열자 시끄러운 포르노 테이프를 틀어놓은 것 같은 과장된 신음소리가 오감을 자극하며 달려든다. 검은 텔레비전 모니터는 방 안 풍경을 온통 굴절시키며 그들의 뒤엉킨 알몸을 보여주고 있다. 저들이 소리를 듣지 못한다는 사실이 정말 다행스러운 일이라고 생각하며 연희는 벽에 등을 붙이고 조심스럽게 방으로 들어선다. 하얀 시트 위에서 제 격정을 이기지 못한 벙어리들의 교성이 겨울철새의 울음처럼 처절하게 들린다. 연희는 까치발을 하고 벽을 따라 천천히 걷는다. 침대에는 두 남녀가 기이한 자세로 섹스를 치르고 있다. 엉덩이 밑에 베개를 두 개씩이나 겹쳐 깔아 여자는 마치 묘기를 부리는 리

듬체조 선수처럼 몸이 둥글게 휘어져 있다. 그 둥근 몸 위로 엎드린 남자의 엉덩이에 힘이 잔뜩 들어가 있다. 연희는 발소리를 죽여 그들 옆을 지나서 출입문 쪽으로 간다. 그들에게 들킨다고 해도 어쩔 수가 없다. 다시 베란다로 나갈 수는 없는 노릇이다. 출입문의 잠금장치를 풀고 나가려다 말고 연희는 문득 현관에 쪼그리고 앉는다. 치켜 올라간 여자의 짧은 다리가 아주 잘 보이는 자리다.

고향 마을 가까운 곳에 철새도래지가 있었다. 겨울밤에 그곳으로 놀러간 적이 있었다. 그들이 꼭 저렇게 울었다. 말을 할 수 없는 새들의 교성이 늪과 하늘을 덮고 있었던 그날 밤, 상만과 처음 키스를 했다. 몇 시간이 지나도록 추운 줄도 모르고 그의 혓바닥에 휘감겼던 그 밤의 열정이 연희를 오랫동안 놓아주지 않았다. 어쩌면 저 소리들 때문인지도 모른다. 그 소리에서 아직까지 풀려나지 못하고 에메랄드를 찾아드는 불륜을 지켜보고 있어야 하는 마법에 걸려버린 것인지도 모르는 것이다.

한참을 쪼그리고 앉아 있던 연희가 문을 열고 나갈 때까지 그들의 섹스는 끝나지 않는다. 연희는 길게 한숨을 쉬고 그 부질없는 노동을 바라보다가 프런트로 내려온다.

상만이 그렇게 서럽게 운 것은 처음이었다. 아이를 버렸을 때에도, 다시는 찾을 수 없다고 했을 때에도 상만은 소리를 내어 울지 않았다. 연희는 상만과 자신 사이에 흐르는 엄청난 너비의 강

물을 보았다. 상만은 그 일이 있은 후로 꼭 한 달 동안 벙어리처럼 입을 열지 않았다. 사막 한가운데 연희를 버리고 자신은 옛 마누라를 추억하며 살기로 작정한 사람처럼 보였다. 가끔 밥을 퍼넣는 그의 입에서 심한 구취가 났다. 그럴 때마다 연희는 밥 그릇째 그의 입속에 억지로 구겨넣고 싶었다.

만명슈퍼 안주인의 죽음은 연희에게 끔찍한 기억이었다. 버리고 온 여자가 찾아왔고, 그리고 눈앞에서 죽었다. 모든 것을 버리고 집을 나온 것이, 남의 남자와 살을 섞고 살면서 얻은 아이까지 버린 것이, 그러고도 또 그 남자와 살을 섞고 산 것이, 그래서 한 여자를 눈앞에서 죽이고야 만 것이 너무나 더러운 죄여서 연희는 오줌 누러 갈 때마다 샅을 락스물로 씻었다. 그래도 샅에서는 시궁창 냄새가 올라왔다. 샅이 벌겋게 달아오르고, 붉은 반점이 생겼다. 소독하면 깨끗이 청소되어 새 아이가 들어갈 집이 생길 것 같았다. 하지만 그러면 그럴수록 상만 곁에 갈 수가 없었다. 옷걸이에 걸려 있는 상만의 바지에서는 뚱뚱한 명옥의 썩은 살냄새가 났다. 그 냄새를 맡으면 두통이 찾아왔고, 다리가 휘청거렸다. 죽은 명옥이, 늘 앉아 있던 낚시의자로 연희의 머리를 내리치는 꿈을 하룻밤에도 서너 번씩 꾸었다. 잠을 깨면 이불 호청이 땀에 젖어 축축했다. 이불이 아니라 무덤의 흙을 덮고 잔 기분이었다. 차라리 말을 하지 못했으면, 듣지도 못했으면 하고 바랐다. 벙어리가 되고 싶었다. 그러면 한집에서 살더라도 남남처럼 상만과 지낼 수 있을 것 같았다. 그녀가 죽은 방인 317호. 그 근처에는 가기도 싫었다. 연희는 아예 그 방을 비워둔 채, 청소해둔 방이 모자라도 손님을 받지 않았다. 317호에 명옥의 넋이 남아 온갖 해작질을 하고 있을 것 같았다. 그 방 옆을 지나가기만 해도 그날은 재수가 없었다.

상만은 만명슈퍼를 처분하고 여인숙을 정리하여 에메랄드를 인수했다. 에메랄드는 그에게 살맛을 안겨주었다. 그는 팔팔해지고 씩씩해졌다. 죽은 마누라가 남겨준 재산을 가지고 저렇게 좋아해도 되나 싶게 하루에도 몇 번씩 입을 벙긋거렸다. 새로 인수한 모텔에서도 여전히 317호의 비상열쇠를 가지고 있다는 사실만 아니었다면, 사업을 늘려가는 것이 재미가 있어 죽은 마누라는 깡그리 잊은 사람이라고 생각할 정도였다. 아니, 마누라의 죽음 앞에 간단히 엎어졌던 그의 울음이 뻔뻔스럽기 그지없게 여겨져서 명옥이 불쌍하게 생각되기도 했을 것이다.

콧등이 뜨듯해지더니 갑자기 담배 생각이 간절하다. 그 무렵 몇 달 동안 맛도 모르는 담배를 꾸역꾸역 억지로 피워댔던 기억이 떠오른다.

만명슈퍼를 인수하면서 연희는 집을 떠나온 후 처음으로 부모님 소식을 듣게 되었다. 택시를 몰다가 교통사고를 당해 중환자실에 있던 아버지는 일 년 만에 세상을 떠났다고 했다. 그후에 병원비를 감당할 수 없어 집을 팔고 전 가족이 다른 도시로 이사를 갔다는 것이다. 어디로 갔는지 아는 사람은 아무도 없었다. 연희는 고아가 되어버린 것이다. 자신이 선택한 사랑이 가족들을 깡

그리 잃어도 좋을 만한 가치가 있었나. 그 사랑은 지금 어디에 있나. 연희는 옛집 담벼락에 이마를 짓찧으며 오열했다. 명옥이 남겨준 슈퍼 앞에 퍼질러 앉아 상만 역시 울었다. 동네 사람들이 지나가며 대놓고 두 사람에게 욕을 했다. 사람들의 따가운 눈총을 받으며 다시 그 동네를 떠난 것이 마지막이었다.

상만의 겉저고리 호주머니에서는 다 써가는 일회용 라이터만 세 개가 나온다. 연희는 미친 듯이 바지 주머니와 다른 겉옷들을 뒤진다. 늦겨울에 입던 잠바 바깥 주머니에서 구겨지고 버썩버썩한 담뱃갑이 나온다. 담배를 물고 불을 댕긴다. 머릿속에 있는 것들이 핑 돌아 제자리를 찾지 못하는 느낌이다. 하지만 기분은 그런대로 괜찮다. 다리를 뻗고 벽에 등을 기댄다. 재가 위태롭게 담배 끝에서 생겨난다. 연희는 방 안을 둘러본다. 방구석에 주저앉아 있는 검은 비닐봉지가 눈에 띈다. 볼이 홀쭉해지도록 한 모금을 더 빨고, 비스듬히 누워 검은 비닐봉지를 끌어당긴다. 그 속에 재를 떤다. 쓰레기를 넣은 봉지인 줄 알았는데, 그게 아니다. 비닐봉지 안에는 소주 두 병과 노가리, 그리고 일회용 고추장이 들어 있다. 상만이 사놓은 것일까. 연희는 소주병의 투명한 허리에다 길게 한 모금 더 빤 담배를 비벼끈다.

벙어리들은 삼십 분이 더 지나서야 모텔을 나선다. 남자는 여자의 어깨를 끌어안듯이 감싸고 있다. 몇 시간을 그렇게 뒤엉켜

100

있었으면서도 남자의 뒷모습에서는 뭔가 모를 아쉬움이 묻어난다. 연희는 비죽 웃음을 머금는다. 베란다를 건너면서 너무 힘을 주었던 탓인지 아직도 허벅지가 뻐근하다. 손으로 주무르는데 근육이 뭉친 것처럼 딱딱하고 전력질주를 한 것처럼 다리에 힘이 없다. 모텔업을 하면서 별별 일을 다 겪었지만 베란다를 건너 뛴 것은 처음이다.

"317호……"

문득 이름을 부르듯 그 숫자를 부른다. 다리가 후들거리는데 심장이 간당간당한다. 아이가 보고 싶다. 보고 싶다, 는 궁색한 말이 연희를 더 못 견디게 한다. 내일은 꼭 그곳에 가봐야겠다고 생각한다. 그곳에라도 갔다 오면 소금에 절여져 쪼그라든 것 같은 심장이 조금은 펴질 것도 같다.

청소년유해환경감시단

　마음을 다잡아도 막상 그곳으로 가는 버스에 오르는 일은 쉽지 않다. 모텔을 비우는 것이 문제가 아니다. 상만을 윽박지르고 한씨에게 잔소리 좀 해놓으면 프런트 한나절 비우는 일 정도는 해결할 수 있다. 간절히 가고 싶은데 그 생각을 하기 시작하면 마음이 무거워진다. 열흘이 지나서야 연희는 모텔을 나선다. 이른 아침에 출발하면 반나절 만에 돌아올 수 있다.

　버스를 두 번 갈아타고 이십 분을 더 걸어들어간다. 가은영아원. 예전엔 그것이 그곳에 있어서 연희를 아프게 했다. 지금은 그것이 그곳에 없어서 연희를 더욱 아프게 한다. 몇십 분을 더 헤매지만 연희는 당연히 가야 할 곳을 찾지 못한다. 오래된 기름내가 등천을 하는 치킨집 앞에 우두커니 서 있던 연희는 발길을 돌린다. 버스를 타고 집으로 돌아가는 것 말고는 이곳에서 이제 더 이상 할 일이 없다.

육 년 만에 아이를 찾으러 왔을 때만 해도 이곳은 개발되지 않은 그대로였다. 베이지색 페인트가 군데군데 벗겨져나간 영아원 외벽은 모르는 도시의 복잡한 지도처럼 죽죽 금이 가 있었다. 갓난쟁이들만 있던 영아원이었는데 그사이 시스템이 달라졌는지 맥없이 시든 화단의 샐비어 옆에서 한 무리의 아이들이 누렇게 뜬 얼굴로 모래장난을 치고 있었다. 건물의 허름함 때문인지, 낡은 시설 때문인지 그 속에 살고 있는 아이와 보육사 들마저 면역력 없는 환자처럼 불안해 보였다. 아니, 어쩌면 아이를 잃어버렸다는 사실을 알고 영아원을 나서는 연희의 눈에 그렇게 비쳤는지 모른다.

날이 저물고 있었다. 영아원 마당의 아이들이 건물 안으로 모두 들어갈 때까지 연희는 마당 한켠에 쪼그리고 앉아 있었다. 아이가 잃어버린 시간은 대체 어디로 간 것일까. 핏빛으로 물든 석양은 저 홀로 상처 입은 짐승처럼 외로워 보였고, 연희는 아무것도 건져올릴 수 없는 아이의 시간 앞에 절망했다. 벌겋게 파헤쳐진 속을 내보인 채 하염없이 걸어내려와 아무 버스나 탔다. 어딘지도 모르는 곳을 헤매다가 집으로 돌아온 그날, 현관 앞에 주저앉아 남들이 알까 부끄러워 소리도 내지 못하고 눈물만 흘렸다. 영아원으로 가는 길을 단 한 번도 머릿속에서 지운 적이 없는데, 이제 그 길은 이미 졸업한 학교처럼 더 이상 갈 필요가 없는 길이 되고 말았다. 하지만 몸뚱이는 뻔뻔스럽게도 해마다 그곳을 찾았다. 버스에서 내리면 코를 킁킁거리며 아이의 체취부터 맡았다.

개발이 시작된 것은 오 년 전부터였다. 영아원이 있던 자리에는 아파트가 생기고 아파트 앞으로 4차선 도로가 생겼다. 뒷산의 푸른 나무들은 다 잘려나갔다. 아파트가 생기면서 상가 건물과 병원 등이 들어섰다. 영아원 아래 동네들은 예전에 그것이 있었다는 흔적조차 짐작할 수 없게 변해버렸다. 상가 건물이 즐비한 거리에서 연희는 곧 쓰러지고 말 것 같아 지나가는 누구한테라도 구조요청을 하고 싶었다. 그래도 연희는 이곳이 그리웠다. 이곳에만 오면 연희는 비로소 엄마가 되는 것 같았다.

늘 그렇지만 영아원을 다녀오면 피곤하다. 다리도 무겁고 어깨도 내려앉을 듯하다. 상만은 어딜 갔는지 프런트는 비어 있다. 이렇게 쉽게 자리를 비우는 상만을 정말 이해하기 힘들다. 연희는 버릇처럼 시부렁거리며 의자에 털썩 주저앉아 어깨를 주무른다. 어미 잃은 온갖 것들이 어깨에 덩어리째 엉겨붙어 있는 것 같은 느낌이다. 문득 혜미가 떠오른다. 어미 없이 커도, 사는 게 힘들어도 제 자식은 끝까지 지키려는 그 아이를 보면 안쓰러우면서도 기특하다. 국제운동경기에서 금메달을 딴 선수가 애국가를 따라 부를 때처럼 갑작스러운 존경심 같은 것이 울컥 치밀기도 한다. 저 어린 것만도 못했던 자신이 부끄러웠기 때문이겠지만 어린 다현이를 안고 있는 혜미를 보면 저런 게 엄마구나 하는 감탄을 지울 수가 없다.

그제야 연희는 거의 일주일째 혜미를 만나지 못했다는 사실을 깨닫는다. 어제저녁 때만 해도 무슨 일일까 싶었는데 영아원을 다녀오는 동안 까맣게 잊고 있었던 것이다. 사나흘에 한 번은 내려와서 참새처럼 재재거리고 가던 아이가 보이지 않자 걱정이 된다. 비상구로 출입을 하니 정문 쪽에 앉아 있는 연희는 그들이 짐을 싸서 나간다고 해도 모를 것이다. 경석은 밤에 나갔다가 언제 들어오는지 그 얼굴 본 지가 한참이다. 몇 번 이층으로 올라가보았지만 저희도 사생활이 있는데 주인이라고 아무 때나 문을 벌컥벌컥 열 수는 없다. 문에 귀를 기울이면 아이 어르는 소리가 들려서 그때마다 방 안에 있겠거니 생각할 뿐이다. 하긴 굳이 방 밖으로 나올 일도 없다. 햄버거 싼 종이나 피자박스 같은 것이 쓰레기로 나오는 것을 보면 밖에 나가서 외식하는 일도 없나보았다. 한번 불러서 밥을 먹일까 하는 생각도 한다. 하지만 쓸데없는 정을 들이고 싶지 않다. 어차피 모텔이라는 장소는 붙박이와는 어울리지 않는다. 그 아이들도 금방 이곳을 떠날 것이다. 그런 생각을 하면서도 연희는 어느새 인터폰을 들고 있다. 버튼을 누르려다 만다.

청소를 시작하기도 전인데 바깥이 시끌시끌하다. 아침부터 무슨 일인가 싶어 밖을 내다보던 연희는 입을 딱 벌린다. '청소년유해환경감시단'이라는 사람들이 피켓을 들고 모텔 거리에 한 줄로 늘어서서 한바탕 진을 치고 앉아 있다.
"주거환경 침해하는 러브호텔 사라져라!"

"아들딸이 병든다! 러브호텔 물러가라!"

늦게까지 잠을 자던 투숙객들은 벌 받는 아이처럼 꼼짝없이 방에 갇혀 있다. 정문 입구가 꽉 막혀서 승용차를 움직일 수가 없을 뿐만 아니라 사람들이 입구를 보고 앉아 있으니 차마 밖으로 나갈 수가 없는 것이다. 열두시쯤 지나자 북성반점 번개맨의 오토바이 클랙슨 소리가 개선행진곡처럼 요란하게 사방에 깔리기 시작한다. 손님들은 프런트로 전화를 걸어 투덜대다가 결국 가장 중요한 용건인 중국집 전화번호를 알아낸다. 곧 자장면과 짬뽕 냄새가 복도로 퍼져나간다. 간혹 중요한 일이 있어서 지금 당장 나가야 한다고 악을 바락바락 쓰는 사람들도 있다. 하지만, 모텔 주인이 막고 서 있는 것도 아닌 이상 어떻게 해볼 도리도 없는 일이다. 방에서 악을 써대는 사람보다 더 흥분한 사람은 상만이다. 가래를 칵칵 올려붙이며 상만은 좁은 안내실이 마라톤 연습장이라도 되는 양 왔다갔다하며 안절부절못한다.

"저, 저년 좀 봐. 저거 한 달 전쯤 우리 집에 온 년 아냐?"

상만이 갈색 코팅이 된 입구 유리문에 코를 박고 밖을 내다보며 거품을 문다. 상만이 가리키는 손끝에 정말 낯이 익은 여자가 구호를 외치며 오른손을 번쩍번쩍 치켜들고 있다.

"기억 안 나? 그 왜, 술값하고 안주가 비싸다고 난리쳤던 그 노랑머리."

상만에게선지 오씨에게선지 노랑머리를 한 여자가 안주가 비싸다고 난리쳤다는 이야기를 들은 기억이 얼핏 났다.

106

"내가 그랬지, 아파트에 사는 년들도 여길 온다고. 저년이 분명해. 쫑알거리는 저 주둥이를 보니까 틀림없어."

"확실하지도 않은 일을 가지고 왜 호들갑이야? 노랑머리 여자가 어디 한둘이야? 그리고 그 여자가 미쳤어? 같은 동네 모텔로 오게."

"등잔 밑이 어둡다는 말도 있잖어. 어제는 동네 모텔에서 외간 남자랑 살 섞고, 오늘은 그 모텔 앞에서 교육환경 개선하라고 고함을 처질러댈지 누가 아나."

"생각하는 거 하구는. 아파트 여편네들이 여기 모텔이라면 이를 벅벅 간다. 칼 들고 올까 싶어 무서운데, 뭐? 아파트 여자가 여기에 온다고?"

"오입질 하려는데, 애 학교 다녀오기 전까지 끝내야 하면 지가 어쩌겠어? 가까운 데 찾아야지. 요즈음 여자들이 얼마나 간뎅이가 부었는 줄 알아? 저번에는 테레비 보니까 낮에 집 비웠다고 외간남자를 집으로 끌어들이더라. 흥, 뻔뻔한 년들! 아마 저년들은 남편 옆방에 재워놓고도 할 수 있을걸. 그러니 같은 동네 모텔 찾는 년들은 양심이 조금 있는 년들이라고 할밖에. 저네도 다 아쉬울 때 찾을 거면서 저 지랄들을 치는 거지. 원래 똥 싼 놈이 큰소리치는 거야."

아파트 외벽에 붙었다가 떨어질 때마다 현수막은 딱딱 소리를 내며 펄럭거리고 있다.

"그래도 어쩌겠어. 애들 교육 어쩌고 하면 제일 쥐약인데."

에메랄드 궁 107

연희가 말을 끝내자마자 상만이 소리를 버럭 지른다.

"교육 좋아하시네. 그럼 강남 학원 옆에다 아파트를 짓든가. 모텔 옆에 지어놓은 아파트에 기어들어와 살겠다고 바리바리 들이닥친 인간들이 누군데? 뻔뻔스러운 것들! 아파트보다 모텔이 먼저 장사하고 있었어. 이거 왜 이래. 우리가 영업방해 고만하고 아파트 물러가라고 데모해야 할 판이야! 데모를 하려면 여기다가 아파트 지으라고 허가 내준 구청에 가서 지랄을 허든가. 이런 씨펄! 경찰을 불러!"

상만은 경찰을 부르라는 말을 열 번쯤 한다. 엄연한 영업방해라는 것이다. 영업방해가 맞긴 하지만 모른 체할 수밖에 없다. 주민들과 싸워서 무슨 이득을 보겠는가. 괜히 벌통을 건드리는 꼴밖에 되지 않을 것이다. 그들도 배가 고프면 집으로 돌아갈 것이다. 대부분이 젊은 주부들인 그들에게도 학교나 유치원 다니는 아이가 있을 터이니 그 아이들이 오기 전에 집으로 돌아가야 할 것이다. 저들 중에는 벌써부터 집에 가고 싶어 안달인 여자들도 많을 것이다. 나오지 않으면 엄청난 벌금을 내어야 할 판이니 억지로 끌려나왔음이 분명하다. 요즈음은 아파트 주부들 단체시위 불참비가 갈수록 높아진다는 말을 들은 적이 있다. 중요한 시위일 때에는 당연히 벌금의 액수도 올라갈 것이다.

손님들이 모텔을 나간 시각은 시위꾼들이 모두 사라지고 빈 음료수병이 그들의 구호를 대신하고 있던 오후 두시쯤이다. 찢어진 신문지가 길거리를 청소부처럼 들락거리고 있다. 피켓을 내리고

108

어깨를 늘어뜨리고 이마에 둘렀던 띠를 땅바닥에 질질 끌면서 패잔병들처럼 그들이 가고 나자, 주차장에 있던 서너 대의 차량이 한꺼번에 빠져나간다. 시간이 오버되었지만, 그들에게 요금을 더 받을 수는 없다. 뿐만 아니다. 이렇게 재수 없는 일이 생기면 나쁜 일이 연거푸, 어떤 때에는 며칠씩 연달아 벌어지기도 한다.

귀신에 씐 것처럼 좋지 않은 일이 반복해서 나타날 때 연희는 불안하고 초조하다. 그것들이 꼭, 곧 시작될 재난의 조짐인 것만 같아서다. 잘못 찍은 방점 하나가 화선지에 묽은 먹물 번지듯 점점 퍼져서 발을 적시고 다리를 적시고 끝내 몸을 온통 삼켜버릴 것 같은 것이다. 조심하자. 연희는 속으로 되뇐다.

욕망의 뒷모습

아무리 적게 보아도 오십은 넘었을 성싶은 여자가 청년과 손을 꼭 잡고 엘리베이터를 탄다. 엘리베이터 문이 닫히자 기다렸다는 듯 한씨가 침을 꼴깍 삼킨다.

"아이고, 좋겠다. 아이고, 어떤 년은 좋겠다. 이놈의 인생살이~, 니미 지랄 거튼 인생살이~."

부러움 섞인 욕을 타령조로 늘어놓던 한씨가 갑자기 음탕한 목소리로 킬킬거린다. 전염이라도 된 듯 연희도 한씨를 따라 킬킬거린다. 마치 음란물 한 편을 앞에 두고 둘이서 나란히 감상하고 있는 기분이다. 한씨가 엉덩이를 요란하게 흔들며 계단을 오른다. 이름도 몰라요 성도 몰라. 처음 본 남자 품에 얼싸안겨~ 한 손으로 걸레를 빙빙 돌리면서 비음을 한껏 섞어 노래를 부르며 중간중간에 흥흥~ 마치 제가 좀 전의 그 여자인 양 교태 섞인 추임새를 넣는다.

비명소리가 난 것은 한씨의 노랫소리가 다 끝나지도 않았을 때다. 세수를 하지 않고 몸만 씻은 탓인지 여자의 턱 언저리 화장은 보기 흉하게 지워져 있다. 뿐만 아니라 볼 군데군데 물방울이 튀어, 얼굴은 마치 한여름을 바닷가에서 보낸 머슴애의 벗겨진 피부처럼 얼룩덜룩하다. 쿵쿵거리며 계단을 내려온 여자의 눈은 아까보다 세 배는 더 커진 것 같다. 아마도 엘리베이터가 올라오는 시간을 기다리지 못할 만큼 급했던 모양이다.

프런트 이곳저곳을 두리번거리던 여자는 입구를 향해 성난 짐승처럼 돌진해나간다. 벌컥 열고는 내버려둔 갈색 출입문이 이쪽저쪽으로 엇갈려나간다. 어찌나 힘이 센지 시간이 한참 지났는데도 문은 폭풍 맞은 깃발처럼 펄럭펄럭 나부낀다. 여자가 다시 돌아온 것은 궁금증을 참지 못한 연희가 막 밖으로 나가보려던 참이다. 여자의 얼굴은 거의 울상이 되어 있다. 두 다리는 도저히 육중한 몸뚱이를 지탱할 수 없을 만큼 비틀거린다. 벽을 짚고 선 여자는 그러고 보니 젖은 몸을 다 닦지도 못한 상태다. 급하게 걸쳐입은 티셔츠가 몸에 붙어 가로로 세로로 아무렇게나 주름이 져 있다. 뿐만 아니다. 브래지어를 하지 않고 베이지색 티셔츠만 걸친 터라, 풍만하다 못해 그 속에 파묻히면 숨도 못 쉴 것 같은 젖가슴이 배까지 처져 있는 것이 거울처럼 훤하게 들여다보인다. 거기다 바깥으로 도드라진 잘 익은 오디 같은 검은 젖꼭지는 참 마주 보기 민망할 정도다. 연희는 당장 옆으로 넘어갈 것 같은 여자의 어깨를 부축한다. 물렁물렁한 살덩이일 거라고 생각했던 여자의 어깨는 절굿공이처럼 단단하다. 하루 종일 집에서 뒹굴며 화투짝이나 만지는 한가한 여편네일 거라고 생각했는데, 여자에게서는 의외로 거친 시장바닥 냄새가 맡아진다. 연희는 정수기에서 물을 한 잔 뽑아 건넨다. 물을 단숨에 넘긴 여자가 푸우— 바닥이 꺼질 듯이 한숨을 길게 내쉰다. 뒤룩뒤룩한 살집 속에 파묻혀 뻥 뚫린 동굴 같은 여자의 눈에 크렁크렁 눈물이 차오른다. 크르륵 코울음을 삼키며 눈을 깜빡거리자 염소똥 같은 눈물이 주근깨가 촘촘하게 박혀 있는 광대뼈 위에 툭 떨어진다.

"아까 그 남자애 나가는 거 혹시 못 봤어요?"

남자애 나가는 거? 그렇다면 한씨가 계단을 올라가고 연희가 깔깔거리고 웃던 그 짧은 순간에 뒷문으로 나갔단 말인가.

"저기 뒷문이 프런트에서는 잘 보이지 않거든요. 고개를 빼서 보지 않으면 안 보여요……"

여자가 입술을 깨문다. 손으로 얼굴을 쓸어내린다. 그녀의 몸은 심심한 아이가 오래 가지고 논 물풍선처럼 흐물거린다.

"전화 좀 씁시다."

"예, 여기요."

연희가 건네주는 수화기를 받은 여자가 고개를 갸웃거리면서 몇 번이나 번호를 눌렀다가 끊고 다시 누르기를 반복한다. 아마 전화번호가 잘 생각나지 않는 모양이다. 젖은 여자의 등이 푸르르 떨린다.

청소를 하다 말고 내려왔는지 걸레를 든 채로 한씨와 오씨가
두런두런 둘러서서 여자를 걱정스럽게 보고 있다. 얼굴 가득 걱
정을 풀어놓고 금방이라도 여자를 따라 울 것 같은 표정을 짓고
있는 사람은 오씨뿐이고, 한씨의 얼굴에는 고소함이 깨소금처럼
잔잔하게 퍼지고 있는 중이다. 금방이라도 푸하하, 하고 웃음을
터뜨릴 것 같아 가슴이 조마조마하다. 한참을 안절부절못하던
여자가 무릎을 짚고 끙 소리를 내며 자리에서 일어난다. 풋. 한씨
다. 연희는 한씨의 옆구리를 쿡 찌르며 눈을 깜짝거린다.

"전화를 안 받나봐요?"

연희의 질문에는 대답도 없이 여자는 고개를 푹 수그린 채 수
화기를 돌려주고는 엘리베이터로 향한다. 여자가 시야에서 사라
지자 한씨가 입을 막고 푸하푸하 숨넘어가는 소리로 웃기 시작
한다. 한씨는 눈물까지 질금질금 흘린 것도 모자라 히죽히죽 웃
음 끝을 그대로 물고 객실 청소를 하러 도로 계단을 올라간다.
그 뒤를 고개를 갸웃거리며 오씨가 강아지처럼 졸래졸래 따라가
고 있다. 곧 겉옷을 챙겨입은 여자가 엘리베이터에서 내린다. 주
춤주춤 연희에게 다가온 여자가 다시 손을 내민다. 여자의 손바
닥에 굳은살이 선명하다. 마치 여자의 불타오르던 욕망을 결사
적으로 저지한 장본인이라도 되는 것처럼 굳은살은 손바닥 군데
군데 톡 불거져 있다.

"동전 몇 개만 주세요. 버스비가 없어서……"

"창피한 건 둘째구요, 신고하세요. 그런 놈은 분명 상습범일 거

예요."

"아니, 그게 아니라 그놈⋯⋯"

"분명 꼬리가 밟혀요. 신고하세요."

"상습 아니에요, 그놈."

"아는 아이예요?"

여자가 대답 대신 한숨을 폭 내쉰다.

"그놈, 우리 식당에서 배달하는 놈인데, ⋯⋯내가 신고하면 식
당 아줌마들까지 다 알게 될 거고, 그러면 온 동네 소문 다 날 텐
데. 무슨 창피야. 그놈이 아마 그걸 노린 것 같아요. 내가 지 전화
번호 못 외우는 걸 아니까 내 핸드폰까지 가지고 간 거예요. 미치
겠어, 정말."

"연락처 받아놓은 거 없어요?"

"그거 전부 내 핸드폰에 저장되어 있다니까요. 나한테는 눈길
도 안 주던 놈이 며칠 전부터 슬슬 들러붙더라고요. 어쩐 일인가
했어. 오늘 꼭 만나자고 하더라고, 다른 날은 시간 없다면서. 그
새끼가 나 곗돈 탄 걸 알았던 거야."

여자의 볼이 시동 걸린 낡은 버스처럼 덜덜거린다. 다시 찔끔
거리고 나온 눈물을 닦아낸 여자가 입술을 깨문다. 그러고는 연
희가 내미는 천원짜리 세 장을 힘없이 받아든다. 그녀에게 깃발
처럼 가볍던 좀 전의 유리문은 녹슨 쇳덩어리처럼 무거워졌다.
문을 밀며 끙, 여자가 신음소리를 낸다. 여자가 모텔 앞에 우두커
니 서 있다. 어스름이 내린 바깥은 아직 어둠이 다 내리지 않아

114

그녀의 부끄러움을 숨기기에는 턱없이 밝아 보인다. 터덜터덜 도로를 건너는 여자의 뒷모습은 갑자기 졸아들어 볼품없어진 여자의 욕망처럼 초라하다.

여자가 나가고 나자 에메랄드는 유령의 집처럼 정적에 휩싸인다. 연희는 턱을 고이고 바깥을 내다본다. 그리고 남은 오늘이 무사히 지나가기를 기도한다. 어떤 날은 하루에도 비슷한 사건이 몇 번씩 에메랄드를 덮친 적도 있다. 오늘처럼 도난사건이 일어난다든가, 성보조기구가 여러 방에서 파손된다든가, 오물이나 생리혈이 침대시트에 묻어나는 일. 하루 종일 남녀의 싸움소리를 들어야 하는 날도 있다. 이런 날은 피곤도 빨리 찾아온다.

밤에는 양아치 같은 놈이 들어와 모텔을 한바탕 휘저어놓았다. 방에 몰래카메라가 있다고 억지를 부리기 시작하더니 급기야 저 혼자 흥분해서 방을 난장판으로 만들어놓은 것이다. 침대시트가 날아가고 협탁이 뒤집혔다. 의자가 넘어지고, 전화기가 바닥으로 떨어졌으나, 교묘하게 깨지거나 부서질 만한 물건은 손도 대지 않았다. 아무리 아니라고 해도 소용이 없었다. 자기가 가지고 있는 경보기가 작동했다는 것이다. 탐지기를 방 구석구석에 갖다대고 확인을 시켜주었는데도, 신고를 하니 마니 떠들어대는 통에 그나마 들어 있던 손님 몇 쌍이 환불을 요구하며 나가버렸다.

그 난리를 치는데도 상만은 보이지 않았다. 바깥으로 나가는 꼴은 못 보았으니 분명 집 안 어딘가에 있을 것이다. 게으름이 얼굴 개기름만큼이나 몸에 발린 위인이라 평소엔 그러려니 해도 한 번씩 손님이 이런 식으로 소동을 벌이면 한 번쯤 나와봐야 하는 것 아닌가. 장사 안 된다고 마냥 손 놓고 있다가 쪽박 차고 거리로 나앉자는 말인가 싶어, 소동을 부리는 양아치보다 상만이 더 미워졌다. 오씨가 전화를 하고 이 방 저 방 찾아다니느라 오뉴월 지친 개처럼 혀를 쑥 빼물 때쯤 해서야 상만은 계단 비상구에서 는지럭거리며 나타났다. 손으로 눈곱을 떼어가며 게슴츠레한 눈을 떴다 감았다 하는 걸 보니 또 손님방에서 다리에 이불을 칭칭 휘감고 자고 있었던 모양이다. 양아치는 현관 앞까지 욕을 퍼질러놓고 가버린 뒤였다.

일층에 한씨가 어슬렁거리고 있다. 연희를 본 한씨가 손을 내민다. 마디가 굵고 핏줄이 툭 불거져나와 있는 한씨의 손은 노동판에서 뒹군 남자처럼 거칠고 크다. 왠지 거칠고 커서 더 외로워 보이는 그 손을 연희는 이삿짐 트럭에서 툭 떨어진 물건 보듯 멀뚱히 쳐다본다. 한씨가 얼른 손을 집어넣는다.

"사장님, 참, 담배 안 하지."

"안 가셨어요?"

삼십 분 전쯤 수고했다고 서로 인사하고 퇴근한 한씨가 뜬금없이 다시 돌아온 것이었다.

"무슨 일이에요? 뭘 두고 가셨어요?"

대답 대신 안내실 문을 열고 들어온 한씨가 손에 들고 있던 비닐봉지를 바닥에 내려놓는다.

"바깥사장님은 어디 나가셨나?"

"몰라, 어디 들어가서 뒈져 자나봐. 근데, 정말 웬일이세요?"

"정류장에서 버스 기다리는데, 어찌나 부아가 나는지 집에 가면 불이라도 싸지를 것 같아 다시 돌아왔수."

불이라도 싸지르겠다는 한씨의 얼굴은 그 어느 때보다 우울해 보인다. 가던 길을 되돌아올 정도면 분노로 가득 차서 사람보다 쌍욕이 먼저 문을 열고 들어와야 하는데, 한씨의 입은 놀란 조개처럼 꼭 다물려 있다. 연희는 웬일로 법당의 부처님처럼 고요한 한씨를 물끄러미 본다.

"애가 어찌나 이쁜지……"

"무슨 뜬금없는 소리만 자꾸 하세요?"

"이층 애 말이우. 어쩌다 왔다갔다 부딪힐 때 있잖우. 그럴 때 들여다보면 애가 어찌나 이쁜지……"

"다현이 말하는 거예요? 다현이 예쁘죠. 갑자기 다현이는 왜요?"

"내가 그런 걸 한 번 안아나 봤겠수? 그냥저냥, 지나가다 애를 보기라도 한 날이면 내 뱃속에 뭐가 들앉은 것처럼 꾸물거리는 게 하루 종일 머릿속에 삼삼하니 괜히 생각이 나고…… 아이고마, 술이나 한잔 하자꼬요."

비닐봉투에서 주섬주섬 꺼낸 것은 소주와 새우깡이다. 연희는 맥주잔 두 개를 꺼내와 하나를 한씨 앞으로 내민다.

에메랄드 궁 117

"소주잔이 없네."

한씨가 맥주잔에 반쯤 차게 술을 따른다. 그러더니 마시자는 말도 없이 벌컥벌컥 소주를 들이켠다. 어제도 시모가 똥을 옷에다 싸는 바람에 밤중에 똥빨래하느라 온몸에 구린내를 풍기며 잠을 잤더니 똥물에 빠지는 꿈까지 꿨다며 아침부터 입에 스피커를 달고 이야기하던 한씨는 어디로 갔는지 없다. '어차피 할 거, 힘든 일도 즐겁게'가 한씨의 모토인데, 지금 한씨는 툭 건드리면 눈물이 왈칵 쏟아질 것처럼 위험하다. 캬, 소리를 내며 새우깡을 으적으적 씹던 한씨가 다시 소주를 들이붓는다.

"생과부 이십 년, 과부 십 년에 는 거는 술밖에 없네. 나, 내일 몬 온다, 내일 웬수보다 더 몬한 남편 제사다."

제사 이야기는 벌써 며칠 전부터 했다. 연희는 한씨의 잔에 술을 따라 붓는다. 소주를 들이켜느라 일그러진 한씨 얼굴이 마치 고통과 절망을 상징하는 어떤 표식처럼 느껴진다. 그녀의 몸을 벗기면 전신에 삶의 신산한 멍이 군데군데 잡혀 있을 것 같다. 그래서 쌍욕을 해도 그녀가 좋고, 그래서 또 가끔은 제 고통을 스스로 짊어진 그녀가 싫다.

소주 한 병을 거뜬히 비운 한씨의 얼굴이 불그스름해진다. 붉어진 몸속에서 한씨는 언젠가의 시간과 장소로 이동하고 있는 듯하다. 한씨의 몸이 오른쪽으로 갸우뚱 기울어진다.

자장면

고양이 울음 같은 괴이한 소리가 모텔에 퍼지기 시작한 것은 여덟시 무렵이다. 소리의 진원지를 찾으려 했으나, 어느 방에서 나는 소리인지 옥상인지 지하실인지조차 구별할 수 없다. 연희는 천천히 모텔 바깥부터 돌기 시작한다. 가끔이지만 모텔 주차장 구석진 곳에 숨어드는 아베크족들이 있기도 했으므로 사람들 눈에 띄지 않는 장소부터 돌아볼 참이다. 주차장에는 어슬렁거리는 누렁이 한 마리밖에 없다. 소리는 건물 안에서 나는 것 같다. 끊어졌다가 다시 이어지기를 반복하면서도 먼 데서 앵앵거리는 앰뷸런스처럼 바쁜 이 소리는 분명 울음소리다. 프런트로 돌아가 어느 객실에 손님이 들었는지부터 살펴야 할 것 같다.

손님이 들어 있는 객실 문에 귀를 대고 들어보았으나 여자가 끙끙대는 낮은 신음소리 외에 아무 소리도 들리지 않는다. 엘리

에메랄드 궁 119

베이터를 타고 오층에서부터 계단을 따라 천천히 내려온다. 이층 구석방 가까이 오자 소리는 더욱 선명하게 커진다.

문은 잠겨져 있지 않다. 문을 열자, 울음소리보다 먼저 술냄새가 코를 찌른다. 방 입구에서부터 빈 소주병이 벽을 따라 늘어서 있다. 언제부터 마신 것인지 마른 오징어포가 말라붙은 고추장 접시와 함께 소주병 옆에 나뒹군다. 혜미는 방 한가운데 퍼더버리고 앉아 자장면을 먹고 있다. 긴 머리카락 몇 올이 자장면 그릇에 흘러내려 있는데도, 자장면을 입속에 집어넣는 데에만 정신이 팔려 몇 번이나 머리카락을 입속에서 뱉곤 한다. 누가 제 앞에 왔는지도 모르는 모양이다. 연희가 다가가 앉자 자장면을 입에 문 채 혜미가 불쑥 고개를 든다. 웃지도 않고, 말하지도 않고 아무런 표정 없이 연희를 보던 혜미는 다시 자장면 그릇에 얼굴을 박는다. 얼굴에 온통 자장을 묻히고 젓가락을 정신없이 입속에 쑤셔박고 있다. 숨이 넘어갈 것 같은 고양이 울음소리가 방 안에 가득하다. 자장면이 울음소리를 밀어내고 있는 것일까. 혜미의 눈에는 오직 자장면만 보이는 것 같다. 다현이는 어디에도 없다.

"다현이 어딨어?"

울음소리는 화장실에서 나고 있다. 연희는 후다닥 일어나 화장실 문을 벌컥 연다. 화장실 변기 속이다. 닫혀 있는 변기 커버가 마술상자처럼 들썩거리고 있다. 연희는 변기 커버를 열어젖힌다. 유난히 작아서 그랬는지, 마치 구겨서 집어넣은 듯 아이는 변기통에 딱 맞다. 막 안아들려는데 갑자기 울음소리가 딱 멎는다. 새파랗게 질린 아이는 이제 막 숨이 넘어가고 있는 중이다.

"오, 아가, 아가……"

연희는 아이를 꺼내서 품에 안는다. 입을 벌린 아이의 혓바닥이 안으로 말려들어간다. 울음뿐 아니라 아이의 숨소리조차 더 이상 들리지 않는다. 담요를 뒤집어씌우고, 아이를 어르며 연희는 신발을 찾아 신는다. 발이 신발에 잘 들어가지 않아 맴을 돈다. 수전증이라도 걸린 것처럼 손이 떨린다. 제발, 제발 죽지 마라. 아가, 아가. 아이를 떨어뜨릴 것만 같아 연희는 가슴에 꼭 품는다. 문을 닫으려다 말고 연희는 뒤를 획 돌아본다. 혜미는 여전히 그릇에 얼굴을 처박은 채 자장면을 먹고 있다.

다행히 아기는 다시 울었다. 지나가던 택시를 잡아 탔는데, 마침 택시기사가 들고 다니던 수지침으로 아이의 정수리에 피를 냈고, 꽉 닫힌 수문이 열리듯 아기가 울음을 토해낸 것이다.

병원에 갔다 오니 한밤중이 다 되어 있다. 연희는 발걸음이 바빠진다. 혹시 이것이 목이라도 맸을까 걱정이다. 혜미는 이층 계단에 쪼그리고 앉아 있다. 눈물이 얼굴을 덮어 자장면과 뒤섞인 두 볼은 누군가 밟아놓은 비온 뒤의 진흙탕길 같다.

"아즘마."

"이것아, 이 미친 것아."

한 손으로 아기를 안고 연희는 혜미의 등을 있는 힘을 다해 철썩 때린다. 그 바람에 벽에 부딪힌 혜미가 얼른 몸을 일으키더니 포대기 속을 헤집는다.

"아즘마, 우리 다현이, 우리 다현이 어떻게 된 거 아니죠? 다현 아, 미안해. 증말 미안해. 엄마가 잘못했어."

"이것아, 들어가자. 들어가서 이야기해."

아이를 받으려고 팔을 벌리는 혜미를 외면한 채 연희는 아이를 안고 방으로 들어간다. 자장면은 그릇을 가지고 갔는지 보이지 않는다. 연희에게서 아이를 받아안은 혜미가 제 얼굴을 아이의 얼굴에 비비며 엉엉 소리내어 울기 시작한다. 아이의 얼굴에 얼룩덜룩 자장이 묻는다. 연희는 아이의 얼굴을 닦아내며 혜미의 등을 다시 찰싹찰싹 소리나게 때린다.

"니 얼굴에만 묻혀. 왜 죄 없는 애기 얼굴에까지 검댕을 묻히니? 이 미친 것아, 니가 살기 힘들다고 애를 죽여? 이 천벌을 받을 년."

연희는 또 혜미의 등짝을 때린다. 때리고 또 때린다. 맞는 혜미의 몸이 태풍에 무방비하게 서 있는 나무처럼 휘청거린다.

"이년아, 이 나쁜 년, 이 미친년. 애를 거기다 넣어? 니가 인간이야? 이럴 거면 왜 애를 낳아."

혜미가 고개를 흔든다.

"죄송해요, 아즘마, 하지만 아깐, 그냥 너도 죽고 나도 죽자고. ……우리 애기, 그 사람들이 데리고 가면 분명 고아원에 갖다 버릴 텐데…… 그냥 죽는 게 낫다고 생각했어요. 애기 죽고 나도 죽을라고요."

122

"데리고 가다니? 누가 데리고 간다는 거야? 응? 누가 왔었어?"

혜미가 연희를 본다. 그렁한 눈동자에 연희 얼굴이 비친다. 아무에게나 아기를 주어버린 얼굴이 눈부처가 되어 앉아 있다. 연희는 얼른 고개를 돌려버린다.

"경석씨 엄마요. 여길 어떻게 알았는지 일주일 전에 와서 경석씨를 데리고 가버렸어요. 곧 아기도 데리러 올 테니까 그리 알라고 하면서……"

"그리고 다현이 아빠가 안 왔다구?"

혜미가 고개를 끄덕인다.

"저런 미친 집안이 있나. 경석이도 그렇다, 엄마가 데리고 간다고 따라갔다니?"

"깡패 같은 사람들이 몰려왔어요. 경석씨 한 번 반항도 못하고 죄인 잡혀가듯이 끌려가버리고 말았어요."

"이년아, 그럼 니가 애비를 찾아와야지. 애를 화장실 변기에 집어넣어? 그러고 너는 자장면을 시켜 처먹고 있어? 이 미친 것아!"

"어제 그 엄마한테서 전화 와서 애 짐 챙겨놓으라고…… 우리 다현이 데리고 간다는데, 그 소릴 듣는데, 막 배가 고픈 거예요. 경석씨 가고 난 뒤부터 술만 마시고, 아무것도 먹질 못했거든요. 아무것도 먹지 않아도 배가 고프지 않았는데, 왜 내게서 모든 걸 다 뺏어간다고 하니까 배가 고픈 건지……"

"이 어리석은 것!"

연희는 다시 혜미의 등을 찰싹 때린다. 마치 맞아서 그러는 것처럼 아이를 품에 안은 채 혜미가 옆으로 스르륵 쓰러진다.

"우리 엄마 절 버리고 가셨을 때에도 이모집에 있는데 맨날 배가 고픈 거예요. 먹고 나도 배가 고프고, 먹고 나도 또 고프고. 이모가 눈을 흘기며 이년아 그만 처먹어라, 욕을 하는데도 배가 고파서 밤에 몰래 나와서 냉장고를 뒤지고……"

"이 나쁜 년, 애를 그렇게 하고……, 니가 배가 고파?"

"죄송해요. 아즘마, 정말 죽을죄를 지었어요. 다현이 죽으면 나도 따라 죽을려구요. 죽을려구 했는데……"

비스듬히 누운 혜미의 눈에서 흐른 눈물이 순식간에 방바닥에 두두둑 떨어진다.

"죽을 년이 배가 고파서 자장 검댕을 온통 얼굴에 처바르고 이게 무슨 꼴이야!"

"죽으려고 했어요. 다현이 죽고 나면 나도 죽으려고…… 동맥 끊고 죽을라고."

그러고 보니 방 한가운데 덩그러니 커터칼이 있다. 연희는 얼른 그걸 호주머니에 넣는다.

"참, 지랄하고 자빠졌다. 죽으려면 나가서 죽어. 누구 망하는 꼴 보고 싶어? 이것들이 그냥 단체로 미쳤구나……"

욕을 해대는 목소리는 꽉 잠겨서 잘 나오지도 않는다. 눈을 감고 중얼거리는 혜미는 몸 전체가 커다란 흉터 같다. 뭐라고 말을 하는데 무슨 말인지 알아들을 수도 없다. 연희는 혜미의 등

124

을 천천히 쓸어준다. 곧 다현이는 잠이 든다. 긴장이 풀렸는지 혜미도 잠이 든 것 같다. 가끔 혜미의 등이 놀란 아기새처럼 푸드덕거린다.

혜미에게 남아 있는 단 하나의 보물을 도둑질하러 그날 밤, 그 누구도 오지 않는다. 올림머리를 하고 붉은 꽃무늬 원피스를 입고 명품백을 들었을 것 같은 경석의 엄마는 물론이고 험상궂은 깡패들도 오지 않았다. 밤 두시가 지날 때쯤, 비상구 철문이 삐걱거리는 소리가 난다. 그리고 입을 틀어막은 목울음이 오래오래 에메랄드를 휘감는다. 다음날 아침, 연희는 이층 다현이네 방 창문이 활짝 열려 있는 것을 본다. 경석이 창문 밖으로 다현이 이불을 힘차게 털고 있다.

에메랄드 궁 125

모텔 전

"누가 보믄 어떡해?"

"보긴 누가 본다고 그래?"

"아는 사람이 지나갈 수도 있지."

"비가 오잖아. 모두 우산 쓰고 고개 푹 숙이고 지나가는 거 안 보여? 누가 본다고 그래?"

"이게 비야? 겨우 부슬부슬 뿌리잖아."

"이게 비든 아니든 지금 그게 문제야?"

"그런 말이 아니라……, 겁이 나서 그러지. 혹시나 누가 볼 수도 있고, 요즈음 CCTV도 곳곳에 많다는데……"

"니가 먼저 안 되겠다고 했잖아. 차 안에서 하는 거 너무 힘들다고, 씻지도 못한다고, 들어가자고. 또 주차장에서 아는 사람 만날까봐 겁난다고 해서 차도 바깥에 세웠어. 그런데 뭐가 문제야."

"그러긴 했지만……"

"지금 모텔 앞에서 옥신각신 이러고 있는 게 더 웃기는 거 아니냐?"

"그렇긴 하지만, 여긴 외진 곳이니까."

"아깐 누가 본다며?"

"왜 자꾸 그래? 왜 화를 내고 난리야?"

"누가 화를 냈다고 그래?"

"지금 니가 화를 내고 있잖아."

"니가 말도 안 되는 소리를 이랬다, 저랬다 하니까 그러지."

"좀 조심하자는 말이잖아."

"아이씨, 얼만큼 더 어떻게 하란 말이야! 너란 애는 도대체……"

"도대체 뭐?"

"아, 됐어. 밥이나 먹자. 배고파."

남자가 여자 손을 탁 치는 바람에 남자가 들고 있던 우산이 바닥에 떨어진다. 우산이 발밑에 떨어졌으나 그 누구도 주우려 들지 않는다. 둘은 밥 먹으러 가지도, 모텔로 들어가지도 않은 채 등을 돌리고 서 있다. 한참 만에 우산을 주워서 머리 위에 쓴 여자가 남자를 돌려세운다.

"화났어?"

"너 지금 나 놀리는 거지?"

"아니, 그게 아니라 우리 처지가 그렇잖아. 조심 안 하면 끝나는 관계잖아. 그래서 조심하자고 하는 건데, 그걸 가지고 이렇게

에메랄드 궁 127

화를 내면 어떡해?"

"나도 조심하고 있어. 하지만 넌 너무 지나치잖아."

"몰라? 걱정이 지나칠수록 우리에게 좋은 거라는 걸? 모텔 밖, 주차장, 엘리베이터, 방 안에 몰래카메라까지 우리가 걱정 안 할 곳이 어디 있냐고!"

"걱정, 걱정, 또 걱정! 정말 그 말 듣는 게 이젠 지겹다."

"미안해. 하지만……"

"민화야 잠깐만, 둘이 같이 있는 것만 아니면 되지? 우리 둘이 있는 걸 다른 사람한테 들키지만 않으면 되잖아."

"그렇긴 하지."

"그러면 이러자."

"어떻게?"

"내가 먼저 들어가는 거야. 카운터에서 요금을 지불하고 키를 받아서 방으로 들어간 다음 몇 호실인지 자기한테 문자로 알려줄게. 그러면 자기가 카운터를 거치지 않고 뒷문에서 방으로 바로 들어오는 거야. 그러면 누구랑 마주칠 위험도 없고."

"거기서 또다른 사람들을 만나면?"

남자가 여자를 빤히 쳐다본다.

"또 그 소리야? 넌 교통사고 날까봐 겁이 나서 길은 어떻게 걸어다니냐?"

"그거하고 이건 달라."

남자가 여자를 껴안는다.

128

"자동차 안은 너무 좁아서 싫다고 했잖아."

"좁아서 싫지만……"

"모텔에 들어서다가 누구 만날까봐, 모텔 엘리베이터 안에서 아는 사람과 부딪힐까봐, 모텔 방 안에 몰래카메라가 설치되어 있을까봐……"

"……"

"그런 이유로 넌 언제나 모텔에 들어가는 것을 거부했어."

"승용차 안은 좁아서 불편하고 뒤처리를 깔끔하게 할 수 없어 찝찝했지만, 불안한 것보다는 나아."

"오늘 이리로 오자고 한 사람은 너야. 기억 안 나?"

"맞아, 내가 오자고 했어. 불안하고 걱정되지만 나도 가끔은 즐기고 싶었어. 깔끔하고 넓은 방 안에서 마음껏 사랑하고 싶은 욕망이 내가 가진 불안만큼이나 컸다구."

"그러니까 여기로 왔잖아."

"그래도 난 불안해. 우리의 관계 자체가 불안한 거라서 그럴지도 몰라."

"너 정말 이해 안 된다. 우리 사이가 불안할 거라는 거 모르고 시작했니? 이 정도 각오도 안 하고 시작한 거야?"

"미안해, 나도 어떻게 해야 할지 모르겠어."

"넌 나랑 같이 길을 걸을 때에도 몸을 움츠리고 걸어. 누가 볼까봐. 자기를 알아보는 사람이 없나 주위를 살피느라 내 말을 귀담아 듣지 않을 때도 많았어."

에메랄드 궁 129

"우리 관계가 떳떳하지 못하니까 나도 모르게 본능적으로 그런 거지."

"그래도 난 서운해. 차만 타면 유리창을 햇빛 가리개로 막고 시선은 앞에만 두고, 내가 잡는 손도 뿌리치고. 차 안에서 우리가 손잡는 걸 누가 본다고."

"들키면 어쩔 건데? 멍하니 창밖을 보다가 혹시 다른 자동차 안의 아는 사람들과 눈이라도 마주치면 어쩔 거냐고."

"하늘 무너질까봐 불안해서 어떻게 사냐?"

"불안은 언젠가는 현실이 되어 나타날 거야."

"그럼 끝내든지."

"그런 말 하지마. 제발……, 난 자기 없으면 못 사는 거 알잖아."

"도대체 날더러 어떻게 하란 말이니?"

"……드라이브 인 모텔도 있다고 하던데. 주차장에서 바로 방으로 연결된 그런 곳 말야."

"그건 내가 다음에 알아볼게. 오늘은 그냥 여기 들어가자. 그래도 여기가 이 동네에선 외지고 사람들 눈에도 잘 안 띄는 곳이잖아."

"몰래카메라 감지기라는 것도 있다고 하던데."

"그거, 다음번에 내가 꼭 사올게."

여자가 말을 끊고 구두 끝으로 툭툭 바닥을 차고 있는 자신의 발끝을 본다. 여자의 침묵이 길어지자 인내심이 한계에 다다랐는지 인상을 확 구긴 남자가 고개를 팩 돌려버린다.

"관두자. 관둬."

남자가 정말 돌아서서 가버린다. 여자가 다급한 발걸음으로 남자를 쫓는다. 남자가 저만큼 세워둔 차의 문을 열려고 하자 여자가 남자의 팔을 잡는다. 무슨 이야기를 하는지는 들리지 않는다. 하지만 둘은 곧 돌아서서 모텔을 향해 걷기 시작한다. 여자가 무슨 말을 했는지 남자의 안색이 훨씬 밝아졌다. 그리고 마치 빨아들이기라도 한 듯 모텔 현관 안으로 그들의 모습이 사라진다.

은행에 다녀오는 길이다. 이번에 대출금 상환 기일을 맞추지 못했다. 연체료 때문에 다녀오는 길인데 도착할 때쯤 비가 흩뿌리기 시작했다. 모텔 앞에 차를 세워두고 빗방울 떨어지는 유리창 너머로 황금 돔을 보았다. 황금 돔은 뿌옇게 흐려져서 마치 오래전에 방치된 무덤처럼 보였다. 그 모습이 너무 스산해서 창문을 열었는데, 열어놓은 창문 너머로 그들의 대화를 엿듣게 된 것이다.

차창 밖으로 모텔의 간판이 보인다. 차창 밖으로 보이는 '에메랄드'라는 간판은 비가 와서 그런지 불빛이 활짝 핀 꽃잎처럼 퍼져 있다. 빗방울이 붉은 네온에 떨어질 때마다 마치 피가 튀는 것 같은 착각이 일기도 한다. 연희는 몸을 움츠린다. 키를 뽑고 차문을 막 열려던 연희는 의자 등받이에 몸을 기댄다. 모텔 정문 옆에 서 있는 소나타 승용차 안에 두 남녀가 엉켜 있는 것이 보인다. 썩을 것들, 모텔 앞에서 무슨 짓이야. 그렇게 말을 하면서도 연희

에메랄드 궁 131

는 유리창에서 거리를 조금 둔 채 소나타를 주시한다. 차는 점점 뿌옇게 흐려지기 시작한다. 창문은 빈틈없이 닫히고 숨은 점점 거칠어진다. 차 안의 뜨거운 단내가 이곳까지 전해지는 것 같다. 연희는 소리나게 꽝 차문을 닫는다.

마음이 심란하다. 연희는 비를 고스란히 맞으며 포장마차의 포장을 열고 들어간다. 포장마차 안에는 손님이 없어 휑하다. 정란씨만 멍하게 서서 포장 사이로 내리는 비를 바라보고 있다.

"왔어?"

남편이 낮술이라도 먹고 한바탕 휘젓고 간 것인지 정란씨의 얼굴이 오늘따라 우울해 보인다. 연희는 아무것도 묻지 않는다. 정란씨가 소주 반병과 오이와 당근을 낸다. 가까이 온 정란씨의 몸에서 젖은 김이 나는 듯하다. 어묵솥에서 나는 김이겠지만 연희에게는 왠지 뿌연 그 김이 정란씨의 온 땀구멍에서 솟아나는 것만 같다. 저 김이 다 솟고 나면 소주 한 병 비운 사람처럼 정란씨의 눈시울이 붉어질까봐 연희는 지레 겁이 난다.

"정란씨도 한잔할래?"

"됐어……"

정란씨가 고개를 흔든다. 뭔가 더 말을 하려는 듯하다가 이내 시선을 순대솥으로 떨어뜨린다. 연희는 이번에도 아무것도 묻지 않는다. 그래, 너나 나나…… 하는 아릿한 마음이 들었기 때문이다.

한씨 아줌마

오씨가 계단에서 미끄러졌다. 골절은 아니라 다행이긴 하지만, 일주일 정도는 안정을 취해야 한다는 진단이 나왔다.

"남의 나라에서 돈 벌기가 쉬운 일이 아닌데, 지 몸뚱아리가 재산이라 생각하고 발걸음 하나도 춘향이 이도령한테 가듯이 사뿐사뿐 걸었어야지, 저년이 으짤라고 저라노! 저래 누워 있는 년을 어느 사업장 주인이 좋아라 하겠냐고! 당장 쫓겨나기 십상이다, 어이구 정신없는 년."

투덜거리는 폼이 오씨를 걱정하는 게 아니라 혼자 할 일이 태산 같아서 하는 불평이 분명해 보인다. 아무리 손님이 적어도 모텔 청소라는 게 혼자 하기에는 벅찬 일이다. 점심을 먹고 난 후부터 한씨를 도와 객실 청소를 시작한다. 한씨는 욕실과 쓰레기를, 연희는 방 청소를 맡는다. 방바닥에 떨어진 체모와 머리카락 때

에메랄드 궁 133

문에 청소기를 돌리는데, 방 세 개를 돌리고 났더니 온몸에 땀이 좍 밴다. 허리가 끊어질 듯 아프고 무릎이 잘 펴지지 않는다. 연희는 쥐고 있던 청소기를 놓고 털썩 방바닥에 주저앉는다. 잠시빌려 쓰는 방은 그리 꼼꼼하게 청소를 하지 않지만, 그래도 손님이 들어섰을 때 깨끗하다는 인상은 주어야 한다. 청소는 물론이고 콘돔이나 생수 같은 부족한 용품들을 채워넣고 시트를 주름 없이 바르게 잡아펴고, 커튼까지 고리에 묶어두어야 한다. 연희는 노인네처럼 허리를 툭툭 두드린다. 아무래도 허리디스크가 오려는지 어떨 때는 의자에 앉아 있는 것도 힘들다.

발치에 귀걸이 하나가 보인다. 칠칠치 못한 년. 두 짝이면 두 짝이지 한 짝만 달고 나갔을 여자의 귀를 생각하며 연희는 귀걸이를 줍는다. 가운데 부분에 큐빅이 한 알 박힌 하트 모양의 귀걸이 한 짝. 젊은 아이들이 좋아할 법한 디자인이지만 그리 값이 나가 보이지는 않는다.

"뭐 하시노?"

청소기 소리가 나지 않아서 그랬는지 걸레를 손에 들고 한씨가 얼굴을 디민다.

"조금 쉬었다 합시다. 안 하던 일이라 그런지 힘이 드네요."

"그래, 좀 쉬자 마. 하이고, 덥다. 이 방만 하면 끝인교?"

연희는 카운터에서 적어온 메모지를 펼친다. 여긴 515호다.

"517호 하나 더 남았어요."

주머니를 뒤지더니 한씨가 사탕을 하나 꺼내준다.

134

"웬 사탕이에요?"

"내가 만날 집에서 가지고 온다 아이요. 우리 엄니가 그러대. 신랑 사랑을 몬 받으몬 늙어서 단것을 좋아한다고. 내가 딱 그 짝 아이요. 사탕이 엄시몬 일을 몬 해요. 꼭 마약이 이럴 거라. 묵어보래이, 맛이 괜안커든."

한씨가 하는 말투는 언제나 반반이다. 높임말을 쓰기에는 평생 쓴 말투를 고치기 힘들고, 그렇다고 하대를 하자니 사장이라 함부로 할 수 없고, 아마 그런 이유에서일 것이다. 커피맛 사탕은 그리 달지 않아서 좋다. 연희는 손에 쥐고 있던 귀걸이 한 짝을 내민다.

"뭔교?"

"귀걸이요. 옛날에 이게 그렇게도 하고 싶어서 귀를 뚫으려고 했는데, 결국 못했어요."

"와요?"

"왜긴요, 저 웬수가 하지 마라고 해서죠."

귀걸이는 상만이 싫어하는 물건 중 하나다. 상만은 자신의 아내가 귀를 뚫었을 때부터 미워지기 시작했다고 했다. 그 말을 듣고 차마 귀를 뚫겠다고 끝까지 고집을 부릴 수가 없었다. 그의 아내와 나란히 비교되는 것이 싫었다.

"젊었을 때는 남편 말 안 들으면 큰일 날 줄 알았제. 맞다. 그래도 웬수 웬수 하지 마소. 곯아도 젓국이 좋고 늙어도 영감이 좋다 안 카나. 밉다 밉다 그런 화상이 없다고 펭생 욕만 퍼부었는데, 죽고 나니 다 부질없네. 사장님 내외도 남은 여생 알콩달콩 살지는 몬 해도 싸우지는 말아야제."

"우리가 뭐 싸울 정이라도 남아 있나?"

"맞다, 싸우는 거도 그래도 뭐가 남아 있을 때 이야기제. ……근데 어떤 년이 그런 거를 흘리고 댕기노. 어이구, 젠장맞을 년. 지 귓볼때기에 살 뚫고 걸어놓은 것도 이자뿌리면 도대체 지가 죽을 때까지 간직할 수 있는 기 머가 있겠노."

혼잣말처럼 중얼거리더니 한씨가 슥슥 손으로 얼굴을 문지른다.

"귀걸이 보이, 잠자던 울화가 치밀라카네. 그 몬된 놈, 지옥에 가서도 유황불에 빠져서 죽을 놈."

"누가요?"

"누구긴, 천하에 쥑일 그놈이지. 내 인생 조진 놈 말이다."

결혼 한 달 만에 남편이 죽었다. 교통사고였다. 하지만 혼인신고를 하지 않은 바람에 보상금은 형제들에게 모두 돌아가고 말았다. 한씨는 한 푼도 손에 쥐지 못하고 신혼집에서 쫓겨났다. 살아야 했으므로 닥치는 대로 일을 했다. 막노동도 하고 식당 일도 했다. 한씨가 일을 하던 식당에 매일같이 밥을 먹으러 오는 남자가 있었다. 남자는 한씨를 뚫어지게 보다가 밥을 먹고 가곤 했다. 식당은 물론이고 식당 골목에까지 소문이 퍼졌다. 남자가 나타나면 다른 식당에서도 남자를 구경하러 사람들이 몰려올 정도였다. 어느 날 밥을 다 먹은 남자가 한씨에게 작은 상자를 내밀었다. 꽃분홍색 포장지로 포장했지만 구김이 여기저기 간 것으로 보아 직접 한 모양이었다. 사람들의 시선이 한씨에게로 쏠렸다. 결정적으로 한씨도 그가 싫지 않았다. 그 포장을 풀지 않을 수가 없었다. 상자 안에는 귀걸이 한 쌍이 들어 있었다. 한씨는 그 길로 미장원에 가서 귀를 뚫었다. 다음에 그가 오면 꼭 그 귀걸이를 하고 있고 싶었다. 그런데 뚫은 상처는 좀처럼 낫지 않았다. 감염이 되었는지 진물이 나고 급기야 고름까지 고였다. 그래도 한씨는 화장실에서 억지로 귀걸이를 끼웠다. 귀에서부터 시작된 통증이 머리를 타고 올라갔으나 한씨는 꾹 참았다. 귀가 벌겋게 달아오르고 진물이 고이는 걸 머리카락으로 살짝 가리고 홀로 나갔다. 그가 한씨의 귀를 보고 입이 찢어지게 웃고 있었다.

"그때 귀걸이 하는 걸 포기했으면 내가 여기까지 안 왔을 텐데 말이야."

"귀걸이를 안 할 수가 없었겠죠. 입안에 든 사탕을 뱉기가 얼마나 어려운데."

한 번 결혼한 사실은 숨겼다. 아니, 말할 기회가 없었다. 하지만 시어머니가 어디선가 그 사실을 알아왔다. 알고 보니 남편은 마마보이 기질이 다분했고, 홀시어머니는 아들을 애인처럼 여겼다. 시어머니는 어느 날 아홉시 뉴스의 깜짝 놀랄 만한 소식을 전하기라도 하듯 호들갑을 떨며 한씨의 혼전 행태를 남편에게 고했다. 그날부터 가임기간을 제외하고 남편은 시어머니와 함께 잤다.

"처음에사 밤마다 눈물이었지. 그것도 잠시더라. 나중에는 저거 둘이 연애를 하든 지랄을 하든 상관없다, 나도 아들 하나만 있으몬 된다, 라는 생각이 들더라. 삼대독자라 저거도 아들이 필요했던 것이지만 나도 아들이 필요했던 거라. 가임기간에는 한 번도 안 빠지고 잠자리를 했다. 근데 일 년이 지나도록 소식이 없능 기라. 의사가 불임이라 카대. 인공수정이라도 하고 싶은데, 병원도 가고 좋은 한약도 먹고 싶은데, 돈을 안 주는 기라. 마른땅에 싹도 안 날 씨를 뿌리봐야 뭣하냐더라. 월급봉투는 여전히 시어머니한테로 갔다. 그래서 일을 시작했다. 품을 팔아 일을 하고 돈이 생기면 무조건 아이가 생긴다는 약을 먹었다. 그런데, 사막 같은 내 몸에선 아이가 생길 조짐도 보이지 않더라. 삼 년쯤 지났을 끼다. 그리 일을 해제끼니, 내 몸이 시름시름 아프기 시작하더라. 그런데도 내보고 뭐라캤는 줄 아나?"

서너 번은 들은 이야기다. 이 대목에서 한씨는 전투태세에 돌입한 여전사가 된다. 어금니를 앙 다물면 아미에 내 천(川) 자가 저절로 그려진다.

"암탉은 자고 일어나기만 하면 알을 숭풍숭풍 잘도 낳는데, 니는 수탉이 틀림없능 기라, 이카더라."

한씨가 허공중으로 손을 휙 뿌리친다. 손에 있던 걸레가 방구석으로 패대기쳐진다.

"얼라? 좋다. 할 수 있는 데까지 해보자 싶더라. 그래 점쟁이를 찾아갔다. 점쟁이가 그카더라. 젊은 남자 여자가 많이 꼬이는

138

곳에 가서 일을 하라고. 그라면 그 기를 받아서 내가 얼라를 배게 된다꼬 말이다. 여관 일은 그때부터 했다. 연놈들이 들락거리면서 흩어놓은 이부자락도 임금님 요자락 만지듯이 조심조심 펼치면서 그 기운이 내한테 오라고 했제. 한 번 펄럭거릴 때마다 그 연놈들이 뒹굴면서 흘린 땀, 그라다가 뽑힌 터럭, 그런 것들이 내 몸 위에 떨어져도 그 기운, 다 내한테 오라 했제. 한 번도 더럽다 여긴 적이 없다. 열씸히 했다. 오 년을 했는데, 오 년을 열씸히 했는데 아무 일도 안 생기더라. 내한테는 아무 일도 안 생기고 말이다, 다른 년한테 그런 일이 생기더란 말이다."

어느 날 집으로 가니 남편이 사내아이 하나를 데리고 왔다. 한씨만 모르게 공공연한 연애를 펼친 남편의 아이였다. 같은 사무실에 근무하던 처녀이고 유부남과 자유연애를 할 정도로 개방적이지만 재취 자리는 원하지 않는다고 다부지게 말할 줄도 아는 여자라고 했다. 마치 한씨가 이혼당하지 않은 게 그 처녀 덕분이라도 되는 듯 이야기를 하는 내내 시어머니의 표정은 뻣뻣하고 당당했다. 임신한 처녀가 인공유산을 하려고 하자 아이만 낳아주면 한몫 떼주겠다고 시어머니가 약속했다. 전세를 얻어주고 시어머니는 해산을 하는 동안 뒷바라지까지 해주었다. 그간의 일을 자랑스럽게 말하며 시어머니는 한씨 앞에 아이를 내밀었다.

"보래이, 이 얼라 좀 보래이. 꼭 애비를 닮았제. 우째 이래 똑같을꼬. 눈이며, 코며, 이마며, 귀까지 보면 볼수록 영판인기라. 옥골선풍이 따로 없다. 참말로 니는 복도 많데이. 죽으몬 개밥그

룻 신세 될 뻔했는데, 이래 떡허니 제사 지내줄 사람까지 맹글어
왔으이 니는 참말로 니 신랑한테 엎드려 절해야 할끼다."

아이가 남편을 닮았는지 어쨌는지 한씨는 잘 모른다. 다만, 아
이가 오기 전과 달라진 점이 있기는 했는데, 그들은 그 아이로
인해 더 행복해졌고, 한씨는 더 외로워졌다는 것이다.

"내, 이가 뿌싸질 정도로 꽉 깨물고 살았다. 그래 살았는데, 그
웬수 거튼 놈이 더 웬수 거튼 지 에미 놔두고 먼저 뒈지더라. 그
래서 지금은 그렇다. 내가 이 일을 그만둘라캐야 그만둘 수가 없
는 기라. 얼라가 생길 수가 없는데도, 내는 이 일을 그만둘 수가
없는 기라. 내가 아직 복수를 시작도 안 했는데, 내 청춘 다 망친
그 웬수 놈하고 그 웬수 놈의 자식하고, 그 웬수 놈 에미한테 아
직 칼도 안 디밀었는데 예서 그만둘 수는 없는 기라. 봐라, 내가
복수를 우찌하면 좋겠노?"

"어렵네요."

"그래, 어렵다. 남생이 등에 활 쏘기제. 쥑이뿌까. 확 쓸어삘까."

말은 그렇게 해도 한씨는 집에 갈 때마다 시어머니가 좋아하
는 찹쌀모찌를 사가지고 간다. 미워 죽겠는데 왜 사가지고 가냐
물으면 목 멕히서 꽉 죽어삐리라고 그란다 와? 하고 웃지도 않고
대답을 한다. 가끔 동네 옷가게에서 누구 몸에서 나왔는지도 모
르는 아들 옷을 고르느라 저녁시간을 훌쩍 넘겨버리는 때도 있
다. 뿐만 아니다. 유복자로 태어나 엄마에 대한 사랑이 지나쳤던
남편과, 험한 세상 젊은 과부가 기댈 곳은 외아들뿐이었던 시어

머니를 가끔은 불쌍한 눈으로 바라보기도 하니 한씨의 불행은
끝이 없을 수밖에 없는 것이다.

"그 귀걸이 내 주소."

한씨가 손바닥을 내민다. 손에서는 레몬 방향제 냄새가 난다.

"내가 주웠으니까 내가 주인인데."

"시끄럽소마. 내 돈 많이 주꾸마."

"이거 뭐하게요. 한 짝뿐인데."

"한 짝이몬 어떻노. 내사 내 돈 주고 진짜는 몬 살끼고, 그거는
진짜 금처럼 보이네. 첨에 그 웬수가 내한테 사다준 거는 가짜라
안 카나. 시에미 죽으마 시에미 보석함에 아들이 사준 금귀걸이
할라꼬 기다리고 있었는데, 근데, 암만 봐도 그 노망든 할망구 금
방 죽을 거 같지가 않다. 내가 먼처 가지 싶은 기라."

"그래도 안 돼요. 좀 비싸요."

한씨가 씨익 웃으며 연희의 손에 들린 귀걸이를 조심스럽게
훑어간다.

"내 돈 주꾸마. 우리 집 수탉 알 낳으면 그거 팔아서 주께요."

"수탉이 알 낳으면요?"

"그래, 혹시 아나? 수탉도 낳을란지……"

경대 앞으로 간 한씨가 귓불에 콩알처럼 붙어 있는 왼쪽 귀걸
이를 풀더니 주운 귀걸이를 귀에다 건다. 하트가 귓불 아래를 치
며 달랑거린다. 한씨의 두 볼이 붉게 상기된다.

한씨의 꿈은 아직도 아이를 갖는 것이다. 에메랄드 궁에 불륜

에메랄드 궁 141

의 꿈은 한씨가 제일 깊게 꾸고 있는지도 모른다.

"아유, 저 개새끼가 또 나타났네. 쓰레기만 보면 주둥이를 집어 넣어서 죄다 쏟아놓는다니까. 저 망할 눔의 개새끼!"

짝짝이 귀걸이를 단 채 스프레이를 뿌려가며 입구문 유리를 닦던 한씨가 빗자루를 들고 밖으로 나가더니 방심한 채 쓰레기를 뒤지고 있는 개의 등허리를 내려친다. 캥캥 비명을 지르며 누렁이가 저만치 달아난다. 얼마 전부터 모습을 나타낸 개다. 근처에 개를 키우는 집이 없는데, 어디서 오는지 개들은 심심치 않게 모텔 안을 기웃거렸다. 한동안 검둥이가 나타나더니 이번엔 누렁이로 바뀌었다.

빗자루를 맞고 도망친 누렁이는 저녁때가 되자 다시 현관 모퉁이에 나타난다. 방 안에 누워 있는 줄 알았던 오씨가 다리를 절뚝거리며 걸어온다. 오씨가 나타나자 누렁이가 꼬리를 흔들며 살포시 엎드린다. 그렇구나, 개를 반기는 사람이 있었구나. 연희는 반쯤 몸을 숨기고 오씨가 하는 양을 지켜본다. 오씨가 밥그릇을 누렁이 앞에 놓자 누렁이가 킁킁 밥그릇에다 코를 들이민다. 오씨가 누렁이의 머리를 쓰다듬어주며 뭐라고 속삭이고 있다. 무슨 말인지 알아들을 수는 없지만 오씨는 붉은 잇몸이 환하게 드러나도록 활짝 웃고 있다. 가족과 떨어져 먼 이국의 모텔에서 일을 하는 그녀가 너무나 행복해 보여 연희는 순간 의아스럽다. 그러고 보니 그녀도 귀걸이를 하고 있다. 연희는 만지작거리기에도

142

얇은 귓불을 손가락으로 잡아 늘어뜨려본다. 귓불이 얇으면 복이 없다는데, 그 말이 맞는 모양이다. 복도 없고, 운도 없고, 만약 남은 인생에서 뭔가가 오기로 되어 있다면 그걸 기다리기도 전에 말라죽을 것 같다. 문득 자신의 꼴이 뽑기도 전에 얼어버린 김장 배추 같다는 생각이 든다.

경석

"수고하시네요."

경석이가 가슴에 종이봉투를 품고 안내실을 들여다보며 엉거
주춤하게 서 있다.

"응, 다현이 아빠, 오랜만이야."

연희는 반갑게 인사를 받는다. 상만은 못마땅해했지만 연희는
이들 일가에게 점점 마음을 빼앗기고 있다. 때로는 딸 맡긴 장모
의 심정이 이럴까 싶게, 경석을 보는 마음에 알 수 없는 물기 같
은 게 느껴진다. 한바탕 소동을 벌이고 난 뒤부터 둘은 서로를
더 끔찍이 위하는 것 같다. 늦은 밤까지 아기를 업고 경석이를 기
다리는 혜미의 모습도 종종 눈에 띈다. 뭐하러 나왔느냐고 타박
을 하면서도 환하게 웃는 경석에게선 제법 한 여자를 책임진 지
아비의 투박한 냄새가 풍기기도 한다.

하지만 몸은 많이 힘든 모양이다. 얼굴이 처음보다 많이 상했다. 늘 피곤한 기색에 피부도 까칠하고 건조해졌다. 어둠 속에 어깨를 축 늘어뜨리고 오는 모습을 보면 안쓰럽다. 바깥일을 해보지도 않은 부잣집 도련님이 돈을 벌기가 어디 쉽겠는가. 돈 벌기어렵다는 것만 알게 된 것은 아닐 것이다. 사랑만으로 모든 것을극복할 수 있을 거라 생각했던 자신들이 얼마나 어리석었는지도알게 되었을 것이다. 눈 아래 만만하게 보았던 세상이 얼마나 무서운 곳인지도 깨달았을 것이다. 자신들이 얼마나 큰 담보로 사랑이란 놈을 대출받았는지 뼈저리게 느꼈을 것이다.

'아니, 그것까지는 아직 모를지도 몰라.'

연희는 저도 모르게 쓴웃음을 짓는다. 어쩌면 고향을 떠나오던 날, 사랑의 담보가 그토록 무서운 놈이라는 걸 우리는 몰랐을까…… 혜미가 불쌍하다가도 꼭 자기 꼴을 보는 것만 같아 정신똑바로 차리라고 등짝이라도 패주고 싶다. 세상이 힘들면 사랑도따라 힘들어진다. 세상이 원망스러우면 사랑도 따라 원망스러워지는 법이다. 요즈음은 경석의 처진 어깨만 봐도 저애들에게 무슨 일이 또 생긴 건 아닐까 해서 괜스레 이층 끝방 앞을 서성거리게 된다. 그러다가 아이 소리가 들리면 그제야 안심이 되고 마음이 푸근해졌다.

한번은 선정이 211호에서 다현이를 안고 있는 것을 보고 깜짝놀란 적도 있었다. 어디선가 아이 소리가 들리긴 하는데, 끝방에귀를 기울여도 아이 소리가 들리지 않아 소리를 따라 발걸음을

에메랄드 궁 145

옮기니 211호였던 것이다.

"니가 다현일 왜 보고 있어?"

혹시 아이 엄마 몰래 훔쳤나 싶어 연희는 선정을 향해 고함을 버럭 질렀다. 연희의 고함소리에 선정은 겁먹은 얼굴로 연희를 노려보더니 금방 얼굴이 샐쭉해졌다.

"다현이 엄마가 목욕 갔어."

"목욕 가는데 왜 너한테 맡겨?"

"내가 봐준다고 했어."

"잘 봐. 애 울리지 말고."

선정이 입을 삐죽 내밀었다. 다현이는 선정이가 마음에 드는지 연희에게 손짓 한 번 하지 않고 선정이 품에 안겨 다리를 팔딱거리고 있었다. 선정이와 혜미가 서로 알고 지낸다는 것도 놀라운 일이지만 아이를 맡길 정도로 친하게 지내는 줄은 몰랐다. 약간 서운하면서도 선정이 저것이 애 그리운 마음에 지가 맡겠다고 덥썩 안아들었을 거다 싶어서 연희는 모른 척하고 지나갔다. 그러면서도 마음이 썩 편하지는 않았다. 경석이 선정을 싫어했기 때문이다. 몇 번 선정과 부딪히고 선정이 무슨 일로 이 모텔에 드나드는지 알고 난 후에 경석은 선정이 멀리서 보이면 아예 길을 돌아서 갈 정도로 노골적으로 싫어하는 표를 냈다. 경석이 혜미에게도 그런 단속을 하는 모양인지 처음에는 혜미도 선정과는 알은체도 하지 않았다. 요즈음 경석이 하도 늦게 오니까 부딪힐 일이 없겠다 싶어서 둘이 가까워진 것일까. 언제 둘이 친해져서 아

146

이까지 맡기고 목욕을 가는 사이가 됐는지 연희는 고개를 갸우
뚱했다.

무슨 일을 하는지 경석은 아침 일찍 모텔을 나갔다가 밤늦게
야 돌아오곤 했다. 나가는 시간이 일정치 않은 걸 보면 어디 취직
한 것 같지는 않았다. 그렇다고 막노동을 하는 것 같지도 않은데,
가끔 부딪히는 경석은 예전보다 더 피곤해 보였다. 한번은 혜미
가 다현이를 업고 한참 동안 모텔 앞 도로를 서성이다가 들어오
기도 했다. 어딜 다녀오냐고 물으면 경석씨가 자고 있어서 다현이
때문에 깰까봐요, 라고 대답하곤 했던 것이다.
　며칠 전에는 저녁때가 다 되어 건너편 아파트 상가 건물에서
경석을 본 적이 있었다. 얘가 여기에 웬일이지? 하고 경석이 막
들어간 건물을 올려다보는데, 삼층이 PC방이었다. 알바를 하
나 싶으면서도 슬며시 따라 올라가보았더니 경석은 구석 테이블
에 앉아 정신없이 화면을 뒤적이고 있었다. 담배를 문 경석의 얼
굴 위로 창백한 빛들이 모였다가 흩어졌다. 마치 데스마스크처
럼 경석의 얼굴은 딱딱하게 굳어 있었다. 연희가 옆에 와 섰으
나, 경석은 곁눈질 한 번 하지 않았다. 화면에 열중한 사람들이
모두 로봇처럼 느껴졌다. 연희 혼자 이방인이었다. 아니, 그곳은
자리에 앉아 있는 각각의 사람들이 모두 이방인이었다. 아무도
옆자리나 지나가는 사람을 거들떠보지 않았다. 모두 혼자고, 서
로 혼자였다. 그 모습이 너무 생경스러워 연희는 서둘러 PC방을

나와버렸다.

저애의 꿈이 컴퓨터 프로그래머라고 했던가. 그러고 보니 언젠가 컴퓨터가 고장 났을 때 경석이 와서 아주 간단하게 고친 적이 있었다. 몇 번 자판을 두드려대더니 십 분도 채 안 되어 다 고쳤다며 경석이 씨익 웃었다. 아이를 안고 곁에 서서 그 모습을 바라보던 혜미가 큰상 탄 자식 쳐다보는 어미처럼 자랑스러워하던 기억이 난다.

"곧 나가봐야 하는데요. 밤일 아르바이트를 구했거든요. ……저기, 드릴 말씀이 있는데요."

"왜? 뭔데?"

연희는 컴퓨터로 눈을 돌린다. 경석이 연희한테 할 이야기라고는 방세밖에 없다. 그들은 여기서 더 머무를 수가 없을 것이다. 하지만 더 이상 갈 곳도 없을 것이다.

"저기, 아줌마. 방값요, 지난달 것까지 드려야 한다는 걸 알고 있는데, 지금 사정이 좀 그래서요. 조금만 기다리시면, 한 달 후에, ……제가 취직을 했거든요. 월급 타면 한 달 후에 꼭 드릴게요."

연희는 한숨을 쉬고 경석을 바라본다. 마음이 아주 복잡해진다.

"다현이 아빠, 나도 사정은 봐주고 싶지만 우리 집 아저씨가 워낙 완강하셔서 말이야. 돈도 돈이지만 아저씬 처음부터 다현이넬 들였다고 좋아하지 않았어."

경석은 고개를 더 아래로 떨어뜨리고, 입을 달싹인다. 네.

148

"나, 다현이네 좋아해. 하지만, 다현이네를 좋아하는 거 하고 이건 문제가 달라. 아저씨 그렇게 너그럽지 못해. 다현이 아빠도 잘 알잖아. 그 양반 지금도 겨우 참고 있는 거야. 방세가 밀린 걸 알면 찾아가서 나가라고 난동을 부릴 거야. 미안해. 아저씨, 나도 못 말려."

연희는 빠르고 단호하게 말한다. 고개를 끄덕이며 경석이 힘겹게 몸을 돌린다. 등이 굽은 채로 어기적거리며 걷는 경석의 뒷모습이 바람에 못 견디는 부들 같다. 괜히 속이 상한다. 연희는 보고 있던 텔레비전 화면을 지워버린다. 화면에서 드라마가 사라지자 주위는 사막의 밤처럼 고요해진다.

저녁밥을 먹으면서 연희는 경석이 한 월세 이야기를 꺼낸다.

"다현이네가 한 달만 좀……"

갑자기 수저질을 멈춘 상만이 밥상 위로 숟가락을 집어던진다. 그러고는 미처 말릴 새도 없이 비상계단으로 한달음에 이층까지 내려간다. 연희는 얼른 뒤를 쫓는다. 버럭 하는 저 성질에 애들한테 무슨 짓을 할지 모른다. 이층 방에 경석은 어디 갔는지 보이지 않고 혜미 모녀만 구겨진 이불처럼 한쪽 구석에 처박혀 있다.

"지금 당장 방 빼! 이젠 돈을 가지고 온다고 해도 더 이상 안 된다구. 알겠어!"

상만이 방구석에 쌓여 있던 빈 분유통을 발로 걷어찬다. 깜짝 놀란 아이가 자지러지게 운다. 넘어진 빈 분유통에서 동전 몇 개

에메랄드 궁 149

가 숨겨둔 다람쥐의 겨울양식처럼 떼구르르 굴러나온다. 제 앞으로 굴러온 동전을 혜미가 얼른 주워든다. 주운 동전을 만지작거리며 고개 숙인 혜미의 머리카락이 방바닥에 길게 드러눕는 것을 보고 연희는 돌아서 나와버린다. 처음부터 저들을 들이지 말았어야 했다. 갓난아기가 있다는 것을 알았을 때 냉정하게 쫓아버렸어야 했다. 그러지 못한 것이 실수다. 모텔 주인답지 않은 행동이었다.

어둠이 짙어져가는 거리에 헤드라이트가 등대불처럼 길게 비추고 지나간다. 여운처럼 잠깐 밝아진 거리에 자신인지, 버린 아이인지, 다현이인지 모를 얼굴 하나가 드러누워 있다. 코끝이 아릿하다. 얼굴을 문지르면 손바닥에 박인 굳은살에 긁혀 두 볼이 따끔했던 기억이 아득한 옛날 일처럼 떠오른다.

"굳은살이 박이도록 일하던 그때가 좋았어."

저도 모르게 중얼거린 말이 무엇이었는지를 알고 연희는 어깨를 흠칫 떤다. 생각도 하기 싫은 때다. 아이를 버린 때가 아닌가……

어디선가 자지러지는 듯한 비명이 들린다. 간혹 이렇게 정적에 휩싸일 때, 여자가 지르는 교성이 일층까지 들리는 경우가 있다. 진한 커피를 거푸 들이켠 것처럼 정신이 몽롱해진다. 연희는 턱을 고인 채 눈을 감는다. 테디베어가 그려진 어린이용 담요는 아무래도 취소해야 할 것 같다. 남의 애를 위해서 충동구매까지 하다니 갑자기 훌쩍 늙어버린 것 같은 기분이다.

150

선정

열린 탕비실 문을 잡고 서 있는 선정의 손이 고장 난 인형처럼 달달 떨리고 있다. 저애가 왜 저러나 싶어 인기척을 내려는 순간 연희는 발걸음을 뚝 멈춘다. 연희의 다리가 선정의 손처럼 달달 떨리기 시작했기 때문이다. 선정이 들고 있는 것은 갈색 핸드백이다. 오늘따라 일찍 출근한 선정이 211호에 베개가 없다고 투덜거리기에 탕비실에 가서 찾아보라고 한 게 십 분 전이었는데, 어째서 저애가 저걸 들고 있나. 핸드백이 탕비실에 있기는 했지만 저걸 보고 저애가 왜 저렇게 핏기 빠진 미라처럼 서 있나. 연희는 가슴을 움켜쥐고 선정에게 다가간다. 휙 돌아본 선정의 눈이 불안하게 흔들린다. 그 불규칙적인 파동이 연희에게까지 전해진다. 선정이 핸드백을 툭 바닥으로 떨어뜨린다. 베개도 없이 빈손으로 계단을 내려가는 선정의 등은 아직 흔들림의 파동을 다 지우지 못했다. 연희는 바닥에 떨어진 동그란 고리가 달려 있는 갈색 핸드백을 줍는다.

연희의 눈은 하루 종일 선정을 쫓는다. 손님도 받지 않고 211호에서 내내 웅크리고 있던 선정은 저녁이 다 되어서야 문밖으로 나오더니 다현이네 방 앞 복도에 쪼그리고 앉는다. 속에서 뭔가가 쿵쿵 걸어나올 것 같아 연희는 가슴을 누른다. 선정이 문을 두드린다. 부스스한 얼굴로 혜미가 나온다.

둘은 비상계단으로 나가더니 나란히 계단에 앉는다. 혜미는 선정의 등에 손을 얹은 채 마치 언니처럼 도닥도닥 등을 두드려준다. 나이를 따지자면 선정이 훨씬 많을 것인데 둘의 모습이 그리 어색하지 않다. 연희는 비상문 뒤에 몸을 숨긴다. 상만이 혜미네에 가서 난리를 피우고 난 뒤부터 서로 서먹서먹해져버렸다. 우연히 마주쳐도 혜미는 꾸벅 인사만 할 뿐 이런저런 수다도 떨지 않는다. 혜미를 보는 게 마음이 편치 않다. 그냥 저애들이 방세를 떼먹고 도망가버렸으면 싶다.

"나도 곧 만날 거예요. 만날 수 있어요."

선정이 국어책을 읽는 것처럼 또박또박 말한다.

"우리 현지 찾아야 해요."

"애기가 어디 있는데요?"

"남편에게 뺏겼어요. 내가 아이를 키울 수 있는 능력이 되면 만나게 해준다고 했어요. 그래서, 돈을 벌어야 해요."

"돈을……"

말을 하려다가 말고 멍하니 먼산바라기를 하는 혜미의 표정이 복잡해진다.

"애를 왜 뺏겼는데요? 왜 만나지도 못하게 하는 거예요?"

"저 때문이에요. 제가…… 바람이 났거든요. 바람요. 정말 그이는 바람처럼 그렇게 저한테 왔어요. 그런 날들이 영원히 계속되지는 않을 거라고 생각했어요. 그만두어야 한다는 걸 알고 있었지만, 오늘은 안 되겠다, 오늘은 안 되겠다, 그러고 있었어요. 오늘만 그이 옆에 있자, 오늘만. ……그러다가 그날이 왔어요."

"그날이라뇨?"

"그날, 에메랄드 오층에 투숙해 있었죠."

"여기, 이 에메랄드요?"

"네."

"그래서……"

기어이, 저년이…… 니가 맞구나. 연희의 마음이 늦은 오후의 겨울볕처럼 인색해진다. 미친년이라고 말은 하면서도 제정신이 아니라고 생각한 적은 없다. 제 몸을 팔면서 돈을 받아챙기는 년을 어떻게 제정신이 아니라고 생각하겠는가. 미친 것도 아닌 것이 감히 여길 찾아와.

"딸 이름은 현지예요. 딸 하나를 낳고, 시어른과 남편으로부터 사랑을 받고 사는 남부러울 것 없는 평범하고 행복한 주부였죠."

선정이 이야기를 시작한다.

어느 날, 옛 남자가 찾아왔다. 얼굴만 보는데도 처음 연애를 시작했을 그때처럼 가슴이 뛰었다. 함께 차를 마시고, 식사를 하고 술도 한잔 했다. 과거 삼 년 동안 연애를 하면서 지겹도록 되풀이 했던 과정들이었다. 하지만, 다시 만난 두 사람은 그 지겨운 과정 들이 얼마나 둘을 새롭게 만들어주는지 알게 되었다. 차와 음식 과 술의 기호를 아직까지 서로 선명하게 기억하고 있다는 사실 이 목구멍으로 넘어가는 달콤한 음식보다 더 자극적이라는 사실 도 알게 되었다. 같은 공간에 있다는 것, 이야기를 나누는 것만 으로도 가슴이 벅차오르는 경험을 다시 할 수 있다는 사실도 경 이로웠다. 눈을 마주 보는 것뿐인데도, 몸의 어느 부분이 벌써 강 력한 자석처럼 끌리기 시작했다. 마음은 몸을 일깨웠다. 둘은 옛 기억을 그대로 되돌려받고 싶다는 강렬한 욕망에 사로잡혔다. 술 은 양심과 도덕을 희석시켜주었다. 두 사람은 모텔을 찾아들었 다. 그 어느 때보다 사랑은 격정적이었고, 격정적인 만큼 아쉬움 은 컸다. 허기 끝에 맛있는 음식을 딱 한 번 맛보았을 뿐인데 그 만 숟가락을 뺏긴 그런 기분이었다.

하지만 사랑이 끝나고, 집으로 돌아가는 발길은 무거웠다. 그 를 다시는 보지 말아야겠다고 다짐했다. 죄책감 때문에, 안녕히 가시라는 택시기사의 무연한 목소리에도 가슴이 철렁 내려앉았 다. 다음날 눈을 떴을 때, 선정은 모든 잘못을 술에게 뒤집어씌웠 다. 마음이 훨씬 편안했다. 당연히 술 때문이었다. 술이 아니라면 그럴 리가 없었다. 다시 조용한 일상이 찾아올 것이라고 믿었다. 하지만, 일상은 흔들리기 시작했다. 그의 얼굴이 온 집 안에 떠다

넜다. 식구가 한 사람 더 늘어난 것 같았다. 그의 가난이 싫어서 헤어졌는데, 지금 그의 가난은 전혀 문제될 것이 없었다. 그는 여전히 가난했지만 선정은 예전보다 훨씬 돈이 많았다. 데이트 비용 따위는 문제가 안 되었다. 그런 하찮은 이유 때문에 다시 온 사랑을 놓치고 싶지 않았다. 하루 종일 핸드폰만 들여다보고 있었다. 열었다 닫았다를 수십 번, 배터리를 바꿔 끼우기를 또 몇 번을 했다. 선정의 마음을 훤히 꿰뚫고 있다는 듯이 그는 선정의 애를 끓였다. 사흘이 지났을 때야 그는 전화를 했다. 먼저 연락하지 않은 것만으로도 선정은 충분히 참았다고 생각했다. 전화기에 찍힌 번호는 생소했지만, 목소리는 그대로였다. 그는 말했다. 당신 힘들어할까봐 전화하지 못했어. 나 때문에 걱정하고 식구들 눈치 보는 거 싫거든. 혹시 나중에 어떻게 될지 모르잖아? 혹시 내 와이프가 알게 되더라도 당신이라는 사람 찾지 못하게 해줄게. 통화내역서를 끊어도 거기 당신 번호가 안 뜨게 해줄게. 당신 곤란하고 위험하게 하는 행동은 절대 하지 않을 거야. 그는 매번 모르는 전화번호나 공중전화로만 연락을 했다. 선정을 다치지 않게 배려하려는 마음씀씀이는 예전과 똑같았다. 그래서 그의 전화는 더욱 사랑스러웠다. 전화를 받으면 선정은 아이를 맡기기 위해 친정엄마에게 달려갔다. 새로 시작한 사랑은 성화봉송 주자처럼 앞만 보고 달리게 만들었다. 주변을 돌아볼 수 없었다. 하지만, 그냥 내버려두고 싶었다. 이 순간만 잠시 빌린 시간이라고 생각하고 싶었다.

에메랄드 궁 155

그날도 그렇게 진한 사랑을 나누고, 남자 품에 안겨 나른한 시간을 즐기고 있었다. 몇 년의 세월이 지났지만, 섹스 후 깊은 잠에 빠져드는 남자의 버릇은 여전했다. 그는 가볍게 코까지 골며 선정의 젖가슴에 놓인 손을 잠꼬대처럼 꼼지락거리고 있었다. 선정은 그의 코끝에 입을 맞추었다. 아직 한 시간 정도 여유가 있다. 지금 샤워를 할 것인지, 나른함을 조금 더 즐길 것인지, 선정은 천장의 화려한 샹들리에를 보며 잠시 생각에 잠겼다. 조금만, 조금만 더 있자. 그의 가슴에 얼굴을 묻었다. 시큼한 땀냄새가 코에 스며들었다. 혀로 그의 젖꼭지를 핥았다. 잠에 빠져 있는데도 그가 선정의 젖가슴을 더욱 세게 움켜쥐었다.

불륜, 어느 날 그것이 찾아들었다. 제도에 순응하며 지금까지 살아왔는데, 일탈은 예고도 없이 찾아와 선정을 송두리째 뒤흔들었다. 브레이크가 고장 난 차를 타고 한없이 질주하는 기분. 질주는 환희고 카타르시스였다.

하지만, 일탈은 일탈일 뿐이다. 언젠가는 집으로 돌아가야 한다. 하지만, 지금은 아니다. 입안에 있는 사탕은 시간이 지나면 어차피 조금씩 작아진다. 성급하게 와삭 깨어먹어 입안을 허전하게 만들어버리고 싶지 않다.

선정은 입맛을 다신다. 다리를 쭉 뻗으며, 기지개를 켠다. 맨살이 시트를 스치며 지나가는 감촉이 다시 몸의 관능을 일깨운다.

그때다. 어디선가 달콤한 냄새가 난다. 캐러멜을 녹이는 것 같은 냄새는 사랑처럼 달콤하다. 분명 미각에서 느껴져야 할 달콤함이 선정의 후각을 자극하고 있다. 냄새는 먹이를 포착해 직선으로 하강하는 독수리처럼 빠르고 정확하다. 시간이 지날수록 좀더 강하고 자극적이다. 달콤함은 노린내로 변한다. 매운 불내가 노린내를 삼킨다. 선정은 벌떡 일어난다. 천장에서 불길이 솟고 있다. 불길은 조용하지만, 맹렬하다. 선정은 입을 틀어막는다. 그리고 옷을 입기 시작한다. 팬티가 어디에 있는지 보이지 않는다. 브래지어도 없다. 남자가 벗겨냈으니, 어쩌면 남자 엉덩이 밑에 깔려 있을지도 모른다. 그냥 옷을 입기로 한다. 바지가 잘 들어가지 않는다. 성급하게 입은 티셔츠는 박음선이 그대로 보인다. 거꾸로 입은 것이다. 콜록콜록 기침이 나온다. 순식간에 주변이 연기로 가득 찬다. 천장을 보니 불길이 잦아들고, 대신 그곳에서 연기가 뭉클뭉클 솟아나온다. 핸드백, 핸드백을 찾아야 한다. 아무리 찾아도 핸드백이 없다. 안 돼, 그 속엔 신분증이 들었어. 선정은 화급하게 주변을 둘러본다. 남자가 보인다. 남자는 아직도 자고 있다. 새벽 강의 안개처럼 연기는 점점 짙어지는데, 남자는 아직도 자고 있다. 남자는 원래 잠이 깊다. 깨우지 않으면 언제까지고 자는 버릇이 몇 년 사이에 고쳐졌을 리 없다. 그러므로 남자를 깨워야 한다. 하지만, 남자를 깨우는 일은 핸드백을 찾고 난 후다. 남자와 함께 모텔을 나갈 수는 없다. 누구의 눈에 띄어서도 안 된다. 누구보다 이 모텔을 먼저 나가야 한다. 이곳에 왔다는 어떤 흔적도 없이 뒷문으로 나가 바람보다 빨리 도로를

달려야 한다. 남편이 떠오른다. 딸도 떠오른다. 시어머니와 시아
버지도 떠오른다. 선정은 허둥거리기 시작한다. 핸드백만 있으면
되는데…… 연기는 더 차오른다. 핸드백, 핸드백, 그냥은 못 나가.
주먹을 쥐고 탁자를 꽝 내리친다. 순간 핸드백이 요술처럼 선정
의 눈앞에 나타난다. 핸드백은 탁자 위에 있다. 아까부터 있었을
텐데, 왜 눈에 띄지 않은 것일까. 선정은 낚아채듯 핸드백을 든
다. 이제 그를 깨워야 한다.

"일어나!"

남자가 꿈틀거린다. 연기가 심해지면 그도 깰 것이다. 그러면
그냥 이 방을 뛰쳐나가면 된다.

"일어나요!"

선정은 더 크게 소리를 지른다. 하지만 선정이 던진 한마디는
뭔가가 툭 부러지는 소리가 삼켜버린다.

"일어나!"

연기 속에서 콜록콜록 남자가 기침을 한다. 남자가 눈을 뜨는
것이 보인다. 이제 됐다. 남자가 눈을 떴으니 곧 그도 이 방을 나
갈 것이다. 발을 넣는데 구두가 자꾸만 비꾸러진다. 선정은 구두
를 손에 든다. 맨발로 빨간 카펫의 복도를 뛰기 시작한다. 복도
의 방문들은 수수께끼를 못 풀어서 아직 갇혀 있는 요정처럼 멀
뚱하게 서 있기만 한다. 아직 아무도 모르는 것일까. 불이 번지
지 않은 것일까. 아니면, 선정이 잘못 본 것일까. 아니, 그럴 리가
없다. 엘리베이터도 위험할지 모른다. 선정은 계단으로 몸을 날

158

린다. 그때, 선정의 왼손에서 구두가 툭 떨어져 계단 아래로 톡
톡톡톡 굴러간다. 선정은 남은 구두 한 짝을 꼭 쥔 채 계단을 뛰
어내려간다. 왼쪽 구두가 일층 계단 끝에 걸려 있지만, 그것을 줍
기에는 마음이 너무 급하다. 건물을 빨리 빠져나가야 한다. 선정
이 막 모텔을 나왔을 때, 불이야! 라는 외침을 듣는다. 선정의 뒤
에서 불이 난 모텔이 저벅저벅 걸어온다. 선정의 발은 더 빨라진
다. 모텔의 뜨거운 몸뚱이가 선정의 목덜미를 확 잡아챌 것만 같
아서 선정은 뛰고 또 뛴다. 발바닥이 자갈을 튕겨내고, 유리 조각
도 튕겨낸다. 숨이 턱을 넘어선다. 선정은 문득 멈추어 뒤를 돌아
본다. 활활 타오를 것 같았던 모텔은 조용하다. 아무 일도 일어나
지 않은 것일까. 선정은 손을 대기에도 벅찬 자신의 가슴을 누른
다. 택시가 선정의 앞에 선다. 선정은 침대에 미끄러지듯 택시 안
으로 스며든다. 물침대에 누운 것처럼 시트가 울렁거린다. 속이
뒤집힐 것 같아서 선정은 잠시 숨을 고른다. 기사가 흘끔거린다.
백미러를 본다. 화장은 다 지워졌다. 화장은 도로를 달리느라 지
워진 것은 아니다. 그와 섹스를 나눌 때, 이미 지워진 것이다. 옷
은 땀에 젖어 몸에 달라붙었다. 브래지어를 하지 않아서 젖꼭지
가 도드라져 있다. 허벅지는 그의 정액이 흘렀는지 끈끈하다. 맞
아, 팬티를 입지 않았어. 선정은 중얼거린다. 하지만, 그 말을 기
사가 들은 것 같지는 않다. 택시 안에는 장윤정의 〈어머나〉가 흐
르고 있다. 노래는 충분히 발랄해서 지금의 선정을 완벽하게 숨
겨줄 것 같다. 갑자기 발이 불에 덴 것처럼 화끈거린다. 신발 한

짝이 없다. 선정은 발을 감싸쥐고, 눈을 감는다. 어금니를 꽉 문다. 선정은 생각한다.

'음식점에 갔는데, 누가 내 신발 한 짝을 신고 가버렸지 뭐야.'

'목욕탕에 갔는데, 바깥에 벗어놓은 신발이 한 짝만 없어졌어.'

어느 것이 더 좋은 핑계인지 생각한다. 그러다가 선정은 문득 얼굴을 닦아낸다. 땀도 아니고, 물도 아닌 액체가 벌어진 틈처럼 자꾸만 비어져나온다. 눈물이다. 그렇지 않아도 기사가 자꾸 힐끔거리는데 빌어먹을! 선정은 손가락으로 머리카락을 빗질하고 얼굴을 문질러 깔끔하게 닦는다. 얼굴을 닦던 손을 내리고 선정은 손바닥을 들여다본다. 손이 허전한 것이다. 핸드백이 없는 것이다. 방에서 분명히 들고 나왔는데, 그걸 찾느라고 그를 깨우지도 못했는데, 어디에서 그 중요한 것을 손에서 놓친 것일까. 선정은 다시 생각하기 시작한다. 계단을 뛰어내려올 때? 모텔을 벗어났을 때? 구두를 놓쳤을 때? 언제부터 핸드백이 손에서 벗어났는지 알 수가 없다. 머리카락을 쥐어뜯고 싶은 심정이다. 택시비를 어떻게 내면 좋을지, 핸드백이 없다는 것을 남편에게 어떻게 설명해야 할지, 그것이 걱정이다.

"지금쯤 불에 타고 있을 그이가 걱정이 아니라, 그게 걱정이었어, 핸드백 없는 게. 그게 걱정이었지. 그이가 죽는 게 아니라……"

선정이의 어깨가 눈에 띄게 흔들리더니 부르르 떤다. 혜미가 선정을 끌어안는다. 배고픈 동물의 비명처럼 기이한 목소리로 선정이 울음을 토해내기 시작한다.

"사랑이 끝나는 걸 조금 늦췄을 뿐인데, 삶이 온통 망가져버렸고, 그가 죽었고, 내 딸, 내 딸……, 내 제일 소중한 걸 뺏겨버렸어. 너무 억울해서, 너무 억울해서, 그냥 살 수가 없었어."

화재 원인은 누전이었으나, 화재는 누전이 된 방만 태운 채 곧 진압되었다. 모텔에는 열 쌍 정도의 손님이 들어 있었으나, 아홉 쌍의 손님은 무사히 대피했고, 나머지 한 쌍 중 여자는 온데간데를 몰랐으며, 남자는 어이없게도 천장의 불이 시트에 옮겨붙는 바람에 타죽고 말았다. 방 하나가 탔을 뿐인데 사망자가 나왔다는 것을 경찰은 쉽게 용납하지 않으려 했다. 누전이 아니라 사전에 모의된 방화가 아닌가 의심한 경찰의 수사가 시작되었다. 하지만, 남자와 함께 온 여자는 아무도 몰랐고, 남자의 핸드폰에는 여자의 번호로 추정되는 번호는 남아 있지 않았고, 짐작도 할 수 없었다. 사망자의 아내는 수사 종결을 요구했다. 이유는 '알고 싶지 않다' '더 이상 아이에게 부끄럽게 하고 싶지 않다' '남부끄러워서 동네에서 살아갈 수가 없다'였다. 누전으로 인한 화재였다는 것이 명백하게 드러났으므로 경찰은 수사를 종결했다. 그렇게 끝나는가 싶었는데 목격자가 나타났다. 택시기사였다. 택시기사는 땀에 젖은 채 신발도 제대로 신지 않고 핸드백도 들지 않은 여자가 내린 곳을 정확하게 기억하고 있었다.

그가 유일하게 죽었다. 선정은 컴퓨터 앞에 앉아 인터넷 신문의 짧은 기사를 읽는다. 조용하고 평화로운 내 삶을 유지시키기 위해 그가 희생양이 되었다. 뜨거운 사랑의 대가는 너무 비쌌다. 어느 날 경찰이 찾아왔다. 그토록 선정이 숨기고자 했던 사실이 대낮처럼 세상에 까발려졌다. 경악스러운 얼굴을 한 남편이 선정의 뺨을 올려붙이고 옷을 벗기고 물건을 집어던졌다. 현지가 숨이 넘어갈 듯 울었으나 남편은 선정에게 손도 대지 못하게 했다.

안방에서 쫓겨나 거실에 쪼그리고 앉아서 졸던 선정은 어느 날 밤부터 그의 비명소리를 듣는다. 살려달라는 그의 비명소리는 낮이고 밤이고 상관하지 않고 선정을 괴롭힌다. 어디를 가건 그의 소리는 존재한다. 환청 속에서 선정은 살기 위해 몸부림치는 그의 모습을 본다. 그의 살이 타는 누린내가 거실을 가득 메운다. 선정은 잠을 잘 수가 없다. 밤새 경보를 하는 사람처럼 빠르게 거실을 서성거리던 선정은 어느 날 건너편 아파트에서 그가 살려달라고 손을 흔드는 것을 본다. 선정은 베란다 창을 활짝 열어젖힌다. 건너편 아파트에서 불길이 솟아오르고 있다. 선정은 119를 누른다. 선정은 신고하고 또 신고한다. 앞집에 불이 났어요. 사람이 죽어가요. 침대에 사람이 자고 있어요. 앵앵거리며 불자동차가 온다. 하지만, 다음날, 그다음날, 119는 더 이상 친절을 베풀지 않는다. 119가 오지 않자 선정은 입고 있던 옷을 벗어던지며 울부짖는다. 불이 났다고요! 제발 살려주세요.

"결국, 현지 아빠가 119를 불렀어."

선정은 정신병원으로 후송되었다. 퇴원 후 선정은 이혼과 동시에 아이를 뺏겼다는 것을 알았다. 아이가 보고 싶었다. 살기 위해서는 아이가 필요했다. 남편은 선정에게 말했다. 니 힘으로 돈벌 수 있을 정도로 제정신 돌아오면 그때 아이를 보여줄게.

"그래서 난 돈을 벌어야 해."

혜미의 얼굴이 물기로 가득하다.

"집에 와서도 난 핸드백 걱정만 했어. 그이가 죽었다는 기사를 보면서도 혹시 내가 세상에 드러날까봐 전전긍긍이었지. 정말 웃기는 건 내 신분증은 핸드백 안에 있지 않았다는 거야. 집에 놔두고 갔더라구. 웃기지? 아무것도 생각 말고 그냥 그이를 깨워서함께 그곳을 나왔더라면. ……이제 그 생각 안 해. 잊으려고. 그 사람도 잊을 거야. 이제 우리 현지만 생각해."

불이 났고 남자는 죽었고, 여자는 없어졌다. 결국 경찰에서 여자의 신원을 알아냈다고 했지만, 화재의 원인은 누전이었고, 여자는 혐의가 없어 풀려나왔다고 했다. 남자가 죽지만 않았다면 에메랄드가 그렇게 큰 타격을 입지는 않았을 것이다. 위로한답시고 불나면 부자 된다고 하던 사람들마저 병원으로 옮긴 사람이 죽었다고 하자 놀란 조개처럼 입을 다물었던 것이다. 쉬쉬하는데도 어떻게 알았는지 손님은 반으로 줄었고, 단골들은 아예 발걸음을 끊었다. 그 당시 리모델링을 하느라고 문을 닫았던 것이 회

에메랄드 궁 163

복하는 데 오히려 도움이 됐다.

핸드백은 일층 후문 화단에서 발견되었다. 그것도 사건이 거의 마무리될 즈음이었다. 평소 눈여겨보지 않는 곳이기도 하지만 화단에 심겨져 있는 측백나무에 가려서 사람들 눈에 띄지 않았던 모양이었다. 리모델링하느라고 자질구레한 자재를 화단에 놓아두었던 인부가 주웠다면서 들고 온 핸드백을 받아들고 연희는 섬뜩한 기운을 느꼈다. 오랫동안 바깥바람에 노출된 핸드백은 마치 살의를 감추고 있는 흉기처럼 생각되었다.

상대 여자의 인상착의를 경찰이 물었을 때, 연희는 아무 말도 할 수 없었다. 얼굴 보는 것을 손님들이 싫어해서요, 라고 말끝을 흐렸을 뿐이다. 경찰이 가고 난 뒤에야 연희는 자신이 얼굴 대신 여자의 핸드백을 기억하고 있음을 깨달았다. 여자가 모텔비를 치르면서 갈색 핸드백을 뒤적였고, 연희는 멀뚱하게 서 있는 남자의 가슴팍과 여자의 긴 손가락과 동그란 고리가 가운데 달려 있는 갈색 핸드백을 보고 있었던 것이다. 얼굴 대신 다른 것들로 손님의 특징을 기억하는 것은 연희의 오랜 버릇이었다. 연희의 기억은 적중했다. 여자의 핸드백이 분명했다. 하지만 연희는 경찰에 알리지 않았다. 핸드백에 신분증이 없었기 때문이기도 했지만 어차피 남자는 죽었고, 남자와 여자 사이의 일은 아무래도 좋았다. 인간의 가장 깊은 곳에 양심의 핵 같은 것이 있다면 핸드백은 연희의 그것을 건드리고 있었다. 그래서 돌려주고 싶지 않았다. 두고 간 핸드백은 늘 여자를 괴롭힐 것이 분명했다. 심술이라고 생

각해도 좋았다. 그녀에게도 견디지 못할 만큼의 고통이 주어져야
한다고 생각했다. 그녀가 핸드백을 돌려받는다는 것은 스스로를
너무 쉽게 용서하는 일이 될 거라고 생각했다.

배신

햇빛이 이마 위로 물처럼 흐르고 있다. 마치 땀을 닦듯이 손으로 훔쳐내는데 이마가 하루 종일 얼음 지친 아이의 손처럼 차갑다. 시체라도 만진 것 같은 느낌에 연희는 화들짝 놀라 손을 뗀다. 눈앞이 캄캄해지며 아무것도 보이지 않는다. 이마는 차갑고 눈앞은 캄캄하고 겨드랑이에서는 원인 모를 열기가 솟구친다. 겨드랑이는 뜨거운 불덩어리를 삼킨 것처럼 타오르기 시작한다. 연희는 몸을 뒤흔들며 팔을 휘휘 젓는다. 하지만 겨드랑이에 붙은 덩어리는 떨어질 줄을 모른 채 연희의 가슴팍으로 파고들어온다. 연희는 비명을 지르며 눈을 뜬다.

꿈이다, 라고 생각한 순간 연희는 얼른 허리를 일으킨다. 카운터 책상에 엎드려 자고 있었나보다. 책상 밑으로 들어온 시커먼 사람 머리 하나가 연희 가슴에 붙어서 달달 떨고 있다. 연희는 본능적으로 어헉 소리를 내며 머리를 밀쳐낸다. 떨어져나간 머리는 바닥에 엎어지더니 긴 머리카락을 가늘게 떨며 흐느낀다. 방바닥에 퍼진 머리카락은 마치 절망을 표현한 행위예술가의 작품 같다. 가느다란 몸피, 둥그런 어깨, 긴 생머리. 그리고 보라색 니트는 늘 혜미가 입던 옷이다. 잠에 취해 있을 때에는 몰랐는데 혜미가 틀림없다. 연희는 얼른 아이를 일으켜세운다.

"혜미야, 왜 그래? 어디 아픈 거야? 또 누가 왔었어?"

혜미는 풍 맞은 노인처럼 사지를 달달 떨어댄다. 두 손으로 혜미의 얼굴을 감싼 채 고개를 들어올리는데 불빛 아래 드러난 혜미 얼굴은 온통 피투성이다. 악, 비명이 저절로 터져나오며 연희는 자신의 손을 들여다본다. 손바닥의 피얼룩은 마치 초경의 팬티 흔적을 보는 것처럼 두렵고 당황스럽다. 손바닥을 휴지로 대충 닦아낸 연희는 서랍장에서 수건을 꺼내 혜미의 얼굴을 조심스럽게 꾹꾹 누른다. 피는 눈 밑과 입술에서 계속 새어나오고 있다.

"이거 어느 새끼가 그랬어? 경석이 엄마가 또 사람을 보낸 거야?"

혜미가 고개를 흔든다.

"일어나. 병원에 가야겠다."

혜미가 또 고개를 흔든다. 너무 심하게 흔드는 바람에 머리카락이 피로 번진 뺨에 짐승의 갈기처럼 달라붙는다. 그 뺨 위로 눈물이 흐르고 새롭게 솟구친 피가 다시 섞인다. 연희는 지혈제를 뿌리고 흉터 연고를 바른 후 물수건으로 혜미의 얼굴을 닦아내며 벽시계를 본다. 새벽 세시다.

에메랄드 궁 167

"이 시간에 이게 무슨 일이야? 말해. 누가 이런 거야?"

혜미의 흐느낌이 깊어진다. 그때 문득 접수구 창 밖으로 인기척이 느껴져 연희는 문을 발칵 연다. 시커먼 그림자를 이끈 누군가가 급하게 계단을 오른다.

퉁퉁 부은 얼굴로 접수실 벽에 등을 기대고 한 시간가량 앉아 있던 혜미는 아무리 말을 하라고 해도 입도 뻥긋하지 않는다. 누가 그랬는지 말하지 않는 것으로 봐서는 경석이 짓인 것 같은데, 왜 그랬는지 물어도 대답이 없다. 얼굴이 찢어지도록 애를 때렸단 말인가 싶어 연희는 부아가 울컥 솟아오른다.

"경석이 짓이지? 널 때린 거야? 그 자식이 제정신이 아닌 거야. 맞지, 경석이지?"

더 이상 눈물을 흘리지는 않지만, 혜미는 누군가가 영혼을 빼내버린 것 같은 얼굴로 소실점 맺지 않은 시선을 허공중에 풀어놓고 있다.

"어린놈의 새끼가 벌써부터 마누라 손찌검이나 하고. 내 이 녀석을!"

연희가 몸을 일으키자 혜미가 연희의 다리를 부둥켜안는다. 혜미의 얼굴이 연희의 허벅지에 혹처럼 찰싹 붙는다. 연희가 몸을 낮추고 혜미의 등을 철썩철썩 때린다. 이 아이를 때릴 일이 왜 이리 자꾸 생긴단 말인가 싶어 화가 나서 더 아프게 때린다.

"어이구, 어리석은 것, 이것아."

"아즘마, 내 잘못이야. 내 잘못이에요. 경석씨 잘못 없어요. 그

168

러니까 경석씨한테 모른 척해줘요. 아간 너무 무서워서……"

"니가 아무리 잘못해도 그렇지…… 뭘 그리 죽을 만큼 잘못했다고, 응? 다현이 키우느라 뼈 빠지는 것 잘 알면서! 니가 아무리 잘못해도 그렇지 어떻게 얼굴에 이런 상처를 내!"

"경석씨가 화가 나서 절 밀쳤는데 넘어지면서 화장대에 부딪혀서 찢어진 거예요. 맞은 거 아녜요."

"이런 바보 같은 년."

연희는 양말도 신지 않은 혜미의 시커먼 발바닥을 본다. 신발도 신지 않고 도망쳐나올 만큼 다급한 상황이었단 말인가. 도대체 이 아이들 사이에 무슨 일이 있었단 말인가.

"다현이는?"

"방에 있어요."

"좀 전에 여기 접수실 벽에 붙어 있던 놈이, 그러니까 경석이놈이 맞구나. 경석이 아까 올라가는 것 같더라. 너 여기 있는 거 봤으니까 됐다."

무슨 잘못을 저질렀는지 물어도 혜미는 고개만 흔들 뿐이다. 더 이상 묻는 것도 아니다 싶어 연희는 그냥 혜미를 재운다.

여섯시쯤 화장실에 갔다 오니 혜미는 제 방으로 올라갔는지 이불만 반듯하게 개어놓고 없다. 연희는 카운터 앞에 앉아 손가락으로 묵지근하게 아파오는 머리를 누른다. 아무리 생각해도 이해할 수가 없다. 새벽에 맨발로 추격전을 벌일 만큼 혜미가 뭘 잘못할 애가 아닌데 말이다.

에메랄드 궁 169

사건이 터진 것은 한 달 쯤 뒤다. 대실시간이 지났는데도 열쇠 반납이 되지 않아 몇 번이나 인터폰을 했는데도 전화를 받지 않는다. 저녁을 먹다보면 까먹을 것 같아 저녁상을 차리면서 오씨한테 객실에 갔다 오라고 한다. 엘리베이터를 타고 오씨가 올라간 지 이 분쯤 지났을까. 날이 선 비명소리가 모텔을 뒤흔든다. 슬리퍼를 끌고 연희가 밖으로 나오자 숨이 턱에 닿은 오씨가 얼굴이 노랗게 질려서 계단을 급하게 뛰어내려온다. 오씨는 연희의 얼굴을 보자 말을 하려다 말고 현관 밖으로 나가 구역질을 하기 시작한다. 연희가 밖으로 나가자 오씨는 눈물이 그렁그렁한 얼굴로 가슴을 툭툭 치며 펄쩍펄쩍 뛴다.

"왜 그래? 무슨 일이야?"

"경찰, 경찰, 빨리……"

연희는 오씨의 어깨를 잡고 흔든다.

"몇 호였지?"

"511……"

방문을 열자 피비린내가 훅 끼친다. 연희는 입과 코를 틀어막고 방 안으로 들어간다. 남자는 벌거벗은 채로 가슴 아래가 피투성이가 되어 침대 아래에 쓰러져 있고, 방바닥은 남자가 흘린 피로 흥건하게 젖어 있다. 축 늘어진 성기를 드러낸 남자의 다리를 반쯤 감은 시트는 피로 물들어가고 붉은 노을이 길게 드러누운 남자의 하얀 가슴에 무자비하게 쏟아진다. 심장이 튀어나올 것처럼 뛰고 팔다리가 마비된 것처럼 꼼짝도 하지 않아 연희는 핸드폰을 손에 들고도 버튼을 누르지 못한다.

경찰을 부르고 나서야 연희는 남자가 들어오면서 방을 지정하고 들어왔다는 사실을 기억해낸다. 분명 뒤에 들어온 여자가 있었을 것이고, 그 여자가 용의자일 가능성이 높다.

구급대원이 도착하고 응급처치를 하는 동안 상만은 담배만 태우고 있다. 남자는 다행히 숨이 붙어 있는 모양인지 구급차가 사이렌을 울리며 급하게 모텔을 빠져나간다. 아직 시간이 다 되지도 않았는데, 객실에 들었던 손님들이 서둘러 나가는 낌새가 보인다. 그들은 이제 칼부림이 난 이곳을 다시는 찾지 않을 것이다. 상만과 연희는 현관 앞에 엉거주춤 서서 도로로 나가는 차량들의 꽁무니만 멍하게 보고 서 있다.

"이 사람 알아요? 혹시 아는 얼굴인가 좀 보세요."

경찰이 CCTV 화면에 손가락으로 가리킨 사람은 놀랍게도 경석이다. 511호의 문을 열고 나온 경석의 얼굴이 정면으로 찍혀 있는 것이다. 연희는 너무 놀라 입을 틀어막는데, 옆에 서 있던 상만이 연희를 흔들며 저것 보라고 고함을 지른다. 511호의 문이 다시 열리고 고개를 푹 수그린 여자가 나온 것이다. 여자는 머리카락이 온통 앞으로 쏟아져 얼굴을 알아볼 수 없지만 한눈에 보아도 혜미가 틀림없다. 연희는 그 자리에 풀썩 주저앉는다. 경찰이 들고 있던 볼펜을 빙글빙글 돌리며 이야기한다.

에메랄드 궁 171

"살인미수예요. 다행히 죽지 않았지만 칼이 조금만 더 들어갔어도 목숨은 끝났다고요. 범인은 초범일 가능성이 많은 아주 서투른 놈이고요. 저놈이 유력한 용의잡니다. 세 사람이 치정관계로 얽힌 건지 성매매인지는 알 수 없지만 말이죠."

"그럴 리가 없어요. 성매매라니. 그 방에 다른 볼일로 들어갔을 수도 있잖아요."

"아는 사람들인가요?"

경찰의 눈이 매섭게 빛난다.

"성매매가 불법인 건 잘 아실 테고."

경찰이 덧붙인 말에 상만이 황급하게 손을 휘휘 젓는다.

"저애들이 우리 모텔에 장기투숙한 건 맞지만요, 성매매라니 우린 그런 거 모릅니다요."

연희가 체머리를 흔들며 소리를 지른다.

"잘못 찍힌 걸 거예요. 그애들이 얼마나 착한 애들인데."

상만이 주저앉은 연희를 일으켜세우더니 팔이 아프도록 움켜잡는다.

"가보자고, 일어나. 당신 말이 맞는지 한번 가서 확인해보자고."

연희는 상만을 노려본다.

"당신, 왜 이래? 증거 있어? 다현이 아빠가 아니면 어떡하려고 그래?"

"당신 눈으로 보고도 몰라? 말해봐. 그 연놈들 방값 밀린 거 냈어? 돈이 없어도, 그래도 애는 키워야 했을 거 아냐? 우유도 사고, 기저귀도 사야 했을 거 아냐! 밥도 먹어야 했겠지. 그것들이 돈을 어디서 마련하겠어? 그 허여멀겋게 생긴 놈이 노동판에서 일을 해? 어림도 없는 소리라고 해. 그 녀석이 일주일만 계속 일을 했다면 내 손에 장을 지져. 딱 보면 다 나오네. 그 녀석이 나가서 돈 못 버니까 그 기집애가 몸 판 거고, 거기에 그놈이 눈이 뒤집힌 거고."

"다현이 엄마가 그럴 리가 없다구!"

"됐고. 그러니까 가서 확인해보자는 거 아냐."

"다현이 아빠가, 그 순둥이가 어떻게 사람을 찔러. 그렇게 나쁜 사람들 아니야. 제발 좀 차분하게 생각해."

"뭐? 그렇게 나쁜 사람? 나쁜 사람은 어디 처음 태어났을 때부터 나쁜 사람이었나? 흥, 먹고살 게 없어봐. 배고픈 사람은 생각보다 훨씬 쉽게 나쁜 사람이 된다는 말도 몰라? 그걸 몰라?"

배고픈 사람은 생각보다 훨씬 쉽게 나쁜 사람이 된다. 맞는 말이다. 아이를 버리고 서로 그런 말을 입에 올리지 않았지만, 상만 역시 그렇게 생각하고 있었던 것이다. 경찰이 어이없다는 듯 큰 소리로 다투는 두 사람을 보고 있는데, 연희는 아무것도 눈에 보이지 않는다. 눈앞이 자꾸만 부옇게 흐려질 뿐이다.

참고인 조사를 마치고 집으로 돌아오는 길은 멀다. 이층 계단을 오르는 상만의 뒷모습이 활화산처럼 위험해 보인다. 뒤를 따라 오르는데, 다리가 후들거려서 그대로 폭삭 주저앉을 것 같다.

다현이네 방은 텅 비어 있다. 아니, 텅 빈 것이 아니다. 한쪽 구석에 밀쳐진 채로 구겨진 이불과 일회용 기저귀와 빈 분유통과 쓰레기로 방은 발 디딜 틈도 없다. 냄비, 전기밥솥, 밥그릇과 수저들이 욕실에 그대로 있고, 반 넘어 남은 아기 물비누와 아기 로션이 선반에 아무렇게나 놓여 있다. 쓰레기통은 햄과 참치캔, 비스킷과 스낵봉지들로 부풀어올랐고, 빨지 않은 양말이 뒤집힌 채로 욕실 바닥에 나뒹굴고 있다. 사람이 남았던 온기의 흔적은 없다. 그들을 마지막으로 본 것이 언제였는지. 심장은 자꾸만 벌렁거리고, 마음은 다급해진다. 언제였지? 선정과 함께 앉아 있던 혜미를 봤었던 게. 그리고, 그리고 그다음엔, 아아, 기억이 나지 않는다. 요근래에는 서로 마주쳐도 눈인사만 겨우 하고 지나갔는걸…… 그렇다면 그애를 본 게……, 그애를 마지막으로 본 게……

상만이 손에 잡히는 대로 집어던지기 시작한다. 기저귀가 날아가고 전기밥솥이 내동댕이쳐진다. 분유통이 옷걸이에 맞아 바닥으로 구르고, 쓰레기통이 천장까지 닿았다가 천둥 소리를 내며 떨어진다.

"이게 전부 니 탓이야!"

상만이 벌겋게 충혈된 눈으로 연희를 노려본다.

"이게 전부 니 년 탓이라구. 내가 진작 그 녀석들 내보내라고 했지? 왜 붙잡고 있었어? 왜! 아기가 탐이 났나? 응? 말해봐. 그게 니 새끼 같았냐구! 흥, 어림도 없는 수작이지. 아이 갖다버린 년이, 다시 가지지도 못한 년이! 아이는 무슨 아이! 니 그 말라비틀어진 자궁에 아이는 무슨 아이! 그래, 아이를 갖다버린 게 전부 내 탓이지? 넌 그렇게 생각하고 살았지? 그래서 나를 짐승 보

174

듯 했던 거야. 가까이만 가도 기겁을 했던 거야. 나도 니가 싫어. 지금이라도 찾을 수만 있다면 죽은 내 마누라 찾아가고 싶어. 너처럼 독한 계집, 돌아보기도 싫어! 나가! 나가라구!"

상만이 연희의 어깨를 붙잡고 흔들기 시작한다. 죽일 것 같다. 죽여서 깔아뭉개고 말 것 같다. 머리가 흔들리고, 가슴이 흔들리고, 다리가 흔들린다. 입술에서 핏물이 배어나온다. 흔들리는 얼굴에 그가 손바닥을 날린다. 고개가 휙 옆으로 돌아간다.

"내가 너하고 살면 성을 간다."

상만은 퉤 침을 뱉고는 거칠게 문을 열고 나선다. 연희도 그렇다. 그만 살고 싶다.

우연히 걸려온 한 통의 전화가 아니었다면 손님이 지속적으로 줄어드는 이유가 살인미수 사건 때문이었다고 생각했을 것이다. 그날 투숙한 사람들 외에는 아무도 알지 못할 텐데 사람들은 어떻게 알고 발걸음을 뚝 끊은 것일까. 그게 알 수 없는 미스터리처럼 속을 답답하게 했다. 특히 정기적으로 오던 단골들이 뚝 끊어진 것이다.

모텔에도 단골손님이 있다. 서로 말문을 트고 지내지는 않지만 단골이라는 사실은 오는 손님도 카운터에 앉아 있는 주인도 안다. 일주일에 한 번은 꼬박꼬박 오던 007가방에 하얀 드레스셔츠를 입고 오는 사십대 중반의 남자는 보이지 않은 지 벌써 석 달이 지났다. 제 조카뻘쯤 되는 어린아이를 데리고 와서 항상 시간

에메랄드 궁 175

을 오버해서 나가곤 했으므로 오씨나 한씨까지 여기서 그를 모르는 사람은 없다. 얼굴이 발그레하고 눈이 큰 아가씨와 청색 야구모자를 쓰고 다니는 중년의 남자, 모르는 사람처럼 둘이 뚝 떨어져 들어오지만 엘리베이터는 꼭 같이 타는 서른 중반의 남녀, 그리고 여자아이가 지나치게 발랄해서 오히려 이쪽이 쑥스러워지는 젊은 대학생 커플까지. 대충 기억나는 사람이 그 정도다. 그들은 왜 갑자기 약속이나 한 듯이 이곳을 버린 것일까. 경석과 혜미가 에메랄드를 발칵 뒤집어놓고 나간 후 사람들이 찾지 않는 카운터를 지키며 그제야 연희는 그 답안지처럼 생각에 잡힌다. 그런데 마침 그 이유를 알려주게 된 전화를 받은 것이다.

무릎에 얼굴을 파묻고 깜빡 잠이 들었나보다. 전화벨 소리에 놀라 눈을 뜨는데 언제 내려왔는지 상만이 수화기를 잡고 있다.

"네, 네? 그게 무슨 말씀이세요? 손님, 무슨 오해가 있으신 모양인데요."

시간이 지날수록 목에 핏대를 세우고 침을 튀기며 전화를 받는 상만의 얼굴이 붉으락푸르락한다. 경석이 그 짓을 하고 도망간 이후 처음으로 연희는 상만의 얼굴을 멍하니 쳐다본다. 이건 또 무슨 일인가 싶어서다.

"손님, 제 말 좀 들어보세요. 우리가 이 장사 그만하고 싶어서 손님 뒤통수를 쳤다고 생각하십니까? 우리가 돈 이백만원 때문에 단골손님 잃고 장사 그만두고 싶어서 그럴 거라고 생각하세요? 우린 절대로 아닙니다. 누군가 훔쳐보고 있었는지는 모르겠지만 말예요, 우린 절대로 아니라구요!"

상만이 다른 손으로 수화기를 바꾸어 잡더니 땀으로 홍건한 손바닥을 제 바지에 문질러 닦는다.

"만약 다른 누군가가 설치를 했다면 이미 철거해갔을 것입니다. 손님이 들었던 그 방에 손님이 오는 날짜에 맞추어 다른 손님으로 가장해 들어와서 설치를 하고, 그리고 그다음날쯤 철거를 해버렸을 수도 있고…, 그러니 지금으로선 아무런 증거도 남아 있지 않을 것이라는 겁니다. 더군다나 손님께 전화협박까지 한 터에 증거물을 남겨두었을 리가 없잖습니까?"

"……"

"하지만, 손님, 그럴 가능성은 너무나 희박합니다. 손님, 잠깐만 진정하시고요, 제가 볼 땐 몰카니 뭐니 아무것도 없으면서 손님 차에 붙여둔 비상연락처나 뭐 그런 개인정보만 대충대충 파악해서 그냥 협박만 했을 수도 있습니다. 손님, 손님!"

그쪽이 먼저 전화를 끊었는지 상만이 수화기를 천천히 내려놓는다. 드드득. 상만이 이를 간다. 젊었을 때에도 밤에 이가는 소리가 듣기 싫어서 귀를 틀어막고 자곤 했었는데, 훤한 대낮에 저소리를 듣다니 연희는 인상을 찌푸린 채 전화 내용이 도대체 무엇이었는지 상만이 먼저 이야기 꺼내기를 기다린다. 하지만 상만은 연희 쪽은 쳐다보지도 않는다. 뭐라 혼자 욕지거리를 중얼거리던 상만이 갑자기 주먹으로 책상을 퍽 내리친다. 전화기가 제자리에서 덜컹한다.

에메랄드 궁 177

"경석이, 그 새끼 짓이 틀림없어. 여기서 그런 짓을 할 사람은 경석이 그놈뿐이야. 단골손님들 신상을 털어서 협박한 거야. 개같은 놈, 은혜를 원수로 갚는 것도 모자라 사람을 진흙뻘탕에 내리쳐박다니…… 내 이 새끼를 반드시 잡아서 갈가리 찢어서 말려죽여버릴 테니까 두고 봐."

말을 마친 상만이 갑자기 잡아먹을 듯 연희를 노려본다. 순간, 상만의 얼굴에서 이상한 느낌이 감지된다. 오랜 미움, 그 미움이 불러온 많은 것들 중의 하나. 사람은 미움으로 많은 것을 하게 된다. 눈에 거슬리는 상만의 행동들 대부분은 미움에서 비롯된 것들이다. 미워하고 헐뜯고 상처내면서 지금까지 살아왔다. 마음속에 그를 미워하는 주머니를 하나 키웠다. 주머니 속의 미움은 꺼내어도 꺼내어도 마르지 않았다. 감기는 시간이 지나면 수그러들기도 하는데, 미움은 더 커져가기만 했다.

연희는 얼른 고개를 돌린다. 끙 신음을 흘리며 상만이 문을 열고 나간다. 그의 등 뒤로 휘리릭 소리를 내며 습기를 머금은 바람이 방 안 공기를 휘저어놓는다. 아주 사소한 일이라도 그것이 어떤 결과로 이어질지 아무도 모른다. 하물며 살인사건에 협박전화까지…… 가만히 서 있는데도 다리가 저 혼자 떨어댄다. 오늘 갑작스럽게 알게 된 벽의 작은 균열, 손톱으로 긁어도 지워지지 않는 유리창에 착색된 옅은 얼룩, 어느 날 푹 꺾여버린 현관 앞 벤자민나무의 어린 가지. 그런 것들이 꼭 곧이어 휘몰아칠 폭풍의 조짐들인 것만 같아 연희는 연신 손톱을 물어뜯는다.

317호

배가 고프다. 늦은 아침을 먹은 터라 점심을 거르고 있다가 밥 때를 완전히 놓쳐버렸다. 그렇다고 저녁을 일찍 해먹기도 귀찮다. 상만은 항상 여덟시나 되어야 저녁밥을 먹는다. 연희가 저녁을 먼저 먹으면 상만의 밥을 따로 차려줘야 한다. 그런 날은 군식구가 들어온 것처럼 귀찮다. 냉장고에서 일주일쯤 된 식빵을 꺼내 뜯어먹는다. 이걸로 허기만 때우자 싶다. 우유도 없고 유통기한 지난 야쿠르트만 하나 달랑 있다. 뚜껑을 따고 입에 넣는다. 약간 시큼털털하지만 상한 것 같지는 않다. 그렇게 우물거리고 있는데 한씨가 얼굴이 새파래서 들어온다. 표정은 새파란데, 목소리는 한껏 들떠 있다. 무슨 경사라도 난 것처럼 호들갑을 떤다. 선정과 상만이 317호에 들어 있다고 한다.

"하마 나오나 하고 기다렸다 아이요. 근데, 암만 기달리도 감감

무소식이네."

"그게 무슨……"

"내가 오늘 첨 본 것이라몬 그냥 넘어갈라 했는데……"

"그럼, 전에도 그런 적이 있단 말예요?"

"한 보름 전쯤에도…… 안사장님이 시내 볼일 보러 간 날, 쁘론토에 앉아 있던 바깥사장님이 슬찌기 이층으로 가드니 211호에 들어갔다 나오는 기라. 그러더니 잠시 후 그 방에서 나온 선정이 그년이 비실비실 삼층으로 가는 기 아니요."

"삼층요?"

"참 이상하다 안 캤나? 칼로 찌른 사건 이후로 요 동네 성매매 단속이 떴다 아이가. 그거 땜에 선정이 보고 오지 마라 안 캤나. 근데도 그년이 하루도 안 빠지고 오더라니."

"그럼 그동안……"

"안 믿기제? 안 믿길 끼다. 아무리 사람이 모질어도 그렇지. 가시나야 뭐 정신이 나간 년이라 캐도, 엄연히 마누라 두 눈 부릅뜨고 요래 지키고 있는데 한집에서 오입질이라니, 이거는 해도 너무한 거 아니가 말이다."

"그래요?"

"문디 지랄 거튼 우리 영감은 밖에서 얼라는 맨들어와도 내 앞에서 여자 델꼬 알랑거린 적은 한 번도 없다카이."

웬수 같은 남편이지만 상만 앞에서는 자랑이 되는 모양이다. 의기양양한 얼굴로 한씨가 연희를 빤히 본다.

180

"이 일을 우짜믄 좋노."

말은 그렇게 하면서도 얼굴에 고소가 언뜻 스쳐 지나간다. 그동안 자기 눈에 행복해 보인 연희가 어지간히 배가 아팠나. 하지만 억울할 것도 없다. 이런 연희 맘을 모르니 한씨의 억눌린 호들갑은 잘 짜여진 개그일 뿐이다. 피식 웃음을 머금는데 생각과는 달리 입술이 비틀린다.

"317호라카이."

317호. 연희가 일어나자 앞을 가로막고 서 있던 한씨가 길을 비켜준다. 엘리베이터를 타지 않고 계단을 밟아 올라간다. 가능한 천천히, 계단에 발자국이라도 새길 듯이 꾹꾹 눌러밟는다. 바람 피우고 오입하는 게 뭐 대순가. 까짓것 화대를 대달라면 그것도 할 수 있다. 짐승처럼 붙어서 헐떡대는 꼴을 본다고 해도 질투는 커녕 코웃음도 아까울 판이다. 하지만 여기서는 안 된다.

문은 보란 듯이 잠겨 있지 않다. 좁은 공간 안은 두 사람의 체취가 포화용액처럼 녹아들어 있다. 끈끈한 타액과 신음을 헤치고 침대 옆으로 다가간다. 완전히 발가벗은 두 몸뚱이가 땀으로 뒤엉켜 있다. 상만의 몸에 눌린 선정의 가슴이 바람을 많이 넣어 터질 듯한 풍선처럼 비어져나와 있고, 7월의 가로수처럼 길쭉한 선정의 다리가 털이 많은 상만의 굵은 다리에 새끼처럼 꼬여 있다. 아무렇지도 않을 것 같았는데 갑자기 손에서 경련이 인다. 아니, 정신은 말짱한데 몸이 말을 듣지 않는다. 침대고 뭐고 뒤집어 엎어버리고 싶은데 감전이라도 된 것처럼 몸은 꼼짝도 하지 않는

에메랄드 궁 181

다. 인기척을 느꼈는지 상만이 움직임을 멈춘다. 뒤도 돌아보지 않고 상만은 담배에 불을 붙인다. 정수리가 저릿저릿해온다. 맥이 풀리는가 싶더니 멈추었던 피돌기가 시작되는지 새된 소리가 목구멍에서 터져나온다.

"잘 논다, 잘 놀아. 여기서 뭐하는 짓이야? 여기서 뭐하는 짓이냐고오! 나가! 나가라구. 모텔 밖에서 개같이 홀레를 붙든 말든 상관 안 할 테니까 나가! 선정이 너, 이리 나와. 선정이 너……"

상만이 몸을 일으킨다. 선정의 가슴과 배꼽과 검은털이 숲을 이룬 아랫도리가 훤하게 드러난다. 팔은 만세를 부른 채, 천장을 바라보고 입을 헤벌린 선정이 무방비하게 누워 있다. 이불을 끌어 선정의 몸 위에 던지듯 덮어준 상만이 주섬주섬 옷을 주워입는다.

"미친놈."

"왜 질투가 나시나? 그럼, 당신이 내 아이라도 하나 낳아줘보시지 그래? 난 애한테 씨를 뿌릴 거라구. 그러니까 상관 마."

"개자식, 질투 좋아하시네. 인간이 인간한테 질투를 느끼지, 짐승한테 느끼는 거 봤어? 이 나쁜 자식아."

"짐승? 흥, 그래 나 짐승이야. 난 항상 짐승이었지. 그래, 넌 항상 인간이었고 말야. 에라이, 이년아! 나쁜 년은 너야! 니가 애만 배지 않았어도 내가 마누라를 버리는 일은 하지 않았어. 그런데, 넌 모든 걸 내 탓으로 돌리고 아예 임신할 생각도 하지 않았지. 니가 피임하고 있었던 걸 내가 모를 줄 알았나? 흥. 나쁜 년! 난

너 때문에 모든 걸 잃었다구."

"지금 무슨 이야기 하는 거야? 이제 와서 뭐? 니 마누라를 버리는 일은 하지 않았을 거라구? 그걸 말이라고 하니? 내 집에서 짐승 같은 짓거릴 하면서 지금 무슨 이야길 하는 거야!"

"흥, 내가 무슨 개 같은 짓을 하든지 상관하지 마! 예의도 없나? 그만 나가주시지."

"고작 한다는 일이 이런 거였니? 차라리 온 동네방네 쏘다니면서 오입을 하지. 앨 데리고 이런 짓을 해? 인간쓰레기 같은 놈⋯⋯."

연희는 바닥에 떨어진 옷을 주워 선정의 얼굴에 휙 집어던진다.

"그리고 너, 일어나. 너, 집에 가. 그리고 다시는 이 동네에 오지 마. 어서 일어나! 딸 찾는다는 넌이, 이러고도 니가 엄마야? 이 나쁜 년, 혜미 꼬드겨서 그 짓거리 하게 만든 게 너지? 미쳤으면 너나 고이 미치지 왜 멀쩡한 애를 끌어들여서 그 난리를 치게 만들어. 내가 그동안 미친 니년한테 그런 얘기 해서 뭐하나 싶어서 입 다물고 있었더니 기어이 니가 이런 짓까지 해?"

"선정이가 그년을 꼬드겨? 무슨 미친 소리야? 옆방에 애 재워놓고 그 짓한 간 큰 년이 제 발로 찾아갔지, 누가 꼬드겨서 갔겠어?"

상만이 인상을 찌푸리며 버럭 고함을 지른다. 그동안 한마디라도 입 밖에 내면 핵폭탄처럼 터질 것 같았던 이름이 연희의 입에서 나온 때문일 것이다. 하지만 지금 이런 상황에서 혜미 이야기가 뭐 그리 대순가. 뻔뻔하게 제집에서 외도를 하다가 들킨 주제

에메랄드 궁 183

에 대놓고 선정이를 감싸고 도는 상만을 보니 미워서 입에 이불이라도 쑤셔박고 싶은 심정이다. 하지만 연희는 어금니를 사리문다. 연희도 참을 만큼 참았다. 선정이한테도 언젠가는 한 번 퍼붓고 싶었던 말이다. 상만 쪽으로는 돌아보지도 않고 연희는 선정의 어깨를 잡고 흔든다.

선정은 천장을 바라볼 뿐 미동도 하지 않는다. 일으켜세우려고 팔을 잡아끌었으나 온몸에 힘을 준 채 선정은 완강하게 버틴다. 상만이 끌끌 웃는다. 마치 볼일을 마친 강간범 같은 표정이다. 땀으로 번들거리는 상만이 짐승 같은 신음소리를 내며 선정의 머리카락을 쓰다듬는다. 연희는 옆에 있는 전화기를 뽑아 상만에게 집어던지고 방을 나온다.

카운터 앞에 팔짱을 낀 경찰이 서성거리는 것이 보인다. 혹시 경석이 잡혔나 싶어 뛰어가는데 다리가 휘청거리더니 기어이 발을 접질리고 만다. 혀를 끌끌 차는 경찰이 여전히 팔짱을 풀지 않은 채 절뚝거리며 다가오는 연희를 보고 있다.

"혹시 무슨 소식 없죠?"

경찰은 깨금발을 뛰며 다가온 연희를 한심하다는 얼굴로 훑어본다.

"만약 걔들을 숨겨주거나 하면 큰일 납니다. 범인은닉죄가 어떤 건지 알고 있죠? 정황상으론 아직 확실하지 않아서 그놈을 잡아야 알 수 있겠지만, 아주머니가 방조죄 혐의가 아주 없다고 할 수는 없지 않겠어요?"

"방조죄요? 몇 번을 말해야 알아요? 걔들은 그냥 장기투숙객이고……"

"아, 알았어요. 말하자면 그렇다는 겁니다. 그러니까 혹시라도 인정에 끌려 숨겨주고 그런 짓은 하지 말라는 겁니다."

경찰은 한 번 더 조사해봐야겠다며 이층 열쇠를 받아 계단을 올라간다. 연희는 카운터 의자에 내려놓듯이 엉덩이를 붙이고 손바닥으로 마른세수를 한다. 차라리 그랬으면 좋겠다는 생각을 한다. 방조해도 좋을 만큼 혜미한테 애정이 없었다면 이렇게 쓰라린 배반감은 들지 않았을 것이다. 손바닥에 거친 눈물이 묻어난다. 상만의 오입이 그리 놀랄 일인가? 벌어진 지 보름이나 지난 혜미의 배신이 그리 새삼스러운가. 그런데도 마치 어느 새벽 혜미의 얼굴에서 묻어나온 피처럼, 손바닥의 물기는 연희의 몸에 깊은 통증을 남긴다.

에메랄드 궁 185

사랑

웬일인지 새벽까지 앉아 있어도 잠이 오지 않는다. 손님이 들어서도 말이 나오지 않는다. 말이 하기 싫은 것이 아니다. 말은 목구멍에서 맴도는데 입이 떨어지지가 않는다. 그냥 열쇠를 주고 돈을 받는다. 프런트를 지키는 일 외에 하는 일이 있다면 현관 앞 정원석에 앉아 '주변환경'과 '침해' 사이가 반쯤 찢어진 현수막이 따닥따닥 아파트 외벽을 치고 있는 모습을 보는 것이다. 물속에 있는 것처럼 가끔 몽롱한 기분이 찾아온다. 한낮에 비몽사몽을 헤매는 것이다.

누군가가 조심스럽게 접수구 창을 두드리는 소리에 연희는 막 꿈속을 비집고 나온다. 노인네 두 사람이 수줍게 웃으며 인사를 하고 있다. 가만히 보니 어제도 온 사람들이다. 어제도 오늘과 같은 오후 두시쯤이었던 것 같다.

"네, 방 드릴까요?"

쑥스러워하며 할머니가 고개를 끄덕인다. 곱게 분을 바른 할머니는 얼굴에 주름은 졌지만 눈웃음치는 눈매며 오똑한 콧날이 예사롭게 보이지 않는다. 젊었을 때 사내들 잠깨나 설치게 만들었을 얼굴이다. 하지만 그 고운 태 군데군데 묻어 있는 신산한 흔적을 감추기는 어렵다. 평화로운 주름살이 아니라 고생스러운 주름살이다. 할아버지는 노인이라는 말과는 어울리지 않는 신사 같은 분위기가 풍긴다. 부부라면 이곳까지 왔을 리 없을 테고, 이틀씩 연달아 찾아온 어떤 연유가 있을 것 같다. 두 노인네가 사라진 텅 빈 공간을 멍하니 보고 있는데, 삼층에 머물렀던 엘리베이터가 다시 내려온다. 할머니가 검은 비닐봉지를 들고 이쪽으로 오고 있다. 그러고 보니 어제도 검은 비닐봉지를 들고 있었던 기억이 난다.

"이거 좀 드세요."

할머니가 봉지에서 사과 세 개를 내어놓는다.

"영감이랑 나눠 먹으려고 사가지고 온 건데, 둘이 먹기에는 좀 많아서…… 글쎄 삼천원어치는 안 준다고 그러고, 오천원어치는 너무 많고 말예요."

"아유, 괜찮아요. 들고 가서 드세요."

"우린 좀 많다니까……"

그냥 사과를 주기 위해서 내려온 것 같지는 않다. 사과를 내밀고 나서도 머뭇거리며 자리를 뜨지 않는 것이 뭔가 할 말이 있는 눈치다.

에메랄드 궁 187

"방에 뭐 필요한 거라도 있으세요?"

할머니가 고개를 가로젓는다.

"저한테 뭐 하실 말씀이라도?"

연희가 안내실 문을 열자 기다렸다는 듯이 할머니가 방으로 들어온다. 방석을 권하자, 그냥 바닥에 앉으며 잠깐 이야기하겠다고 들릴 듯 말듯 운을 뗀다.

"저기, 내가 이런 말 하기는 좀 그렇지만…… 다 늙은 노인네가 이런 델 자꾸 찾아와서 주책이라 생각하실 것도 같고……"

"아이, 그렇게 생각 안 해요. 걱정 마세요."

"우리가요, 부부는 아니에요. 근데, 불륜도 아니구요."

어렵게 말문을 연 할머니의 얼굴이 발갛게 홍조를 띤다. 예순 중반이나 될까.

"둘 다 사별하고……"

"두 분 다 혼자시고 외로우신데, 합치지 않으시구요."

할머니가 쓴웃음을 짓는다.

"그러게요. 젊었을 때는 남편도 없이 홀몸으로 자식들 공부시키느라 정신도 없었어요. 자식들도 다행히 착하게 커서 다 출가하구요. 엄마 말년에 행복하게 해주겠다고 약속도 하고요. 근데, 막상 재혼 이야기가 나오니까……, 자식들이 그러네요. 우리만으로 안 되겠냐고, 손주들 재롱이나 보면서 그냥 행복하게 노년을 보내면 안 되겠느냐고요. 창피하다고, 창피하게 이제 와서 무슨 결혼이냐고……"

188

"자식 다 소용없다니까요. 그래, 얼마나 서운하셨어요?"

"그러게요. 죽은 나무에도 꽃이 피냐고, 우리 막내아들이 그럽디다. 그 말 듣고 얼마나 서운했는지, 밤새도록 울었어요."

"세상에, 어떻게 그런 말을…… 영감님은요? 영감님 댁도 마찬가지고요?"

"그렇지요, 뭐…… 그 집 아드님, 며느님이 찾아오고 난리도 아니었죠……"

좋지 않은 기억들이 떠올랐는지 얼굴이 금세 어두워진다. 연희는 손사래를 치며 목소리를 높인다.

"잘 오셨어요. 자식들 다 키워놓고 이제 걱정도 없으신데, 세상에 남아서 사시는 날까지는 사랑하면서 사셔야죠."

"우린 그냥 함께 있을 공간이 필요할 뿐이에요. 요즈음 새로 생긴 데는 너무 으리으리해서 우리가 들어가기는 아무래도 좀 눈치가 보이더라고요. 여기가 그래도 아담하고 편안해 보여요. 별일 없으면 매일 오려고요."

"그렇게 하세요. 그러면야 저흰 좋지요."

"우린 이제 다 된 사람들이에요. 젊었을 때 흉내도 못 내지요. 그냥 하루에 두 시간이라도 부부처럼 어깨도 주물러드리고 심부름도 해드리고 같이 텔레비전도 보고 그렇게 살고 싶어요. 죽는 날까지 우리가 얼마나 볼 수 있겠어? 자식들 눈치가 보여서 밖에서는 마음대로 만나지도 못해요. 아들 녀석이 요즈음은 안 하던 전화까지 매일 해대는 통에 말예요. 아예 감시를 한다니까요. 그

에메랄드 궁 189

래서…… 집에서 각자 점심을 먹고, 이곳 버스정류장에서 만나요. 매일요."

갑자기 울컥 목구멍으로 뭔가가 올라오는 느낌이다. 무엇이 연희를 이런 과잉감정 속으로 몰아넣었는지 알 수 없다. 한마디라도 말을 하면 눈물이 왈칵 쏟아질 것 같아 연희는 고개를 끄덕인다. 말을 마친 할머니가 공손하게 인사를 하며 안내실을 나간다. 갑자기 뭘 빠뜨린 사람처럼 연희는 얼른 할머니를 뒤쫓아간다.

"저기요, 편안하게 더 있다가 가세요. 시간 넘어도 눈감아드릴게요."

뒤를 돌아다본 할머니의 얼굴에 함박웃음이 떠오른다.

그들은 다음날도, 그다음날도 왔다. 두 분이 드시는 방은 가능하면 다른 사람에게 대실을 하지 않았다. 대실비도 오천원을 할인해드렸다. 아무렇게나 내팽개쳐진 부모님을 보는 것 같은 애틋한 마음이 들어 오후 두시만 되면 연희는 그들이 기다려졌다. 할머니는 할아버지가 단잠이라도 들면 카운터로 내려와 연희와 함께 시간을 보냈다. 대체로 할아버지 자랑으로 시작해서 할아버지 자랑으로 끝나지만 할머니의 가만가만한 말소리는 얄밉지 않고 정겹기만 해서 연희는 은근히 이야기를 더 부추기곤 했다. 할아버지가 상당한 재력가라는 것과 식물에 관한 전공을 하신 대학교수 출신이라는 것도 그렇게 알아낸 사실들이었다.

그들을 기다리는 시간이면 연희는 혜미도, 상만도, 317호도 잠깐 잊는다. 하지만 그들이 돌아가고 난 후의 시간은 참 가지 않는다. 시간이 가지 않는 밤은 푸르스름했다가 붉그스름했다가 한다. 푸른빛 속에서 또는 붉은빛 속에서 세상에 이해 못할 일이 뭐 있겠느냐고 위안을 한다. 삶이란 그럴 수도 있을 거라 생각한다. 하긴, 상만을 이해 못할 건 또 뭐 있는가. 맨날 남의 오입질을 보면서 용케도 잘 참아낸다고 생각했다. 아주 가끔은 눈 딱 감고 상만의 욕구를 해결해주는 것이 최소한의 도리가 아닐까 하는 생각도 들었다. 때로, 지나가는 그의 눈빛에서 아직도 연희에 대한 갈구가 느껴졌을 때, 물기 하나 없이 건조하고 삭막한 몸뚱이 속에서도 잠시 설렘 같은 것이 지나간 게 사실이다. 신기함과 측은함. 그러나 자신의 몸속에 다시 여자로서의 욕구를 담아두고 싶지 않다. 차라리 자신을 더 황폐하게 만들었으면 만들었지 다시 기름지고 싶지 않다. 그것은 너무나 감당할 수 없는 일이 될 것이다.

살다보면 엉뚱한 사람으로부터 위로를 받는다. 망원경을 거꾸로 들고 보았을 때만큼 작고 미미한 존재가 성큼성큼 가슴속으로 걸어들어오기도 한다. 결국 일이 터지고야 말았을 때에도 연희 옆에 있었던 사람은 상만이 아니라 할머니다.

은행에서 전화를 받고 아무 생각 없이 카운터를 비워둔 채 다녀와보니 할머니가 마치 주인처럼 카운터에 앉아 있었다.

대출금 때문에 갔다가 수모만 당하고 오는 길이었다. 대출금 상환이 어렵겠다고 하자 은행 직원은 연희의 얼굴은 쳐다보지도 않고 경매에 넘어갈 것이라고 했다. 조금 더 기다려달라는 말이 은행에 통할 리 없다는 것을 잘 알지만 연희는 두 손을 파리처럼 싹싹 빌었다. 어리석은 짓인 줄 알면서도 그렇게 한 것이다. 은행 문을 나서는데 유리문이 철근묶음 같았다. 온몸에 힘이 빠지고 다리가 떨려서 그 자리에 폭 주저앉을 것만 같았다. 체증이 걸린 것처럼 속이 답답했다. 결국 이런 식으로 나가다가는 모텔이 경매에 넘어가는 것은 시간문제일 것이다.

카운터에 앉아 있는 할머니를 보는데 참고 있던 눈물이 왈칵 쏟아졌다. 연희는 체면이고 뭐고 없이 엉엉 소리내어 울었다. 아무 말 없이 연희의 등을 쓰다듬어주던 할머니가 연희의 얼굴을 두 손으로 감싸쥐고 눈물을 닦아냈다. 연희는 어린아이처럼 어깨를 들썩이며 눈물을 흐득였다.

"모텔이 넘어가게 생겼어요. 이게 내 전부라고, 이것 때문에 힘들어도 꾹 참고, 모진 마음 먹고 싶어도 견디고 살았는데…… 할머니, 저는 이제 어쩌면 좋아요."

"사장님……"

"아무것도 아닌 게 되어버렸어요."

"사장님, 그거야말로 정말 아무것도 아니야."

할머니의 손이 연희의 머리를 천천히 쓰다듬었다.

"돈이 전부인 줄 알고, 그놈의 돈을 벌려고 아등바등 살았는데, 그게 아니야."

"그래도, 그래도 이건 아니지, 이건 너무해요…… 이건 죽으라

192

는 소리지……"

눈물이 멈추지 않았다. 손아귀에 꽉 움켜쥐고 놓치지 않으려고 살았는데, 그동안 잡고 있었던 것이 모래알갱이였나. 겨우 빈손인가 싶다.

"이것 봐요. 우리 인생의 길에는 비바람도 있고 진창길도 있지 않겠수. 그래도 사람들은 계속 길을 따라 가요. 그 끝에 무엇이 있는지 그걸 아직 보지 못했기 때문이지. 사장님을 기다리고 있을 희망 말이요. 포기하지 말아요. 끝까지 가보지 못한 사람은 길 끝에 있는 것을 보지 못해. 그게 어떤 얼굴을 하고 사장님을 기다리고 있을지 궁금하지도 않아요? ……끝까지 가보지도 않고 너무 힘들어서 포기했다면 내가 지금 영감님을 어떻게 다시 만났겠어? 사장님, 희망을 잃지 말아요. 사장님은 아직 갈 길이 멀어. 포기하기엔 너무 일러."

할머니의 얼굴은 안타까움으로 가득 찼다. 시간이 지나 알게 된 사람만이 가질 수 있는 간절함이지만 그것을 지금 연희가 짐작이나 할 수 있을까. 절망 속에서 희망을 품는 일의 어려움을, 상상도 할 수 없는 그 어려움을 말이다. 등을 쓸어주던 할머니가 연희의 손을 조용히 놓고 일어나 안내실을 나갔다. 그리고 모텔을 나갈 때에도 평소 수다스러운 인사도 없이 연희의 눈을 맞추며 고개를 끄덕했을 뿐이다. 연희의 어지러운 마음을 다독여주는 할머니의 눈빛만이 엄마처럼 연희를 위로했다.

에메랄드 궁 193

술 마시는 일이 무슨 해결책이라도 되는 것처럼 상만은 술만 퍼마시고 있다. 골칫거리들을 외면하면 그것이 마법처럼 저절로 해결될 거라고 생각하는 것일까. 이리저리 발품을 팔면 당장 경매로 넘어가는 큰일만은 막을 수 있을지도 모른다. 하지만 그렇게 해서 몇 달이나 버틸 수 있을까. 할 수 있는 일이 아무것도 없다. 겁이 난다. 망하는 게 겁나는 것이 아니다. 아무 할 일이 없다는 사실이, 무너지는 것을 가만히 지켜보고만 있어야 한다는 사실이 무섭다. 속수무책인 시간이 지나면 마치 자신의 인생이 통째로 어디론가 사라져버릴 것만 같다.

남편 찾는 여자

사철나무의 이파리가 딱딱하고 두꺼워진다. 거리의 먼지를 온통 뒤집어쓴 이파리는 용서할 수 없는 적의를 품고 있는 사람처럼 보인다. 가위질을 너무 많이 한 것인지 깍두기처럼 깎인 나무는 바람이 불어도 꼼짝하지 않는다. 키가 큰 여자 하나가 제 허리만큼 오는 사철나무의 평평하게 잘려진 윗부분을 손으로 쓰다듬고 있다. 여자의 손짓은 뭔가를 차곡차곡 다독이는 것처럼 보인다.

화장실을 잠시 다녀온 사이에 여자는 어느새 프런트 앞에 서 있다. 조금 전 길거리의 사철나무 옆에 서 있던 여자라는 걸 연희는 한눈에 알아본다. 여자는 금방이라도 쓰러질 것처럼 피곤해 보인다. 부표처럼 정처 없고, 어딘가로 내동댕이쳐진 얼굴이다. 여자는 목까지 감싸는 두꺼운 털코트를 입고 있다. 계절에 맞지 않는 옷을 입고 있는데도 여자의 입술은 추운 것처럼 시퍼렇다. 화장기 없는 얼굴은 파르르 떨고 있다. 날씨와 상관없는 추위가 여자의 몸을 관통하는 듯싶다. 빗질도 하지 않고 아무렇게나 쓸어넘긴 앞머리는 헝클어져 있고. 뒷머리는 납작하게 눌려 있다. 안내실로 들어가며 접수구 창을 연 연희가 한참을 쳐다보는데도 여자는 입술을 잘근잘근 씹기만 할 뿐 아무 말을 하지 못한다.

"방 드려요?"

"아, 아뇨."

"그럼……?"

여자의 얼굴만 보아도 알 수 있다. 여자는 바람난 남편의 행선지를 찾아왔을 것이다. 아마도 집에서 방을 닦다가 어딘가에서 전화를 받고, 아니면 세탁을 맡기려는 남편의 재킷 안주머니에서 약속장소가 적힌 쪽지를 찾았을지도 모른다. 바깥 날씨가 추운지 더운지도 분간하지 못한 채 장롱 문을 열고 눈에 띄는 대로 제 몸을 모두 가려줄 수 있는 긴 코트를 집어들었을 것이다. 바깥에는 지원군이 한 소대쯤 서 있을지도 모른다. 지금은 저렇게 조용한 얼굴을 하고 있지만 숨겨진 주먹 안에 손톱이 구미호의 그것처럼 날카롭게 갈려 있을 것이다.

"남편이 여기로 들어갔다는 이야기를 들었어요. 우리 아파트 사는 아주머니가 봤다고, 한번 가보라고……."

그럼 그렇지. 연희는 고개를 빼고, 그녀의 뒤, 갈색 코팅이 된 입구문 유리 너머를 바라본다.

"혼자 오셨어요?"

여자가 고개를 끄덕인다. 연희는 여자와 여자의 뒤쪽 빈 공간을 저울질하듯 번갈아 본다. 소대는커녕 한 사람도 보이지 않는다. 이런 일에는 원래 서너 명씩 몰려오는 법이다. 이렇게 말도 제대로 꺼내지 못하는 여자가 혼자라니. 갑자기 여자가 안쓰럽게 느껴진다. 그냥 여자를 돌려보내고 싶다. 여자의 남편이 눈앞에 있다고 해도 가려주고 싶다. 괜찮다고, 아마 아닐 거라고, 잘못 봤을 거라고 그렇게 말해주고 싶다. 이런 여자는 속는 편이 낫다. 사실을 확인하는 순간 여자의 삶은 없어지고 말 것이다. 햇빛 좋은 날 눈사람처럼. 그동안 소중했던 생은 송두리째 누군가가 가지고 가버리고 말 것이다.

"그런데, 댁의 남편을 봤다는 분은 확실하답니까? 사진이라도 찍었대요?"

"아뇨, 사진은 아니고. 그냥 두 눈으로 똑똑하게 봤다고 그러더라구요. ……그 여자에겐 그럴 리가 없다고 딱 잘라 말했거든요. 그런데, 어찌나 분명하다고 그러는지. 니 남편 헤어스타일만 봐도 확실하다고, 그거 백 미터 뒤에서도 알아볼 수 있는 스타일이라고…… 그래서 제가 그랬거든요. ……지금 회사에 있을 시간이고, 오후에 술 마실 일이 있다며 차도 가지고 가지 않았고, 회사에서 이곳까지 왔을 리가 없고, 더군다나 이 동네에서 그럴 리가 없다고……"

여자는 필요 이상의 설명을 늘어놓는다. 마치 연희에게 찾아온

에메랄드 궁 197

게 자기 잘못이라도 되는 듯한 모양새다.

"그럼 그 아주머니가 잘못 본 모양이군요."

"그런데, 방에 앉아 가만히 생각해보니 별의별 생각이 다 나서 도저히…… 집히는 것도 있고……"

무엇이 그녀를 집히게 했을까. 눈도 마주치지 않은 채 밥을 먹고, 농담도 잘 하지 않으며 묻는 말에는 짜증만 냈을까. 한밤중에 혼자 베란다로 나가 오래전에 끊었던 담배라도 피웠던 것일까. 와이셔츠나 속옷에 화장품 냄새라도 묻혀오거나, 아니면 등을 타고 넘어오는 그녀의 손길을 냉정하게 뿌리친 것일까. 손톱으로 인터폰 위에 묻은 땟자국을 긁어내며 연희는 혼잣말처럼 무심하게 묻는다.

"남편분이 어떻게 생기셨는데요? 손님이 몇 분 들어 계시긴 한데……"

여자가 거스러미가 인 입술을 손톱으로 쥐어뜯으며 마른침을 삼킨다.

"키가 큰 편이구요, 남자치곤 머리가 조금 길어요. 어깨까지 내려오고, 그리고 검정색 바바리를 입었어요."

키가 크고 머리가 길고…… 헤어스타일이 문제긴 문제다. 연희는 고개를 숙이고 잠깐 생각에 잠기는 척한다. 인상착의를 듣는 순간 한 남자의 뒷모습이 머리에 떠올랐기 때문이다. 남자는 지금 316호에 묵고 있다. 하지만 저렇게 건드리기만 해도 뒤로 넘어갈 것 같은 여자에게 그 사실을 어떻게 이야기한단 말인가. 연희는 여자의 눈을 똑바로 쳐다본다. 여자의 눈이 몸살 앓는 파도처럼 일렁인다.

"그런데요, 댁의 남편 같은 분은 오늘 오신 적이 없거든요. 오늘은 젊은 대학생으로 보이는 아이들만 몇 쌍 받았거든요."

여자가 고함을 지르며 모텔 방문을 모두 다 두드려본다고 해도 어쩔 수 없는 일이지만, 이렇게 속수무책으로 눈물만 크렁이며 서 있는 여자는 더 대책이 없다. 여자는 고개를 숙인 채 입술만 물어뜯고 있다. 연희는 인터폰을 잠깐 본다. 그가 온 것은 한 시간 전쯤이다. 함께 들어간 여자는 남자와 비슷한 나이 또래로 약간 마른 체형이었다. 눈 가장자리에서만 얼룽이던 여자의 눈물이 뚝 바닥으로 떨어진다.

"소란을 피워서 죄송해요."

소란? 소란이란다. 연희는 여자의 조용한 반란이 부담스러워지기 시작한다. 어서 여자를 쫓아내고 싶다.

"어느 방에 있는지만 알면 안내해드리겠는데, 그것도 아니고, 여기 있다는 확증도 없고. 그런데, 그 아줌마는 어떻게 이 동네에서 남편분을 보셨대요? 그 아줌마가 이 동네엔 무슨 일로 왔다가 봤다는 거예요? 그 아줌마가 더 수상하네요. 혹시……"

심술이 난다. 일러바친 그년에게 모든 걸 뒤집어씌우자.

"그러니까…… 잘못 보셨을 수도 있구요. 비슷한 사람을 착각했을 수도 있다는 말이에요."

"저……, 이 동네 살아요. 저기 현미아파트요."

에메랄드 궁 199

그녀가 프런트 위에 한 손을 올리고 다른 손으로 아파트를 가리킨다. 목각인형처럼 각진 그녀의 손가락이 조금씩 움직인다. 손가락의 움직임을 따라 손등의 핏줄이 흥분한 씨름선수처럼 꿈틀거리며 도드라진다. 소매 밖으로 여자의 가는 팔목이 그대로 드러난다. 톡 부러질 것 같은 뼈는 썩은 속 때문에 오골계처럼 까말 것 같다.

프런트 앞에서 한참을 머뭇거리던 여자는 마침 모텔로 들어오던 한 쌍의 중년 남녀를 보더니 화들짝 놀라 바깥으로 나가고 만다. 입구에서 서성이던 그녀의 머리통이 커졌다 작아졌다 하는 것을 연희는 창 너머로 보고 있다. 머리가 길고 검은 바바리를 입은 남자가 여자의 남편이 맞다면, 그는 그의 아내가 밖으로 나간 지 한 시간쯤 후에 모텔을 빠져나갔다. 아마도 감꽃 냄새가 채 가시지 않은 애인의 가슴팍에 얼굴을 묻고 선팅이 잘된 그녀의 승용차를 타고 떠났을 것이다. 화장도 못 한 초라한 아내가 맨발에 슬리퍼를 끌고 서 있는 모텔 앞을 말이다. 어쩌면 애인의 사타구니를 만지느라 초췌한 제 아내를 보지 못했을 수도 있다. 여자는 주황빛으로 물든 해가 설핏 서쪽으로 기울어질 때까지 그러고 서 있다. 기다린다는 것이 얼마나 지겨운 착각인지 그녀가 깨닫게 되기까지는 그리 오랜 시간이 걸리지 않을 것이다. 연희는 여자의 작은 머리통이 완전히 사라진 거리를 오래오래 내다본다. 팬티를 비집고 나온 생리혈처럼 여자가 자꾸 거슬린다.

곧 네온사인이 켜질 것이다. 어깨를 바닥에 붙이고 누워 있던 동네는 등뼈를 꿈틀거리며 일어설 것이다. 사랑은 모든 것을 잊게 할 것이며, 그래서 사람들을 다시 이곳으로 불러들일 것이다. 갈라진 도로의 저 안쪽은 벌써부터 환락의 혀를 길게 내밀고 육체의 벗은 알몸을 핥을 준비가 시작되고 있다.

전화벨 소리만 울려도 가슴이 덜컹거린다. 지금 혜미 입장에서는 당연히 연락을 하지 않겠지만 연희는 혜미의 전화를 기다리고 있다. 혜미가 연희를 어떻게 생각했든 상관없다. 그동안 혜미를 생각했던 마음의 무게가 연희를 기다림 속에 빠지게 만든다. 시간이 지나자 기다림은 걱정과 불안으로 옮겨간다. 배신감에 몸살을 앓으면서도 자꾸만 변기 속에서 온몸의 핏기를 뽑아올리며 울고 있던 다현이가 눈에 밟힌다. 이년이 아이마저 버렸을 것 같다. 한 번 버린 년이 두 번은 못할까. 두번째는 더 쉬웠을 것이다. 선명한 그 기억은 연희를 더욱 괴롭힌다.

전화기가 미친 듯이 울고 있다. 연희는 핸드폰의 통화버튼을 누른다. 전화는 아무 말도 없이 가냘픈 숨소리만 뱉어내고 있다. 연희는 본능적으로 전화 저쪽이 혜미일 것이라고 생각한다.

"아즘마."

역시 그랬다. 연희를 '아즘마'라고 부르는 사람은 혜미밖에 없다.

"아즘마."

"이 나쁜 년."

"아즘마, 미안해. 증말 미안해."

에메랄드 궁 201

"너, 거기 어디야? 당장 이리 안 와! 니가 이러고도 사람이야?"

"아즘마."

혜미는 아즘마만 서너 번 부르더니 전화를 끊어버린다. 당연하겠지만 발신자 표시는 없다. 잠자리에 들 때까지 연희는 전화기를 손에서 놓지 못한다. 연희는 큰소리를 치지말 걸 하고 후회한다. 밥은 잘 먹고 다니는지 한 번만 물어볼걸 하고 후회한다. 하지만 그날 이후 혜미의 전화는 없다. 전화가 끊기고 난 뒤에야 다현이의 안부를 물어보지 못했다는 것을 깨닫는다.

시간은 흐르는 것이 아니라 몸 위에 무겁게 쌓여간다. 초바늘이 움직일 때마다 압축패드 속에 있는 것처럼 몸이 조금씩 납작해진다. 한 가지 다행스러운 일이 있다면 몸에 쌓인 시간과 상관없이 상처는 아물어간다는 것이다.

화분

이제 그들을 볼 수 없다. 하지만 점심밥만 먹고 나면 연희는 프런트에 앉아 그들을 기다린다. 그들이 오면 뭔가 복잡하게 꼬인 일들이 잘 풀릴 것 같은 얼토당토않은 생각이 드는 것이다. 그들을 기다리는 동안 마음속에서 무언가가 자꾸 자라는 것 같아서 연희는 자주 가슴을 쓸어내린다. 아프고 따갑고 시린 것들이 음습한 그늘 속의 이끼처럼 무성하게 자라 그들이 오지 않는 텅 빈 공간을 아프게 채운다. 바람은 하루가 다르게 차갑다. 서늘한 바람이 전쟁터처럼 황폐해진 뇌를 쓸고 지나간다. 장례식장에 다녀온 지 일주일이 지났으나 연희는 그 슬픔에서 쉬이 빠져나오지 못한다. 할아버지가 돌아가셨다. 그리고 그분의 빈소에 화분을 놓아두고 왔다.

장례식장에 도착했을 때에도 비는 계속 내리고 있었다. 연희는 오랜만에 입은 검은 정장을 매만지며 영안실로 들어섰다. 무표정한 할아버지의 영정이 연희를 보고 슬며시 웃는 듯했다. 할아버지는 웃는 모습이 참 좋아, 라고 연희는 잠시 할아버지의 눈매를 보며 생각했다. 향을 올리고 두 번 절을 했다. 상주와 맞절을 하고 난 뒤 연희는 쇼핑백에 들어 있던 화분을 꺼냈다. 생각지도 않았던 눈물이 울컥 솟아났다. 코끝이 매워지더니 목구멍이 뜨거워졌다.

"학창 시절에 선생님께 받은 것입니다. 제 잘못으로 나무는 끝까지 키우질 못했지만 이 흙은 그때 그대로입니다. 흙은 평생 선생님을 생각하며 가꾸어온 제 마음입니다. 이 한 줌, 선생님 가시는 길에 함께할 수 있으면 좋겠습니다."

상주가 연희로부터 화분을 받았다. 상주의 텅 빈 시선이 한참 동안 화분 속에 머물렀다. 그러더니 고개를 끄덕였다.

"잘 전하겠습니다."

장례식장을 벗어난 연희는 버스를 타려다 말고 제과점으로 들어갔다. 이게 할머니께 드리는 마지막 선물이 될 것 같았다. 할머니는 올 때마다 사과니 귤이니 과일을 접수구에 넣어주고 갔다. 그동안 과일을 공짜로 그렇게 받아먹었으니 선물이랄 것도 없다 싶다. 오히려 연희에게 그분들이 선물이었던 셈이다. 땅속으로 가라앉고 싶었을 때 신데렐라의 요정처럼 연희 앞에 나타나지 않았던가. 연희는 빵을 고르다 말고 다리가 풀려 제과점 바닥에 풀썩 주저앉고 말았다.

언제나 할아버지는 할머니 손을 꼭 잡고 있었다. 할아버지의 꼿꼿한 뒷모습은 든든한 산맥처럼 할머니를 받쳐주고 있는 것 같았다. 두 분의 숨은 사연을 안 것은 한 달 보름쯤 지났을 무렵이었다. 낮에 친척 결혼식에 갔다온 할아버지가 피곤해서 그런지 잠이 드셨다며 할머니 혼자 안내실로 내려오셨다.

"두 분이 오시는 게 좋은 건지, 안 오시는 게 좋은 건지 모르겠어요. 저야 두 분 뵙는 게 낙인데, 두 분은 여기 안 오시고 하루라도 빨리 함께하셔야 할 텐데 말예요. 아직도 여전하세요? 할아버지 댁에서두요?"

"호호, 영감님 댁에서 나보고 꽃뱀이라고 그럽디다…… 평소에 잘 오지도 않는 자식들이 요즈음 돌아가면서 집에 온대요. 거실에 온 가족이 진을 치고 있는 날은 화장실 창문으로 탈출한대요. 이층 화장실 창문 바깥이 베란다고, 거기 큰 오동나무가 있어요. 나무를 한 발 한 발 딛고 내려오다보면 당신이 로미오 같다고, 애들이 반대해서 사랑이 더 절절해지는 것 같다고…… 호호호."

웃으면서 이야기를 하고 있지만 할머니의 얼굴은 밝지가 않았다.

"어렸을 때는 부모 때문에 함께하지 못했는데, 이젠 자식들 땜에……"

무슨 깊은 사연이 있나 싶어 캐묻고 싶지만 연희는 할머니가 민망해할까봐 입을 다물었다.

"집안 형편이 어려워 중학교만 겨우 졸업하고 가발공장에 취직했죠. 가발공장이라고 해봤자 조그만 가내공업 같은 거라 일하는 사람이나 공장 사장집이나 한가족처럼 지냈어요. 할아버진 사장집 아들이었죠. 아홉시가 넘어서 공장 문을 나서면 깨진 가로등 뒤에 숨어서 명애야, 하고 불렀죠. 배가 등가죽에 들러붙는 시간이었어요. 다른 사람이 있으면 내가 혼자가 될 때까지 그인 내 그림자를 따라왔어요. 기어이 내 손에 단팥빵을 쥐여줘야 안심했죠."

수줍은 청년의 모습이 눈에 보이는 듯했다.

"참 맛있었어요, 그 단팥빵."

그리고 할아버지 부모의 완강한 반대로 한 번 부딪혀보지도 못하고 두 사람은 헤어졌다고 했다.

"할아버지 결혼하기 전날, 나를 찾아왔더랬죠. 평생 너를 포기하지 않겠다고, 그리고 화분을 하나 줬어요. 거기에 씨앗을 심었다고, 그 씨앗이 싹을 틔우고 가지를 벌리고 열매를 맺을 때까지 기다려달라고, 꼭 너를 찾아가겠다고…… 그때까지 살아 있어달라고……"

"정말요? 꽃이 피고 열매가 맺었을 때 정말 오셨나요?"

"오 년 전에 부인이 돌아가시고 할아버지가 찾아왔어요. 사십 년 만이었죠. 나 있는 곳을 어떻게 알았냐니까 임자 어디 사는지 그거 수소문 안 되면 못 살았다고 그러대요. 그때까지 난 남편도 없이 홀몸으로 자식들 뒤치다꺼리하느라 거울 한 번 볼 시간도 없었어요. 입에 밥 들어갈 걱정도 못 떨쳤는데 사랑이 뭔가 싶더라고요. 근데요, 저러는 게 사치다 싶어 얄밉고, 그 어릴 때 왜 나를 못 잡았나 싶어 원망스럽기도 하고 그랬는데, 참 간사한 게 사람이라고 할아버지가 그러는 게 또 싫지가 않았어요. 퉁퉁거리면서도 기다려졌어요. 기다리고, 만나고, 싫은 소리 하면서도 어디 계시나 싶어 둘러보고…… 그런데 어느 날 빵집에 갔는데 할아버지가 그러는 거예요. 나 단팥빵 못 먹어, 목이 메어서…… 그 말을 듣는데, 얼마나 목이 메는지……"

연희가 할머니 손을 꽉 잡았다.

"할아버지를 다시 만나기 전부터 꼭 부인의 죽음을 기다린 것만 같아서, 그래서 지금 이렇게 만나는 것도 죄 같아서……, 그러다가도 단팥빵 들고 수전증 걸린 사람처럼 파르르 떠는 할아버지를 보면, 내가 뭔데 저이를 저렇게 만들었나 싶어서……"

왜 사랑은 늘 어긋나기만 하고 또 그것을 너무 늦게 깨닫는 것일까. 먼 길을 돌아서 이제야 여기 초라한 모텔방에서 그 긴 여정을 풀어놓고 있는 두 사람을 보자 연희는 가슴이 알알하게 아파왔다. 할아버지가 깨셨을 거라며 눈에 맺힌 물기를 황급히 지우고 일어서는 할머니를 보다가 연희는 참, 하며 할머니를 불러세웠다.

"화분의 나무는 잘 키우셨어요?"

할머니는 싱긋 웃기만 할 뿐 대답이 없었다.

두 시간 후 노인네들이 나왔다. 연희와 눈이 마주치자 두 사람은 수줍게 웃었다. 할아버지가 연희에게 말했다.

"사장님한테는 미안하지만 내 오늘은 아들놈하고 담판을 지어서 할멈이랑 같이 살 거야. 이제 여기 안 와."

"네, 제발 그렇게 하세요."

할머니도 연희도 깔깔 웃었다. 오늘따라 더 다정해 보이는 두 사람의 뒷모습이 거리에서 완전히 보이지 않을 때까지 연희는 목을 빼고 있었다.

그리고 그다음날, 그들은 오지 않았다. 정말 자식들한테 결혼을 허락받은 걸까. 전화 한 통도 없이 소식이 뚝 끊기더니, 한 달쯤 후 한층 야윈 모습으로 할머니가 혼자 찾아오셨다.

"부탁 하나만 들어줄라우?"

할머니는 화분 하나를 내밀었다. 흙만 채워져 있을 뿐 싹도 나지 않은 빈 화분이었다. 연희는 무심결에 화분을 받아들었다. 화분은 가볍지만 화분이 감내해온 세월의 무게가 연희의 손바닥에 그대로 전해져오는 것만 같았다.

"할아버지가 주신 화분이라우. 흙이며, 화분이며, 씨앗이며 그때 그대로죠."

노망이 들었나 싶었다. 사십 년 전의 화분이 그때 그대로라면 싹도 틔우지 않은 씨앗은 썩어도 몇 번은 썩지 않았겠는가.

"그 사람은 나무를 잘 키웠는데 난 나무 키우는 데는 정말 재주가 없었어요. 공장에 화분이 많았는데, 내 손이 닿으면 다 시들어버렸죠. ……싹이 트고, 나무가 자라고, 그러고 나서 죽어버리면 안 되니까, 사십 년 동안이라도 내가 기다려야 하니까, 내가 희망을 버리면 안 되니까, 내가 당신을 잊으면 안 되니까……"

할아버지는 식물에 대해 모르는 게 없는 분이셨다는 것, 젊었을 때에도 나무박사라고 불렸을 정도로 나무에 대해서 해박했다는 것, 그런 분이 씨앗을 심지도 않은 빈 화분을 주셨다는 것이다.

"힘들 때나 그리울 때나 외로울 때나 화분을 들여다보며 말하고, 꿈꾸고, 눈물 흘렸어요."

"그런데 왜?"

"이제 이 화분은, 이 화분 속의 흙은 내 몸이나 마찬가지가 되어버렸으니까. 내 몸이니까…… 그러니까…… 같이 묻히고 싶어."

담판을 지을 거라고 시작한 자식과의 싸움에 아들네가 짐을 싸서 할아버지네로 들어와버렸다고 했다. 자식들이 이사온 다음 날 화장실 창문으로 나오려다 몸을 싣고 있던 오동나무의 가지가 부러져 그만 바닥으로 떨어지고 만 것이었다. 병원으로 옮겼으나 할아버지는 한 달 만에 돌아가시고 말았다. 만남을 이어온 이후로 한 번도 그런 적이 없었는데 연락도 없고 전화도 없어 할머니가 찾아갔을 때, 그 집을 들락거리는 사람들을 통해 할아버지의 사고 소식을 알게 되었다고 했다.

비가 왔다. 비는 사흘째 계속 내리고 있었다. 연희는 출입문에 바싹 붙어섰다. 할머니, 하고 부르고 싶지만 연희는 그저 지켜보고 있을 뿐이었다. 할머니가 아까부터 손에 꼭 쥐고 있던 비닐봉지를 열었다. 비닐봉지 안에서 나온 것은 단팥빵이었다. 장례식장 앞에 있는 제과점에서 연희가 사온 것이다. 할머니가 계란 껍질을 까는 것처럼 조심스럽게 단팥빵의 비닐을 벗겨내고 한입 베어물었다. 할머니의 머리에도 옷에도 빵에도 빗물이 떨어졌다. 들어오라고 해도 고개를 저을 것이다. 팔을 붙잡고 안쪽으로 끌려고 해도 노인네답지 않은 힘으로 완강하게 거절할 것이다.

할머니는 그날 이후 오지 않았다. 당연히 이곳에 오실 이유가 없어진 것이다. 연희 역시 이제 그들을 잊어야 했다.

서러운 풀빛

비라도 왔으면 싶다. 선정의 손을 끌고 버스를 타는데, 문득 고등학교 때 국어선생님이 가르쳐준 〈봄비〉라는 시가 생각난다.

'이 비 그치면 내 마음 강나루 긴 언덕에 서러운 풀빛이 짙어오겠다.'

그다음은 생각이 나지 않는다. 그때 국어선생님이 몽둥이 들고 설치는 바람에 밥을 먹으면서도 달달 외우던 시였는데도 그렇다. 몇 살 때까지 외우고 있었을까. 제법 나이 들었을 때까지도 겨울이 가고 봄이 오는 그즈음에 비가 내리면 언제나 이 시를 외우곤 했다. '서러운 풀빛'이라는 말이 얼마나 서럽던지 아무 이유도 없이 눈물이 났다. 그랬는데, 언제부터 그 모든 것을 잊고 살았을까. 봄도 아니고, 비도 안 오는 오늘 같은 날, 왜 그 시가 생각이 났을까.

에메랄드 궁 211

연희는 선정의 손을 더 힘주어 잡는다. 악력을 느꼈음인지 연희의 손 안에서 꼼지락거리던 선정의 손가락들이 움직임을 멈춘다. 그러더니 슬그머니 머리를 기대어온다.

"머리 바로 해."

선정이 머리를 든다. 울먹일 듯한 얼굴이 발갛게 상기된다. 그녀는 곧 야단맞은 것처럼 시무룩해진다. 창자를 훑고 나온 바람이 휘파람 소리를 내며 길게 뿜어져나온다. 입에서 새어나온 바람이 공기 속으로 풀풀 날린다. 상만에게는 말하지 않았다. 하지만 다른 방법이 있는 것도 아니지 않은가.

선정이 다시 에메랄드를 찾아온 것은 그 일이 있고 난 지 근석 달 만이다. 한씨가 위층에서 청소를 하다가 앞마당에서 서성이는 선정을 보았는지 인터폰이 왔다.

"고년이 왔네."

선정이 에메랄드 마당에서 누렁이를 쓰다듬고 있었다. 연희가 가까이 가도 쳐다보지도 않고 개의 머리와 다리를 손가락으로 길게 빗겨주고 있었다.

"더러운 개야. 만지지 마."

헬끔 돌아보며 선정이 활짝 웃었다. 냉동실 안에 얼굴을 들이밀었을 때처럼 갑자기 오소소 한기가 돋았다.

"애기."

선정은 마치 자랑하듯이 연희 손을 잡아 얼른 제 배에 올렸다. 기쁨과 환희로 그녀의 얼굴이 붉게 타올랐다. 연희는 얼른 선정

212

의 배에서 손을 뗐다. 징그러운 벌레를 만진 것처럼 손바닥 안에서 스멀거리는 느낌이 났다.

"뭐? 뭐라구? 애기?"

선정이 에메랄드를 향해 손가락질을 했다.

"우리 현지."

말을 하는 선정이의 눈이 젖었다고 느낀 것은 착각이었을까. 연희는 여전히 웃고 있는 선정의 어깨를 잡았다. 마음이 면도날처럼 날카로웠다. 분노 같기도 하고, 울분 같기도 한 것이 목구멍을 치받고 올라왔다. 어깨 너머 심장과 창자를 지나 자궁까지 전해지도록 연희는 미친 듯이 그녀를 흔들었다.

"야, 이년아, 너 설마, 말해봐. 누구 애기야? 너 설마 이 집 아저씨 애기라구 찾아온 거야? 응?"

헤벌어져 있던 선정의 입이 놀란 조개처럼 꾹 다물어졌다.

"야, 이 지집애야, 너같이 미쳐 돌아다니는 년이 누구 애를 뱄는지 어떻게 알아? 니가 지금 날 협박하려 왔니?"

선정이 고개를 흔들었다. 금방이라도 터질 것 같은 두려움이 두 눈에 일렁이고 있었다. 연희는 선정과 함께 방으로 들어갔다. 선정을 방바닥에 앉혔다.

"지금부터 묻는 말에 대답 잘해. 알았지? 알았어?"

선정이 고개를 끄덕였다. 그 바람에 위태롭게 걸려 있던 눈물방울이 두두둑 바닥으로 떨어졌다.

"너 어떻게 알았어?"

"생리를 안 해."

"병원에 가봤어? 병원?"

선정이 고개를 흔들었다.

"엄마한테 말했어?"

다시 선정이 고개를 흔들었다.

"어쩔려구 왔어?"

선정이 볼에 눈물을 묻힌 채 웃었다.

"우리 현지 낳을 거야."

"뭐? 너 미쳤구나. 그 새끼가 나쁜 새끼야. 그걸 몰라? 낳아선 안 되는 아기라구."

"아니야. 아저씨 나쁘지 않아. 아저씨가 피임약 버렸어. 아저씨가 아이 낳아달랬어. 우리 현지 낳을 거야."

"뭐? 아이를 낳아줘? 이것들이 쌍으로 미쳤구나."

"나 안 미쳤어."

"뭐? 안 미쳐? 너 정말……, 여기서 남자 죽어나간 지 얼마나 됐다고, 니가 도대체……"

선정의 눈빛이 잠시 흔들리는 듯싶었다. 아니, 제정신이라면 흔들릴 거라고 생각했다. 하지만 선정은 죽어나간 남자 따위는 처음부터 안 적도 없다는 얼굴로 연희를 빤히 쳐다보고 있었다.

연희는 두 손바닥으로 얼굴을 감싸고 마른세수를 했다. 손가락 마디마디마다 얼굴의 열기가 뜨겁게 묻어났다. 손바닥으로 열에 뜬 얼굴을 말끔하게 닦아내고 연희는 선정을 노려보았다.

"내가 어떤 년인 줄 아니? 그 여자, 내 앞에서 죽어나간 것도 본 년이야, 내가! 좋다. 끝까지 가보자 이거지? 그래, 좋아. 나도 끝까지 가볼 테야. 우리 집 방바닥에서 뒈진 명옥이년, 그년이 남긴 만명슈퍼. 그것들한테 복수하기 전에 나 여기서 꼼짝도 못해. 우리 아버지, 엄마, 내 동생, 우리 애기…… 다 잃어버리고 여기까지 왔는데 어떻게 지금 와서 포기하란 말야. 그 미친 세월 다 지내놓고? 이 집이 날아간다고 내가 포기할 것 같아? 어림도 없어. 끝까지 가볼 테야. 끝이 어딘지 내 이 두 눈으로 똑똑히 볼 거야. 알겠니?"

고개를 끄덕이는 선정의 모습이 보이지 않았다. 흐린 안개 속에 있는 것처럼 눈앞이 뿌옇게 흐려졌다. 마치 방 안에 는개가 내리는 듯했다.

"우리 현지……"

"그앤 절대로 현지가 아냐. 정신 차려 이것아, 왜 또 이러니? 멀쩡한 것 같더니 왜 또 이래!"

연희가 선정의 어깨를 잡고 흔들었다. 선정의 뺨을 두드렸다. 선정의 몸이 젖은 빨래처럼 흐느적거렸다.

"병원 가자."

낙태가 금지되면서 중절수술 병원을 찾는 일이 어려워졌다. 하지만 금지가 강력하면 강력해질수록 음지의 꽃은 더 독하게 피는 법이다. 비밀은 은밀해지고 가격은 비싸지고 서비스는 형편없어지지만 간절하게 필요한 사람은 어디에나 있다. '무엇이든 물어 보세요'라는 별명을 가진 프린스모텔 여자에게 넌지시 말을 꺼냈는데, 주소 하나를 적어줬다.

군데군데 칠이 벗겨진 외벽은 아이가 물감으로 장난질한 것처럼 얼룩덜룩하다. 길게 늘어진 하얀 바탕 위에 '산부인과'라는 남색 글씨가 도드라지게 짙다. 입구에 서서 하늘을 올려다보는 선정의 얼굴 위로 빠르게 철새 한 무리가 지나간다. 간판을 읽고 있는지 선정이 눈을 깜박거린다.

"싫어!"

온몸에 힘을 주며 선정이 발을 멈춘다. 연희는 선정을 노려본다. 아랫입술을 깨물며 연희는 표독스러워진다. 아이가 때려죽이고 싶도록 밉다.

"죽고 싶어? 그냥 여기서 콱 뒈질래?"

겁에 질린 선정의 눈동자가 짧게 흔들린다. 그러더니 웅덩이에 고인 물처럼 눈빛이 아득해진다. 연희는 선정의 손목을 힘껏 잡아챈다. 병원 문의 손잡이를 붙잡고 선정은 꼼짝도 하지 않는다.

"안 가."

"너, 이러지 마. 이러면 니 인생도 개판되는 거야."

"싫어."

선정이 신음처럼 내뱉는다. 뼈가 바스러질 정도로 문의 모서리를 꽉 움켜쥐고 있는 선정의 손을 연희의 힘으로는 떼어낼 수가 없다. 연희는 그악스럽게 쥐고 있던 선정의 팔을 놓고 선정의 얼굴을 두 손으로 마주 잡는다.

선정의 눈동자가 유리알처럼 흔들린다. 그 눈을 보자 연희는 그만 선정의 손을 잡고 집으로 가고 싶어진다. 계절이 바뀌고 선정의 배가 부풀어오르는 것을 보고 싶다. 팽팽한 뱃가죽을 장난치듯 꾹꾹 눌러대며 태동을 하는 아이의 몸짓을 보고 싶다. 하지만, 말도 안 된다.

"너, 현지 찾아야지. 너 그 꼴로는 현지 못 찾아. 너 현지한테 평생 죄짓는 거야. 이거 현지 아냐."

연희는 선정의 뺨을 툭 때린다. 선정이 연희를 똑바로 쳐다본다. 연희는 한 번 더 선정의 뺨을 때린다. 이번엔 좀더 세게 때린다. 지나가는 사람들이 흘끔흘끔 쳐다본다.

"정신 똑바로 차리고 잘 들어. 얜, 현지, 아냐."

"현지야."

"현지 아냐!"

"현지야아아!"

선정이가 소리내어 울기 시작한다. 엉엉 큰소리로 통곡을 하며 우는 선정이를 가운데 두고 사람들이 동그랗게 모여든다. 연희는 선정이를 부축해 일으킨다. 연희의 어깨에 얼굴을 묻고 선정이 길고 긴 울음을 쏟아낸다. 마치 오랜 시간 금이 가 있었던 둑이 막 터진 듯 선정은 좀처럼 울음을 그치지 않는다.

두 사람은 대기실 의자에 앉는다. 선정이 머리를 연희의 어깨에 기대고 눈을 감는다. 마취주사를 맞고 선정은 둘도 채 세지

에메랄드 궁 217

못한다. 간호사가 나가 있으라며 눈짓을 한다.

 선정은 돌아오는 길에 슈퍼 쓰레기통 옆에 쪼그리고 앉아 구
토를 한다. 위액까지 토해낸 선정의 얼굴은 달맞이꽃처럼 노랗게
변해 있다. 잠시 후 속이 진정되었는지, 선정은 배가 고프다고 칭
얼거린다. 병원 모퉁이를 돌아나가자 제법 깔끔한 음식점이 눈에
띈다. 설렁탕집에 들어간다. 설렁탕 한 그릇을 깨끗하게 비운 선
정이 벽에 등을 기대고 눈을 감는다. 노랗던 선정의 얼굴이 비행
기가 지나간 자리처럼 하얗게 탈색되고 있다. 볼에서 턱으로 내
려오는 얼굴선이 해쓱하다. 검고 긴 속눈썹을 힘겹게 들어올리며
선정이 눈을 뜨고 연희를 바라본다.
 "아줌마."
 "……"
 "아줌마."
 "……"
 "아줌마."
 "……왜."
 "배 아파."
 연희는 무심결에 핸드백에 넣은 약봉지를 꺼낸다. 알약을 선정
의 손바닥에 놓아주고 나니 자신의 모양새가 너무 우스워 웃음
이 나올 것 같다. 가을날 제가 어디로 가는지도 모르는 낙엽처럼
자신이 지금 그렇게 굴러가고 있는 것이다. 입속에 알약을 털어

218

넣은 선정이 물을 마시는데, 주르륵 눈물이 흘러내린다. 제 눈에서 흐른 눈물이 의아하다는 표정으로 선정이 눈두덩을 스윽 닦아낸다.

연희는 식당 주인에게 메모지와 펜을 빌린다.

'선정이가 오늘 중절수술을 하였습니다. 몸조리 부탁드립니다.'

딱지 모양으로 접어서 선정의 코트 주머니 안에 약봉지와 함께 넣는다.

"엄마한테 꼭 드려야 해. 알겠니? 너 집에 가서 곧장 누워 있어야 한다구. 그리고 다시는, 다시는 그쪽 동네로 오지 마. 오면 내가 죽여버릴 거야. 알았어?"

선정이 고개를 끄덕인다.

"니년이랑 이 무슨 질긴 악연인가 모르겠다."

선정은 치질 걸린 고양이처럼 다리를 어기적거리며 버스에 오른다. 창문에 기댄 선정의 헝클어진 머리가 어지러운 연희의 머릿속 같다. 어쩌면 상만이 제 아기를 없앴다고 연희의 멱살을 틀어쥘지도 모른다. 선정의 부모가 찾아와 어느 놈이 강간범이냐고 모텔을 죄 뒤집을지도 모른다.

선정을 태운 버스가 가래 끓는 소리를 내며 떠난 뒤에도 연희는 그 자리에 꼼짝도 하지 않고 서 있다. 날씨는 흐리다. 비라도 왔으면 싶다. 자동차가 지나가며 바람을 일으키자 서늘한 냉기가 쫀쫀하게 짜여진 옷감 사이를 비집고 살갗을 파고든다. 등허리에서부터 한기가 쑥 올라온다. 옆구리가 결리는가 싶더니 몸살이

에메랄드 궁 219

나려는지 마치 옷을 벗은 것처럼 피부가 싸늘하게 식는다. 위로받고 싶다. 누구에게든 위로받고 싶은 것이다. 할머니 생각이 난다. 할머니랑 마주 앉아 이야기를 나누면 그게 자신과 아무 상관없는 이야기일지라도 위안이 될 것 같다. 핸드폰을 꺼내 켜진 불빛이 저절로 꺼질 때까지 화면을 들여다보던 연희는 한참만에 핸드폰을 주머니에 넣는다.

'이 비 그치면 내 마음 강나루 긴 언덕에 서러운 풀빛이 짙어오겠다.'

그다음은 도무지 생각이 나지 않는다. 생각하려 하면 할수록 그냥 더 서럽기만 할 뿐이다.

에메랄드의 겨울

에메랄드의 지난겨울은 힘들었다. 스산한 겨울바람이 에메랄드의 앞마당과 주차장의 늘어뜨린 발을 흔들며 제멋대로 쓸고 지나갔다. 건물 전체가 황량한 계절 깊숙이 처박혀 있는 느낌이었다. 살인미수 사건과 몰카협박 사건 이후로 에메랄드는 눈에 띄게 손님이 줄었다. 크리스마스이브와 31일만 밤늦게 만원이 되는 체면치레를 겨우 했을 뿐이다. 어떤 날은 손님을 한 명도 받지 못하고 하루를 보낼 때도 있다. 헤미네가 연희에게 아주 모진 선물을 남긴 셈이다.

상만은 종종 낚시가방을 메고 집을 떠났다가 몸에 차가운 갯내를 묻히고 사흘 만에, 때로는 일주일 만에 돌아오곤 했다. 마치 속이 빈 갈대처럼 상만은 공허해 보였고, 비린내와 술냄새가 온몸에 절어 있었다.

어제는 오래된 누룩 냄새를 풍기며 들어와 연희 앞에 썩은 짚 단처럼 쓰러져 주저리주저리 술주정을 해댔다. 그냥 내버려두었 다. 술주정을 하는 것도 오랜만이라는 생각이 들어서였다. 혜미 네가 떠나고 선정과 그 난리를 치고 난 후 서로 남처럼 살았다. 지난 두어 달 대출금을 또다른 카드 대출로 어찌어찌해서 겨우 갚았을 때에도 서로 말 한마디 섞지 않았다. 그러니 술주정을 하 는 것은 어쨌든 연희에게 손을 내미는 행위라고 볼 수도 있었다.

"나는 꼭 부자가 될 거라 했다. 내보고 꼭 부자가 되라고 했다."

손가락으로 코를 팅 풀어 바지에 닦은 상만은 충혈된 눈을 소 매에 대고 문질렀다. 손가락으로 찔러도 방탄유리처럼 튕겨져나 올 것 같았던 그의 무딘 눈동자가 핏물 든 것처럼 붉어졌다.

"조강지처 버리고, 온 동네 사람들한테 욕 들어가면서 나갔으 니, 당신은 부자가 되어야 된다고 그랬다. 떵떵거리고 살아야 한 다고, 그래서 다시 고향으로 가서 큰소리치고 살라고 했다. 지 땜 에 욕 들어먹는 일 이제 그만해도 된다고, 지가 다 욕먹고, 지고 안고 가겠다고 했다. ……미련곰탱이 같은 마누라. 그게 죽는다 는 소린 줄, 누가 알았겠나. ……나는 몰랐지. 나는 몰랐어."

상만이 또 명옥에게 갔다 온 모양이었다. 명옥이 죽고 난 후, 일 년에 한두 번씩 상만은 명옥을 찾아갔다. 그날은 명옥의 생 일이거나, 제삿날이었다. 명옥의 제삿날이면 아침 일찍 엄숙한 얼굴로 집을 나선다는 것을 연희는 어느 날 우연히 알았다. 그리 고 찬바람이 콧구멍을 들락날락거릴 때쯤 다시 그의 표정이 엄

222

숙해지곤 하는 걸 알았다. 매번 같은 날짜였다. 처음엔 그날이 명옥의 생일인 줄 몰랐다. 뭔가 이상하다는 것을 눈치채고 난 후에 연희는 버젓이 안방 달력에까지 쳐진 빨간 동그라미를 보았다. 에라이, 그래, 연놈들아, 죽어서도 부부 돼서 잘 먹고 잘살아라. 귀신하고 붙어서 잘 먹고 잘살아라. 집을 나서는 상만의 뒤통수에다 대고 연희는 저주를 퍼부을 듯이 중얼거리고 종주먹을 들이댔다.

명옥이 남겨준 유산이 결국 연희를 살렸다. 명옥이 남긴 돈 때문에 상만도 다시 일어날 생각을 했다. 바람난 남편에게 전 재산을 쥐버린 그녀가 불쌍해서 그게 미안하고 고마울 뿐일 거라고 생각했다. 자신의 집에서 죽어나간 것이 죽이고 싶도록 미웠지만, 연희 역시 돈을 남겨주어서 눈물 나도록 고마웠다. 상만도 그런 마음일 것이라고 믿었다. 하지만, 지금 와 생각해보니 상만은 그게 아니었던 모양이다. 아마도 죽은 본처가, 잃은 아이보다 더 눈에 밟히는 모양이었다. 명옥이를 사랑이라도 한 건가? 속도 상하고 상만이 밉기도 했지만, 이젠 아무것도 아니다. 명옥이 따위, 자신의 솜털조차 흔들지 못한다. 아니, 질투 따위는 남아 있지도 않다. 죽은 년, 사랑하든지 말든지.

"그래, 돈을 벌자, 돈을 벌어서 죽은 마누라 집도 다시 찾아주고, 만명슈퍼도 다시 찾아주고, 알감자 같은 내 새끼도 찾고…… 그래, 돈 벌자, 그랬는데, 돈 벌어서 니 호강도 시켜주고…… 그럴려고 했는데, 인제는 다 틀렸다. 모텔도 망조가 들었고, 니는 내

에메랄드 궁 223

를 미워하고, 내는 니를 미워하고, 서로 미워하면서 남은 인생을
살게 되었으니……

입술을 비틀며 연희가 말했다.

"흥, 미워할 힘은 있고?"

상만은 대답이 없었다. 크르륵 코고는 소리로 대답을 대신할
뿐이었다. 드러난 배에 이불을 덮어주고 연희는 방을 나왔다.

'이제 남은 건 없는 것 같아.'

연희는 중얼거린다. 상만과 자신 사이에 들러붙어 절대로 없어
질 것 같지 않던 미움마저 요즈음은 어디론가 사라지고 없다. 미
운 것도 정이라고 불리는 이유를 알 것 같다. 같은 방에 앉아 있
어도 그를 느끼지 못할 때가 있다. 어떨 때는 등을 돌리고 앉아
노인네들처럼 팔에 일어난 살비듬을 털어대기도 한다. 딱히 언제
부터인지 알 수 없지만 상만은 연희 앞에서 더 이상 콧구멍을 후
비지 않는다. 그렇게 잔소리를 해대던 때에는 들은 척도 안 하더
니 이제 와서 평생 하던 짓을 안 하는 꼴을 보다니 죽을 때가 다
되었나 싶다. 사는 일에 완전히 의욕을 잃은 사람 같다. 하지만
그런 상만이 콧구멍을 발심거리며 눈을 번뜩일 때가 있었다. 바
로 경석의 소식을 접할 때였다. 상만은 이 모든 불행의 원인을 경
석에게 돌리고 그를 찾고 있었다.

출구가 전혀 보이지 않는다. 출구만 있다면 언제나 그랬듯 시
간이라는 마지막 문뿐이다. 성매매특별법을 사람들이 잊었듯이
몰카 따위 잊을 것이고, 욕망을 끌어안고 갈 곳이 없는 사람들은

다시 이곳을 찾을 것이다. 그것이 희망이다. 그래, 불륜은 불멸할 것이며 그것이 희망이다. 경제일꾼보다는 불륜이 낫다. 연희는 입가에 헛웃음을 띤다. 경제일꾼이라니, 그런 생각으로 이 장사를 한 적은 없다. 어설픈 경제논리는 비참하기까지 하다.

할아버지와 할머니가 떠오른다. 그들을 만났을 때 느꼈던 감정이 얼마나 생소한 것이었는지, 얼마나 새로운 것이었는지, 이 장사를 하면서 그런 뿌듯함을 느낄 수 있었던 것이 얼마나 감격스러운 일이었는지 그들과 헤어지고 난 후에 연희는 더욱 절감한다. 평생 중절수술만 해온 산부인과 의사가 딱 한 번 아이를 받아낸 이야기를 읽은 적이 있는데 아마 그 의사 기분이 이랬을까 싶다.

하지만 할머니의 화분을 들고 할아버지 영전을 찾아가는 건 아니었다는 생각이 든다. 그건 연희가 할 수 있는 일이 아니었다. 화분을 들고 버스를 타고 가면서 얼마나 가슴이 뛰었는지 그것만 봐도 알 수 있다. 연희에게 그 일은 감당해서는 안 되는 일이었다. 그들을 계속 만날 수 있는 운은 처음부터 없었던 것이다. 여기는 애당초 그런 곳이 아니었다. 여기는 욕망과 욕정의 숲인 것이다. 평생을 간직해온 귀중한 사랑을 지키고 완성시키기에 이곳은 적당한 장소가 아닌 것이다. 요즈음은 아예 그들을 만나지 않았더라면 하고 간절히 생각한다. 그러면 할아버지가 돌아가시지는 않았을지 모른다는 생각이 드는 것이다.

그들을 생각하면 낯간지러운 간증 같은 말들이 구토처럼 솟구

에메랄드 궁 225

친다. 자꾸만 주춤거리게 되고 뒤를 돌아보게 된다. 벼랑 끝에 선 이 힘든 순간에 가던 길을 멈추게 되리라고는 생각하지 못했다. 아니, 어쩌면 그들 때문이 아니라, 사람들은 늘 그러고 사는지도 모른다. 갑자기 병이 찾아왔을 때, 사람들은 그러지 않는가. 딱딱한 병원침대에 누워 그제야 자신이 늘 입고 있었던 낡은 옷감을 만지작거리기 시작하는 것이다.

불행 속에 있는 것

오랜만에 한씨, 오씨와 둘러앉아 점심을 먹는다. 한씨 얼굴을 다시 본 것은 두 달 만이다. 한씨는 장사도 안 되는데 둘이나 뭐 필요하냐며 몸도 아픈데 겨울 동안 좀 쉬겠다 했고, 어제저녁 다시 전화를 해서 나오기 시작한 것이다. 그렇게 알아서 해준 것이 너무나 고마워서, 고깃집에 가자고 했더니, 굳이 한씨가 된장찌개를 끓이겠다고 한다. 같은 된장으로 끓여도 한씨가 끓인 된장찌개는 장독 깊숙한 곳에서 꺼낸 단감 같은 깊은 맛이 난다. 한씨는 자기가 할 수 있는 일로 연희를 위로해주려는 것이다. 된장찌개를 맛있게 먹고, 그녀의 몹쓸 남자들과 시어머니 이야기를 열심히 들어주는 것으로 연희는 그녀의 마음씀을 갚을 수 있다. 둘 사이에 숙제 같은 건 없다. 얼마나 편한 관계인지 연희는 된장찌개를 퍼먹다 말고 가슴이 먹먹해져온다. 아무 관계도 없는 남

에메랄드 궁 227

이라서 이렇게 편한 것일까. 관계를 맺지 않아 세상 사람들이 모두 편안해진다면 까짓 관계 맺어서 뭐하랴 싶은 생각이 든다. 서로 남은 것도 받을 것도 없는 사이…… 연희가 눈앞에 있는 한씨 생각에 잠시 젖어 있는 사이에도 한씨는 자신과 가장 절실한 관계를 맺고 있는 시어머니에 대한 욕을 퍼지르느라 정신이 없다.

"그 시어마씨는 죽을라 카몬 안즉 안즉 멀었다. 아이고마 집에 같이 있으니 어찌나 잔소리가 심한지 내가 마 돌아삐리는 줄 알았다. 문디 할마씨, 지가 안즉도 아들이 여왕맨치로 떠받들던 그 땐 줄 알고 내를 개소맨치로 부리묵을라 안 카나. 이거 갖꼬 온나 저거 갖꼬 온나, 콩국시가 묵고 싶다, 팥죽 좀 쒀봐라, 다리가 후들거린다 일으켜세워라, 손모가지 힘없다 밥 떠멕이라, 흥, 어림도 없는 소리. 내가 옛날맨키로 당하고 있나? 내가 먼첨 큰소리 친다 아이가. 아, 뭐라카노 이 할마씨가 할 일 엄시몬 칵 자빠져 잠이나 자소! 이라제. 그라면 뭐라 하기는. 찍 소리 안 하고 뒤비 자는 기지 뭐."

"아들내미? 아이고, 그 잘난 아들내미 말도 붙이지 말거래이. 그 아들내미 덕분에 내가 얼매나 인기가 많은지 모린다. 인기가 하늘을 찌른다 찔러. 학교 선생들이 어찌나 전화를 해대는지 내가 귀찮아 죽을 지경이다. 맨날 학교서 전화다. 옆에 얼라 두들기 패서 전화, 시험 꼴찌했다꼬 전화, 선생한테 대들었다꼬 전화. 어이구, 어느 머리 나쁜 밭에서 난 놈인지 공부도 지지리도 몬하는 기라."

그놈이 썩을놈이네, 연희가 한마디 욕이라도 거들라치면 시어머니 욕 거들 때와는 달리 얼른 말을 바꾼다.

"그기이 그래도 저녁마다 내 어깨 주물러주는데, 아구 힘이 얼마나 센지, 하루 피로가 다 풀린다 아이가."

이야기는 그 아들 같지도 않은 아들 자랑으로 슬그머니 끝을 맺는다. 결국 한씨도 한씨의 한계가 있다. 그들을 벗어나서 살지 못하는 것이다. 한씨가 일을 나가든 안 나가든 시어머니는 하루도 빠짐없이 찹쌀모찌를 기다린다. 그러므로 일을 나가지 않는 날은 버스를 타고 한 구역을 더 가서라도 한씨는 꼭 찹쌀모찌를 사가지고 간다. 아들에 대한 한씨의 애착은 더하다. 보충수업 듣고, 학원까지 갔다가 늦게 오는 아들 때문에 새벽 한시가 넘도록 텔레비전 앞에 앉아 꾸벅거리면서도 아들이 오기 전까지 절대로 이불을 펴지 않는다. 아들이 어디 만큼 오나 싶어서 몇 번씩이나 앉았다 일어섰다, 문을 열었다 닫았다 한다. 피식피식 한씨가 웃음을 입에 머금는다.

"그래도 그 머스마가 없었시몬 내는 벌써 죽었다. 이 팍팍한 세상, 무슨 낙으로 살았겠노."

시어머니와 아들 이야기가 끝이 나자, 한씨가 난데없이 개 이야기를 들고 나온다. 아닌 게 아니라 배부른 개 한 마리가 자꾸 모텔 주변을 어슬렁거리고 다녀서 신경이 쓰이긴 하다.

"와 개새끼 안 있더나. 우리 모텔 마당에 어슬렁거리고 댕기던 그 깜딩이놈 말이다."

에메랄드 궁 229

이야기를 하다 말고 갑자기 한씨가 밥풀이 튀어나오도록 상체
를 뒤로 젖히며 배를 잡고 웃기 시작한다. 한씨의 웃음이 커질수
록 이마까지 벌겋게 물들인 오씨는 머리카락이 밥에 닿을 듯이
고개를 숙이고 있다.

"세상에, 이놈의 동네는 짐승들도 여사 아닌 기라. 왜 저번에
그 개새끼 안 있었나? 그 개새끼가 쓰레기통을 그렇게 뒤져 쌓
드니, 우쨌는 줄 아나? 하루는 봉투 속에 있는 콘돔에 주둥이를
처박고 있더란 말이다. 지도 한번 써볼라고 그랬을까나? 아이고
우스바라."

"참, 말이 되는 소리를 해야지."

"아이다. 진짜다. 그거를 물고 있는 개새끼 거시기 말이다. 그
기 벌겋게 달아올라 있더란 말이다. 그라고 난 뒤에 저년이 나타
났다니까. 지금 보래이. 배가 땅바닥에 질질 끌려다니는 거. 그
연놈들이 숙박비도 안 내고, 모텔에서 그 짓을 한 기 틀림없다니
까. 호사를 한 기지. 저 개새끼들한테는 여기가 꿈에도 그리던 궁
전이었능기라."

"아이고, 궁전은 무슨? 길거리 돌아다니면서 저희들끼리 붙어
먹었겠지 뭐."

"아니라니까 그라네. 그 개새끼가 맨날 우리 에메랄드 근처에
서만 빙빙 돌았다니깐. 내가 전에는 저기 주차장 뒤에서 저 똥개
하고 깜장개하고 똥구녕이 붙어 있는 걸 보고 물을 확 부어버린
일도 있다니까네. 여기서 모텔비도 안 내고 그 짓을 했다카이."

"그나저나 저 개를 어떻게 한대요. 새끼까지 밴 거를."

"애비 올 때까정 기다리는 기라. 봐라. 막대기로 쫓아내도 도로 기어들어와 조래 지키고 있는 거."

누렁이는 배가 무거운지 담 안쪽 벽에 기대어 머리를 다리 사이에 파묻고 비스듬히 누워 있다. 그러고 있으니 아닌 게 아니라 그냥 내버려둘 수가 없었다. 때가 되면 밥도 챙겨줘야 했다. 남은 밥과 반찬을 정성스럽게 말아서 꼬박꼬박 임신한 개에게 갖다주는 오씨의 정성을 봐서도 발로 걷어차버릴 수가 없는 것이다. 그렇게 오씨의 보호까지 받으며 누렁이는 입구에 누워 에메랄드를 지키고 있었다.

연희는 한씨의 얼굴을 들여다보다가 저도 모르게 입가에 비죽이 웃음을 문다. 한씨는 절대 절망을 모를 것이다. 한씨는 이미 행복한 것이다. 연희는 불행을 어루만지듯이 제 가슴을 토닥토닥 두드려준다. 행복한 사람들은 절대 알 수 없는 무엇이 불행 속에 있다. 불행 속에 들어 있는 알 수 없는 힘, 그 힘이 주는 초월감, 아니 자유. 연희는 가만가만 중얼거린다. 나에게 희망은 불륜이 아니다. 나에게 희망은 불행이다.

선정의 오빠라는 사람이 선정과 함께 찾아왔다. 성매매, 성폭행, 임신중절. 다 알고 있는 내용인데도 그가 늘어놓는 죄명을 듣고 있자니 용서할 수 없는 범죄를 지지른 기분이다.

"씨팔, 기집년이 제 몸뚱이 내놓고 제 돈 번 게 왜 우리 잘못이란 말요. 저년이 우리 집에서만 몸 팔아 돈 벌었답디까?"

그렇게 말하는 상만이 조금 뻔뻔스럽다고 느낀 순간이다. 눈을 부라리며 선정의 오빠가 상만의 턱을 날려버린다. 상만이 바닥으로 나동그라지고 그때부터 무차별폭행이 시작된다. 말린다고 될 일도 아니지만 말리고 싶지도 않다. 선정은 몸을 움찔거리면서도 남의 싸움 구경하듯이 제 오빠가 하는 양을 지켜보고만 있다. 선정의 오빠는 상만의 멱살을 잡고 턱을 날리고 복부를 걸어차고 팔꿈치로 등을 찍는다. 쓰러진 상만의 등 위로 텔레비전이 떨어지고 전화기가 날아가 맞은편 벽에 가서 부딪히면서 깨어진다. 때리는 사람도 지쳤는지 헐떡이던 숨을 몰아쉬며 그가 손을 탁탁 턴다. 고소를 하겠다고 했으나 그가 정말로 원하는 일은 아닌 것 같다.

"맞아, 당신 말대로 제 발로 찾아온 저년 허물도 있으니까 내가 고소까지는 참겠어. 하지만 신체적 정신적 피해보상과 재발방지를 위해서 당신들이 준비는 좀 해줘야겠어. 다시는 그러지 않을 수 있다는 믿을 만한 방법이 이것밖에 없으니까……"

그가 요구한 금액은 삼천만원이다. 다음달까지 준비하지 않으면 이 모텔에 불을 싹 질러버리겠다고 엄포를 놓은 뒤 선정의 손을 끌고 나간다. 뒤를 돌아보는 선정의 눈에 간절한 안타까움 같은 것이 가득하다. 저애가 정말 상만을 사랑하는 것일까. 순간 그런 의구심이 연희의 머리를 스친다.

핥을 수도 있을 만큼 가까운 거리에 앉아, 피투성이가 된 상만

232

의 얼굴에 상처가 덧나지 않는다는 연고를 발라준다. 오입 한 번 잘못했다가 재산 잃고 몸까지 병신 될 지경에 이르렀으니 이만하면 내 속이 후련할 때도 되지 않았나, 그런 생각을 하는데 키들키들 웃음이 나온다. 연희가 연고를 바르든지 말든지 아무 반응 없이 벽에 기대어 앉아 있던 상만이 이마 위에 손을 올리고 이내 눈을 감는다. 연희는 방을 나온다. 손에는 내용물이 끈적하게 새어나온 연고가 들려 있다. 모든 것을 잃은 대가로 겨우 연고 하나를 얻은 기분이다.

포장마차 2

"아저씨 우리 할까? 십만원 어때요? 뭐 어때? 아무한테도 안들키면 되지. 내가 아무한테도 말 안 할게. 나 잘 알잖아. 거짓말은 안 해. 나중에 협박 같은 것도 물론 안 해."

소주잔을 들려다 말고 연희는 소리나는 쪽으로 고개를 돌린다. 당돌한 계집애다, 라고 생각한다. 단발머리에 자전거가 그려진 노란 모자를 쓴 아이는 모자챙이 눈을 가려서 잘 분간은 되지 않지만 아직 어린 티가 줄줄 흐른다. 고등학생도 채 되어 보이지 않는 어린 얼굴이다.

"말해놓고 보니 우습네. 하지만 아저씨가 제일 두려워하는 게바로 그거잖아. 협박 같은 거 말이야.

"……"

아저씨가 노란 모자의 얼굴을 빤히 쳐다본다.

"우리 반 애 중에 이거 전문으로 하는 애 있거든. 용돈뿐 아니라 학비에도 보탬이 된대. 살도 빠지고, 일석삼조라던데?"

"살도 빠져? 그럴 리가, 그럼 세상 마누라들 다 날씬하게?"

"아, 어쨌든, 난 돈이 필요하구, 아저씬 내가 필요하니깐 상부상조잖아."

"인주야, 이러면 안 돼."

"아저씨, 그럼 나 훈계해봐. 잘 훈계해서 집으로 보내보라구."

아, 인주, 아이 이름은 인주이다. 인주가 말한다.

"미안하다. 너한테 아무 감정 없었다면 그건 거짓말일 거야. 하지만 나 그 정도로 나쁜 아저씨는 아니다."

나쁜 아저씨? 이 아저씨, 정말 이상하다. 아저씨 목소리는 감격에 겨워서 그런지, 놀라서 그런지 꽉 잠겨 있다.

"너, 이러면 안 돼. 나 너 좋아하지만……"

"그럼 아저씬 나에게 삼만원씩, 오만원씩 왜 돈을 줬는데, 그동안?"

이번에 아저씨는 인주 얼굴을 보지 않는다. 소주잔을 손에 들고 건너편 깜깜한 어둠을 주시하고 있을 뿐이다. 아저씨가 포진하고 있는 공기 속에서 울음 같은 말이 새나온다. 그, 그건, 니가 그냥, 너 같은 딸이 있으면 좋겠다 싶기도 하고. 아저씨가 말을 더듬는다. 이번엔 순진한 게 아니라 진실하지 못한 것처럼 들린다.

"엄마는 새벽이나 되어서야 온다구. 집에 아무도 없어."

에메랄드 궁 235

"나는 종종 지금처럼…… 내가 나를 이해시키려 할 때……"

……그 순간을 혐오한다. 아저씨가 알 수 없는 말을 혼자서 중얼거린다. 그러더니 손을 잡는다.

"술 한 잔만 더 하고 가자. 맨정신으론 도저히……"

"좋을대로 해."

연희가 신경쓰인 것인지 아저씨는 자기 겉옷을 벗어 인주에게 걸쳐준다.

"니 옷차림이 교복이라서……"

포장마차에는 아저씨와 인주, 그리고 연희뿐이다. 딱 붙어앉아 있는 두 사람 앞에는 벌써 소주가 두 병이나 세워져 있다. 하나는 물론 빈병이다. 인주는 급하게 들이켠다.

"나도 사실 겁나. 솔직히 말하면 나이 든 아저씨와 한다는 사실이 아깝기도 해. 난 처음이란 말야."

아저씨가 지갑에서 돈을 꺼내어 인주 손에 쥐여준다. 아저씨의 팔이 인주 등을 감싼다. 이젠 아예 남 눈치 볼 것도 없는지 대놓고 인주의 가슴을 주물럭거린다. 인주가 몸을 비비 꼰다. 아저씨의 손이 좀더 과감해지는가 싶더니 인주의 교복치마를 들추기 시작한다. 치마를 끌어내리는 인주의 인상이 짜증으로 확 일그러진다. 그러거나 말거나 아저씨는 이미 발동이 걸려 멈출 수가 없는지 블라우스 안으로 손을 집어넣는다. 단추가 후드득 떨어짐과 동시에 인주가 비명을 꽥 지른다. 아저씨가 급히 인주의 입을 막으며 목소리를 낮춰 속삭인다.

"들어가자."

갑자기 인주가 벌떡 일어난다. 생각보다 쉽지 않은 일이었는지 일어난 인주의 얼굴에 좀 전의 과감한 유혹은 온데간데없다.

"나 취해. 아저씨, 오늘은 집에 가야겠어."

아저씨가 팔을 부축하려 했으나 인주는 손을 뿌리친다. 그리고 포장마차 밖으로 뛰쳐나간다. 정란씨가 밖으로 따라나가고 연희도 슬그머니 자리에서 일어난다.

"너, 왜 이래?"

아저씨가 인주의 어깨를 잡는다. 그 바람에 아저씨의 코트가 바닥으로 미끄러진다. 아저씨가 코트를 주우려고 몸을 숙이는 순간 인주는 몸을 뺀다. 한 손에 코트를 들고 아저씨가 인주를 잡는다.

"너, 지금 날 놀리니? 니가 먼저 하자고 했잖아?"

아저씨의 얼굴이 분노로 차오른다. 인상이 험상궂게 변하고 눈에 핏발이 선다. 길거리에 선 채로 아저씨가 인주의 교복을 억지로 벗긴다. 인주가 욕지거리를 내뱉으며 반항을 하는데 아이 힘으로는 어림도 없을 듯하다.

"이봐요."

연희는 아저씨의 어깨를 툭 친다.

"아, 씨 뭐야?"

아저씨가 연희를 쏘아본다.

"당신, 고발할까? 대화 다 녹음했어."

그 순간 아저씨의 손에서 팔을 탁 뺀 인주가 달리기 시작한다. 아저씨가 멍하니 인주의 뒷모습을 눈으로 쫓는다. 에이씨, 칵 퉤. 가래를 소리나게 연희 발밑에 내뱉은 아저씨가 아무 일도 없다는 듯 태연하게 도로로 나서 택시를 잡는다. 연희는 다시 포장마차로 들어선다. 정란씨가 말한다.

"갔어?"

"여자애가 도망갔네."

"그년 안 갔으면 내가 확 고발해버릴까 했거든."

모텔 앞 포장마차는 조용하다. 누군가는 좀더 어두워지기를 기다리고 누군가는 허기가 지며, 누군가는 또 누군가를 끈질기게 달래야 한다. 조용히.

"늙은 것이 어린애를 데리고 와서 지랄이야."

막 대학생으로 보이는 커플이 들어온다. 소주와 우동을 시킨 채 둘은 아무 말이 없다. 여자는 고개를 숙인 채 우동 국물만 떠먹고 있고, 남자애는 소주를 조금씩 입만 대고 아끼듯이 먹고 있다. 남자애가 연신 핸드폰을 켜 시간을 확인하는 것과 달리 여자애는 눈을 우동 그릇에 빠뜨릴 것처럼 우동만 주시하고 있다.

세상의 모든 관계는 발전한다. 저들의 관계 역시 발전할 것이다. 저 관계에서 조금만 발전하면 저들은 세상에 다시없는 연인이 되어 에메랄드를 찾을 것이다. 연희는 그들 커플을 흘깃거리며 소주를 천천히 들이켠다.

238

다시 317

 손바닥에는 317이라는 숫자가 적혀 있다. 열쇠를 고르던 연희는 고개를 들고 접수구 창 밖의 남자를 본다. 남자의 뒤쪽을 눈으로 흘깃 보지만 휑한 바람뿐 인기척이라곤 없다. 감귤물이 든 것 같은 남자의 노란 손바닥이 채근하듯 흔들린다. 그러니까 317호 방을 달라는 말이다. 뒤에 올 여자가 미리 약속을 하였다면 그 방을 내어주어야 한다.
 "317호를 달라구요?"
 그제야 연희는 약간 열꽃이 핀 남자의 상기된 얼굴이 처음이 아니라는 것을 안다. 벙어리다. 베개를 하나 더 달라고 했던……연희는 열쇠를 바꾸어 남자에게 준다. 317이라는 숫자 위에 놓인 열쇠를 꽉 움켜쥔 남자가 몸을 돌린다. 남자는 엘리베이터 쪽으로 가지 않고 계단으로 향한다. 어깨가 축 처진 남자의 뒷모습은 왠지 추레하고 쓸쓸해 보인다. 마치 배후에 아무도 없는 버림받은 깡패 같다. 넓고 두터운 등판이 전혀 믿음직스럽지 않아 연희는 곧 찾아올 벙어리 여자가 불쌍해지기까지 한다.

남자의 감색 바지 끝자락이 보이지 않을 때까지 연희는 이층으로 향하는 계단에 눈을 주고 있다. 오늘 모텔은 물에 잠긴 듯 고요하다. 계단참에 놓인 알로카시아의 넓은 잎 가장자리에 물방울 하나가 진공 상태라도 되는 양 꼼짝도 하지 않고 아슬아슬하게 매달려 있다. 화분에 물을 준 다음날 아침이면 알로카시아는 어김없이 넓은 제 이파리 위에 물방울을 맺어놓는다. 온 힘을 다해서 제 몸의 수분을 끌어올린 나무의 의지. 그 물을 손가락에 찍어 팔에 바르면 연희는 순간 깨끗한 나무가 된 듯한 엉뚱한 느낌에 사로잡히기도 한다. 오전에 잠깐 다녀가는 짧은 햇살에도 새잎은 줄기 사이에서 금방 솟아오른다. 비틀어진 제 몸을 활짝 펴는 순간도 연둣빛 새잎은 한마디 비명도 지르지 않는다. 고요 속에서 나무는 모든 것을 이룬다. 늘 시끄러운 에메랄드의 계단참에서 알로카시아는 그렇게 살고 있다.

알로카시아는 길 건너편 아파트촌 입구 화원에서 주문한 것이다. 일층에서 이층으로 올라가는 계단참은 모텔을 들어서면 늘 보이는 자리라 허전한 것이 마음에 걸렸다. 어떤 것이 어울릴까 생각하다가 연희는 사람 얼굴만한 이파리를 펼치고 이쪽을 빤히 보고 있는 알로카시아를 골랐다. 모텔 전체를 정화시키고도 남을 것 같은 넓은 이파리가 마음에 들었다. 상만은 햇빛도 들지 않는데 웬 나무냐고 야단이었지만 알로카시아는 늘 인색한 연희가 인심 한번 쓴다 하면서 걸게 되는 불우이웃돕기 ARS전화 한 통 같은 것이다. 에메랄드에 그래도 너 같은 거 하나는 있어야지. 이파리를 닦아주며 늘 연희가 하는 소리다. 모텔이 경매에 넘어갈지도 모른다는 불안은 연희를 화분처럼 작은 것에 더욱 집착하게 만든다.

"열쇠!"

높은 쇳소리가 뒷덜미를 잡아챈다. 연희는 뒤를 휙 돌아본다. 주황색 티셔츠에 감색 바바리를 걸쳐입은 선정이 빚 받으러 온 사람처럼 당당한 얼굴로 손을 내밀고 있다. 선정을 보자 갑자기 핏기가 싹 가시듯 긴장이 된다. 문이 열리는 소리를 듣지 못했는데 어느새 계단을 올라왔는지 연희 뒤에 바짝 붙어서 있다. 혼자온 것인지 오빠는 보이지 않는다.

"뭐?"

선정이 한 번 더 소리를 지른다.

"열쇠. 211 열쇠!"

"야, 이년아. 열쇠는 무슨 열쇠. 이제 이리로는 얼씬도 말라고 했지? 니 오빠가 지난번에 하는 짓 너도 봤을 거 아냐. 아저씨 두들겨 패서 다 죽게 해놓은 거 너도 눈이 있으면 봤을 거 아니냐고. 그거만 한 줄 아니? 니 오빠가 돈을 삼천만원이나 내놓으라고 했다. 근데 니가 또 이리 온다는 게 말이 돼? 아무리 정신이 없는 년이라도 그렇지."

에메랄드 궁 241

"열쇠! 열쇠에에!"

연희가 욕을 퍼부어도 아랑곳 않고 선정이는 열쇠 소리만 내지른다.

"안 돼!"

연희가 단호하게 나오자 어깨를 들썩이며 씩씩거리던 선정이 갑자기 옆에 있던 알로카시아 화분을 계단 아래로 밀어버린다. 계단 아래로 굴러내려간 화분이 바닥으로 떨어지면서 쩍 갈라진다. 화분 속이 벌겋게 드러난다. 제 흙을 뒤집어쓰고 알로카시아는 부러진 줄기와 짓눌려진 이파리를 속수무책으로 방치하고 있다.

"이년이! 이게 무슨 짓이야!"

연희는 선정이를 뒤로 확 밀어버린다. 선정의 몸이 벽에 가서 텅 부딪힌다. 이제 이년이 정말 미쳐버린 것인가 싶다. 이년과의 인연이라니 지긋지긋하다! 연희는 탕비실 안쪽에 숨겨뒀던 갈색 핸드백을 찾아내 선정 앞에 선다. 갈색 핸드백을 본 선정의 눈동자가 '흔들' 한다.

"지겹다. 이거 가져가."

잠시 연희를 삼킬 듯이 노려보던 선정이 핸드백을 휙 잡아챈다. 핸드백 손잡이를 움켜쥔 손이 눈에 띄게 덜덜 떨린다. 그걸 보자 마음이 칼끝처럼 날카로워진다. 그 칼로 선정의 마음을 마구 후벼파고 싶다.

"그래, 니가 그 사람 죽인 거야. 니가 죽였어."

선정의 눈자위가 붉어지더니 어금니를 꽉 깨물었는지 굳어진 턱관절이 꿈틀한다.

"그런데 또 그 짓을 해?"

"뭐가 어때서?"

"너, 현지 찾는다며?"

선정이 바닥에 털썩 주저앉더니 악을 쓰고 울기 시작한다. 무슨 신파극이라도 찍는 듯 갑자기 벌떡 일어선 선정이 손바닥으로 얼굴을 슥슥 닦아내더니 이층으로 뛰어올라간다. 211호가 잠겨 있으면 방방마다 문을 열고 돌아다닐 게 뻔하다. 연희는 얼른 선정의 뒤를 따라 올라간다. 하지만 복도에 선정의 체취는 없다. 선정은 이미 211호로 들어가버린 것 같다. 211호 문이 열려 있었던 것이다. 어제 분명 잠갔는데 지금 열려 있다면 상만 말고는 없다. 손잡이를 돌렸지만 찰칵찰칵 소리만 날 뿐 문은 열리지 않는다. 연희는 발로 문을 소리나게 꽝 찬 후 계단을 내려선다.

"그래, 갈 데까지 갔는데 더 못 갈 건 뭐냐. 둘이서 또 엉겨붙는다고 누가 뭐라겠어? 오빤지 양아친지 그 깡패새끼한테 줄 돈이나 많이 준비해놓으면 되겠네."

새삼 화를 낼 일도 아니다. 누가 끌고 온 것도 아니고 길거리에 서 있는 년 꼬신 것도 아니고 제 발로 찾아온 걸 어쩌란 말이냐 하는 생각이다. 아니, 이젠 저들 일에 신경쓰고 싶지도 않다. 상만이 그나마 양심이 있으면 쫓아낼 테지. 동생 간수 못 한 오빠 책임은 없나? 에라 모르겠다. 연희는 나오는 대로 욕을 지껄이며

에메랄드 궁 243

빗자루와 쓰레받기를 들고 계단을 쓸어나간다. 선정과 실랑이 하느라 펄떡거리던 가슴이 비질을 하면서 차츰 진정된다. 삼십 분이 넘도록 깨어진 화분 조각과 사방으로 튄 흙더미를 치운다. 화분 조각은 쓰레기통에 버리고 알로카시아는 모텔 뒤쪽 흙더미에 심어놓는다. 부러진 줄기 몇 개는 잘라주었으나 흙이 마르고 버석거려서 아무래도 살아날 것 같지는 않다.

나무를 심느라 잠깐 밖에 나가기는 했지만 손님이 더 든 기척은 없다. 아무래도 수상하다. 벙어리가 들어간 지 한 시간은 족히 지난 것이다. 벙어리 여자는 오지 않았다. 볼펜으로 벙어리의 손바닥에 적어둔 317이라는 숫자가 갑자기 무슨 신호처럼 머리를 딱 때린다. 연희는 빗자루를 집어던지고 317호로 뛰어올라간다. 317호 앞에 선 뒤에야 연희는 비상열쇠를 가지고 오지 않았다는 것을 깨닫는다. 지난번 벙어리들이 다녀간 후 연희는 317호 열쇠를 하나 더 복사해서 가지고 있었다. 프런트로 내려가 열쇠를 들고 다시 계단을 오르려는데 갑자기 누가 다리를 쭉 잡아빼는 것 같은 느낌에 연희는 그 자리에 쪼그리고 주저앉는다. 다리의 근육들이 밀가루반죽처럼 물큰해지는 느낌이다. 힘이 빠져서 도저히 계단을 오를 수가 없다. 겨우 몸을 일으켜 기다시피 하여 연희는 엘리베이터 버튼을 누른다.

방은 조용하다. 그럴 수밖에 없을 것이다. 그는 들을 수도 말할 수도 없는 사람이 아닌가. 하지만 연희는 그 방의 침묵이 익히 알고 있던 것과는 다르다는 것을 깨닫는다. 방은 이미 세상으로부터 배제되어 있다. 커튼은 짙게 드리워졌고, 불은 켜져 있다. 연희는 두 손으로 입을 틀어막는다. 벙어리는 위쪽 창틀에 침대시트를 감아 그곳에 목을 매고 오래전에 썩은 자루처럼 축 늘어져 있다. 형광등 아래 벙어리의 얼굴은 일그러진 주름이 세세하게 드러나 있다. 언제라도 비명이 쏟아질 것처럼 입술이 둥그렇게 벌어져 있는데 혀는 안으로 말려들어가 보이지 않는다. 얼굴은 흡사 흡혈귀가 빨아먹고 내팽개친 것처럼 해쓱하다. 늘어진 팔다리가 너무 길어 보인다. 마치 바람이 불기라도 하는 것처럼 팔다리가 흔들린다. 연희의 손이 닿은 모양이다. 그 사실을 깨닫자 연희는 얼른 손바닥을 허벅지에 대고 문지른다. 머리카락이 바싹 곤두선다. 살려야 한다. 이대로 두면 죽을지도 모른다. 아니, 벌써 죽었을지도 모른다. 아니야, 아직 살아 있을 거야. 죽게 내버려둘 수 없어. 심장에서 터져나온 소리로 방 안이 텅텅 울린다. 살려야 한다. 진정해. 진정해. 벙어리가 듣기라도 하는 것처럼 연희는 낮은 소리로 소곤거린다.

의자를 가져와 벙어리의 다리를 올린다. 다리 아래의 텅 빈 공간이 육중한 무게로 가슴을 짓눌러 숨이 막힐 것 같다. 연희는 길게 심호흡을 한다. 아래 창틀을 밟고 올라서서 묶인 침대보를 풀어보려고 했으나 벙어리의 체중 때문에 매듭은 꼼짝도 하지 않는다. 다행히 아직 몸에 온기가 남아 있는 것 같다. 목을 죄고 있는 끈이라도 좀 풀면 목숨을 건질 것 같지만 혼자 힘으로는 불가능한 일이다. 연희는 복도로 나가 아래층으로 내달린다. 211호

에메랄드 궁 245

의 문을 두 손으로 두드린다.

"문 열어! 사람이 죽었어. 빨리 문 열라고!"

덜컥 문이 열리고 상만의 얼굴이 나타난다. 방에 누운 선정이 신경쓰이는지 자꾸 뒤를 돌아보며 상만이 중얼거린다.

"기집애가 가라고 하는데도 기어이 들어와서는……"

"사람이 죽었다구."

상만이 입을 헤벌린다. 마치 길을 잃은 아이처럼 겁먹은 모습이다.

"사람이 뭐?"

"사람이 죽었어."

"뭐라구? 몇 호야?"

"317호야. 목을 맸어."

"씨팔, 신고했어?"

상만이 맨발로 계단을 뛰어올라간다. 그제야 연희는 주머니를 뒤져 핸드폰을 꺼낸다.

상만이 그를 안아올리자 끈을 풀 수 있는 공간이 생긴다. 연희는 의자 위에 올라서서 까치발을 하고 매듭을 푼다. 끈이 풀리자 무게감이 느껴졌는지 상만이 흑 하는 신음소리를 낸다. 연희는 재빨리 벙어리의 엉덩이와 다리를 잡는다. 한 손으로 머리를 잡고 다른 손으론 등을 받치고 상만이 천천히 그를 침대로 옮겨간다. 침대에 내려놓았을 때도 새파래진 입술은 되살아날 기미가 보이지 않는다. 상만이 가슴을 마사지하는 동안 연희는 팔다리

를 주무른다. 벙어리의 다리 위로 연희의 얼굴에서 흐른 땀이 두
둑 떨어진다. 문득 훔쳐본 상만의 얼굴도 땀투성이다. 딱딱하게
굳어 있는 상만의 얼굴에 두려움이 깔리고 있다. 어쩌면 둘은 똑
같이 명옥이를 떠올리고 있었는지 모른다. 앰뷸런스가 도착하고
119대원들이 그를 실어나간다. 연희는 슬리퍼를 신은 채로 급하
게 앰뷸런스에 올라탄다. 그가 살아나는 걸 연희는 꼭 확인하고
싶다.

　응급실에 도착해서야 벙어리의 호주머니를 뒤진다. 지금 뭐 하
는 거냐는 간호사의 핀잔을 들으면서도 연희는 이쪽저쪽 주머니
를 뒤진다. 핸드폰은 바지 뒷주머니에 있다. 저리 좀 비키세요. 간
호사가 연희를 향해 노골적으로 눈을 흘긴다. 응급실 바깥으로
나가 핸드폰을 켠다. 통화내역을 살펴보지만 찍혀 있는 것은 문
자밖에 없다. 벙어리가 문자로나마 소통할 수 있는 것은 정말 다
행한 일이다 싶다. 핸드폰 숫자 1번은 '울마누라'다. '울마누라'에
게 남편이 병원에 있다는 문자를 보낸다. 2번은 '우리집'이다. 아
무도 전화를 받지 않는다. 3번은 어머니, 4번은 세탁소, 그리고
저장된 번호는 그게 끝이다. 어머니에게도 문자를 보낸다.

　간호사가 연희를 부른다. 저기요, 깨어났어요. 연희가 침상 옆
에 서자 기다렸다는 듯이 벙어리가 숨을 훅 토해낸다. 연희 역시
벙어리를 따라 막혀 있던 숨을 뱉어낸다. 간호사가 핸드폰을 만
지고 있는 연희를 쳐다보며 입원실로 옮기는 것이 좋겠다고 말한
다. 입원실로 옮길 때까지 보호자가 될 수밖에 없다.

에메랄드 궁　247

8인실 입원실에는 김치 냄새가 소독약 냄새와 묘하게 버무려져 고약한 냄새가 난다. 비어 있는 침대 하나 없이 빽빽하게 들어찬 병실에 환자들이 권태롭게 누워 있다. 그들의 무료하고 탁한 눈동자가 이곳에서의 시간을 대변하는 듯하다. 간호사가 시트를 갈고 있어 연희는 벙어리가 누운 이동침대를 잡고 멀뚱하게 서 있다. 바로 옆자리 환자가 이불을 확 뒤집어쓴다. 들썩이고 있는 그의 시트는 미리부터 기선을 제압하려는 선참자 분위기를 내느라 분주하게 움직인다. 지금 막 도착한 환자가 세상에서 제일 조용한 사람이라는 걸 그는 알지 못할 것이다. 비스듬하게 튀어나온 보조침대에는 밤새 잠을 못 잔 보호자가 낮게 코를 골며 잠에 떨어져 있고, 서랍장 위에는 제때에 물을 빨아올리지 못해 시들어가는 꽃바구니가 지친 얼굴을 하고 놓여 있다. 시간이 지나자 푸르딩딩하던 벙어리의 얼굴은 이내가 걷힌 아침처럼 조금씩 맑아진다. 연희는 그 얼굴을 망연히 들여다본다.

삼십 분 후쯤 벙어리의 어머니가 허겁지겁 뛰어들어온다. 얼굴은 벙어리를 처음 보았을 때보다 더 하얗게 질려 있다.

"아이고 내 새끼, 그 망할 년 때문에 내 새끼만 죽어나는구나."

방 안의 환자와 보호자 들이 일제히 그녀를 본다. 반백의 파마머리는 거의 다 풀려서 수세미처럼 거칠다. 고랑을 판 주름과 햇볕에 노출되어 검게 탄 얼굴은 목이 벌겋게 부어 누워 있는 아들의 인생보다 더 불행해 보인다.

"수호야, 이 새끼야! 아이고, 이 불쌍한 놈아!"

노파가 벙어리를 잡고 흔들기 시작한다. 링거병도 흔들리고 벙어리의 얼굴도 흔들린다. 벙어리는 눈을 뜨지 않는다. 의사는 호흡이 정상으로 돌아왔으니 곧 괜찮아질 거라고 말한다. 노파가 얼굴을 제 아들의 가슴에 묻고 신파조의 통곡을 풀어놓는다. 순간 벙어리 입술 근육이 파르르 떨린다.

노파는 좀처럼 울음을 그치지 않는다. 노파의 울음이 길어지자 병실에 있던 환자와 보호자 들이 링거병을 들고 하나둘씩 병실을 빠져나간다. 살기 위해 병마와 싸우러 온 사람들의 눈에 스스로 목숨을 끊으려 했던 젊은이가 좋게 보일 리 없겠지만 그들을 괴롭힌 건 아무래도 노파의 질긴 통곡인 것 같다. 한참 만에 소맷부리로 눈물 콧물을 닦은 노파가, 만지는 것도 아깝다는 듯이 아들의 얼굴을 조심스럽게 쓰다듬는다. 그러다가 그제야 아들의 목에 난 붉은 흔적을 보았는지 노파가 앙가슴을 치며 욕설을 퍼붓는다.

"가랭이를 찢어놓을 년, 내 이년을 잡기만 하면 펄펄 끓는 물에 집어넣어서 껍데기를 벗겨도 속이 시원치 않을 거다."

연희는 병실을 나선다. 엄마도 왔으니 이제 벙어리의 안전을 염려할 필요는 없을 것이다. 하지만 모텔로 돌아가고 싶지는 않다. 버스정류장에서 서성대던 연희는 정류장 앞에 있는 슈퍼에서 음료수 한 박스를 사서 다시 병실로 올라간다. 벙어리의 눈을 한 번은 들여다보고 가야 할 것 같다. 절대적인 절망의 힘을 두 눈으로 확인하고 싶다. 죽음보다 더한 절망이 고스란히 담겨 있을 그

에메랄드 궁 249

의 눈이 뭔가를 증명해 보일 것 같다.

연희가 들어서자 노파가 반색을 하며 연희 손을 덥석 잡는다.

"간호사한테 이야기 들었어요. 아주머니가 우리 아들을 살렸다고요. 고맙다는 인사도 못 했는데 가셨는가 싶어서⋯⋯"

"얼마나 걱정이 많으세요. 곧 일어나실 거예요."

노파가 고개를 끄덕인다. 노파의 눈에 다시 눈물이 그렁해진다.

"결혼식 필요 없다고 할 때부터 내가 알아봤어야 했는데, 그년이 글쎄 돈 좀 모으면 결혼식 하겠다고 결혼식도 안 하고 나랑 아들이랑 사는 방으로 기어들어왔어. 그년도 벙어리지만 얼굴이 반듯하게 예뻤고 싹싹하고 붙임성이 좋았어. 평생 장가도 못 갈 줄 알았는데 어디서 저런 걸 데리고 왔나 싶어서 내가 감지덕지했지. 어디 그뿐이었겠어?"

벙어리는 여전히 눈을 감고 있다. 벙어리의 여자에 관한 이야기인 듯싶은데 벙어리가 들으면 어쩌나 배려 없는 제 엄마를 탓하려던 연희는 또다시 깨닫는다. 그는 듣지 못한다.

"방 한 칸 더 있는 곳으로 이사가자고 해도 그년이 글쎄 지는 괜찮다고 방 얻으려면 다시 빚을 얻어야 하는데, 돈 더 모아서 방 얻자고 하길래 미안하면서도 얼마나 고맙던지⋯⋯"

노파의 쓸쓸해진 얼굴에 짙은 그늘이 진다.

"눈치를 챘어야 하는 건데. 지 남편하고 잠자리하기 싫어하는 게 나 때문인 줄 알았어. 내가 벽에 바싹 붙어서 일찍 잠든 척해도 지들이 어디 마음이 편했겠냐고. 수호 저놈이 가끔 여관 같

250

은 곳에 데리고 간 모양이던데, 거기도 가기 싫다고 했다는 거야.
분명 딴 놈이 있었던 거야. 수호 저놈이 아침부터 한밤중까지 세
탁소에서 힘들게 번 돈 홀라당 들고 날아버렸어. 내 아들이 아침
부터 온 동네 아파트를 돌아. 세탁합니다, 소리 나오는 녹음기 목
에 걸고 그 높은 계단을 걸어서 올라갔다 내려갔다…… 세탁소
가면 또 얼마나 열심히 일을 하는지…… 그 더운 여름날에도 제
옷을 땀으로 흠뻑 적셔가며 다림질을 하는데 다림질 솜씨가 얼
마나 좋은지 주인이 우리 수호 없으면 세탁소 문 닫아야 할 판이
라고 나만 만나면 그렇게 칭찬을 했어."

　목구멍을 넘어서 오는 하소연에 견디기 힘든 통증이 묻어 있
다. 노파는 말을 할 때마다 어깨를 움츠리며 가슴을 움켜쥔다.

　"임신했다고 했어. 수호가 얼마나 좋아했는지 몰라. 애 갖는 게
수호 소원이었거든. 이제 보니 그것도 거짓말이었던 거야. 임신했
다고 제 마누라한테 더 정신 빠져 있는 수호 저놈을 꼬드겨서 통
장하고 비밀번호를 알아내서는 돈을 싹 찾고, 우리가 살고 있는
집주인한테 내가 암에 걸렸다고, 수술을 하는 데 목돈이 필요하
니 전세금을 빼달라고 편지를 쓴 거야. 집세를 앞으로는 월세로
내겠다고…… 집주인이 나한테 확인할 수도 없었지. 내가 암에
걸렸다는데 어떻게 나한테 물어보겠어. 그년이 글쎄 전세금까지
빼서 도망친 거야."

　노파의 표정이 고통스럽게 일그러진다. 새롭게 다가온 불행에
도저히 적응할 수 없다는 얼굴이다.

에메랄드 궁　251

"이런 미친놈이 어디 있겠어. 그런 여시한테 빠져서 제 빤스까지 다 벗어주었으니 이 일을 어쩌면 좋겠냐고……"

마치 제 엄마의 말을 듣고 있기라도 한 듯, 누워 있는 벙어리의 어깨가 들썩거린다. 등을 돌린 채 연희를 보고 있는 노파가 아들을 볼 수 없는 게 다행이라는 생각이다. 연희의 손을 놓은 노파가 화장실에라도 가려는지 가느다란 몸을 허적거리며 복도로 나간다. 연희는 벙어리를 노려본다.

"못난 인간."

욕이라도 실컷 퍼부어주고 싶다. 너무 못난 인생이라 도화지라면 발기발기 찢어버려야 속이 시원할 것 같다.

"정신 차려. 그런다고 목을 매? 병신 주제에 그럼 그만한 일도 없을 줄 알았어? 여자를 몰라도 그렇게 몰라? 여자는 그냥……"

병실을 나가지 않은 다른 환자의 보호자 몇이 연희를 힐끔거린다. 듣지도 못하는 사람한테 뭐하는 짓이야, 하는 힐난이 섞여 있는 눈초리다. 연희는 무거운 숨을 한 번 꿀꺽 삼키고 목구멍에 걸려 있는 말을 뱉는다.

"그러니 정신 차리라고……"

노파는 아직 오지 않는다. 이젠 늙어서 오줌 한 번 누려면 밥 먹을 만큼의 긴 시간이 필요할지도 모른다. 그 누구에게도 위로받지 못할 벙어리의 슬픔이 혼자가 되면 더 깊어지겠지만 연희는 벙어리를 두고 병실을 나선다.

에메랄드로 들어서자 허기가 느껴진다. 뱃속이 텅 비어버린 것 같은데 입에서는 아무것도 먹지 못하겠다고 한다. 주차장에서 후문으로 들어가는데 화단에 뭔가가 버려져 있다. 핸드백이다. 갈색 핸드백. 측백나무 아래, 갈색 핸드백. 핸드백 안에는 화장품 파우치와 만원짜리 몇 장이 들어 있는 지갑이 그대로 있다. 연희는 핸드백을 손에 든 채 211호의 창문을 오래도록 쳐다본다.

살보시

바람이 밤새 울었다. 봄기운에 열이 뻗쳐 발정난 암캐처럼 바람은 성급하게 모텔의 창문을 두들겨댔다. 떨어지고 넘어지고 날아가는 소리를 들으며 잠을 설쳤다.

연희는 뜨끈한 국물 한 사발 마시고 한숨 푹 자고 싶다는 생각을 한다. 감기가 오려는지 콩나물국이 생각난다. 꼬리가 누렇게 변색되기 시작한 콩나물을 냉장고에서 꺼내 두어 번 씻고는 바로 찬물에 안친다. 콩나물국이 끓으면서 콩비린내가 방 안으로 퍼진다. 코를 벌름거리며 달력에 눈을 주던 연희는 잠시 생각에 잠긴다. 오늘 날짜에 동그라미가 쳐져 있다. 무슨 날일까 달력을 뒤집어보고 곧 손을 놓는다. 동그라미는 다음달에도 쳐져 있다. 이자 내는 날이다.

선정의 오빠가 가져간 돈은 모두 천만원이다. 어쩔 수 없이 사

254

채를 썼다. 온전치 못한 동생 팔아 밥 먹는다는 생각이 들었는지 두번째 방문 때는 생각보다 많이 누그러져 있었다. 이번이 마지막이라며 네번째 찾아왔을 때는 자못 유순해 보이기까지 했다. 누가 물어본 것도 아닌데, 아무런 구원 없는 제 동생의 기구한 인생을 제법 드라마틱하게 꾸며서 이야기해주는 친절을 베풀기도 했다.

"저게 팔자를 더럽게 타고 나서… 화냥년 팔자를 타고난 기라."

선정이 그후에도 몇 번 상만을 찾아온 것도 알고 있는 눈치다.

"나 다시는 안 올 테니까 그년이 여기 오면 제발 다리몽뎅이를 부러뜨려서라도 쫓아내주슈."

그가 나가는 뒤로 바람이 신문지를 뒤집어 날린다. 계단 아래 숨어 있었던 것일까. 지난밤의 바람이 다시 나타나자 한바탕 나무가 몸살을 한다.

밤 열두시를 넘어가는데 한씨에게서 전화가 온다. 한씨는 떨고 있다. 그녀의 목소리가 흔드는 파장이 어찌나 심한지 이쪽까지 고스란히 전해져온다. 왜 그래요? 물어도 대답 없이 우짜노, 우짜노, 만 반복하고 있다.

"할머니한테 무슨 일이 생겼구나?"

연희가 그 말을 하자마자 한씨는 울기 시작한다. 그 시어마시 결국은 목 맥혀 죽었다, 라며 울부짖는다. 통곡을 한다.

"자다가 꿈자리가 뒤숭숭해서 깼다 아이가. 하도 이상해서 방

에메랄드 궁 255

에 들어가보이 불이 훤하게 켜져 있는 기라. 빈 봉다리 몇 개가 방에 어질러져 있어서 이기 뭔 일이고 싶었다. 내일 먹으라고 사 다준 떡까지 죄다 뜯어서 그걸 다 먹은 기라. 시커먼 동굴 같은 입을 쩍 벌리고 시어마시가 천장을 보고 있더라. 입술에는 허연 가루를 묻히고서……, 목구멍에 내가 저녁때 사준 찹쌀모찌가 연탄구멍 불문 막은 듯이 꽉 막혀 있더라. 아이고, 사장님요, 결 국은 내가 죽인 기요. 내 소원하던 대로 목 멕혀 죽은 기요."

이게 결국은 소원풀이 한 거냐며 한씨는 울고 또 울었다. 결국 은, 결국은, 이라며 울었다.

일주일 한씨가 나오지 않으면 연희가 청소를 하는 수밖에 없 다. 오전에 청소를 하고 오후에 문상을 다녀오려면 내일 하루는 바쁘고 정신없는 하루가 될 것이다. 연희는 책상에 몸을 엎드린 다. 갑자기 잠이 쏟아진다.

어디 멀리 날아가버리는 것도 아니고 신문지는 모텔 앞을 왔다 갔다하며 마당을 쓸어댄다. 벌써 사흘째 바람이 잘 줄을 모른다. 그런데도 이상하게 낮에는 밤과는 달리 바람 소리가 들리지 않 는다. 고요 속에 신문지만 날린다. 고요 속에 나무만 흔들린다. 한 번씩 바깥을 내다보며, 아 바람이 부는구나, 낮은 탄식을 흘 리면서도 신문지를 주워야겠다는 생각은 들지 않는다. 곧 신문지 는 너덜너덜해지고 지저분하게 잔해가 날리기 시작하겠지. 그 꼴 을 하고 또 거리를 쓸고 다닐 거야. 연희는 바깥으로 나간다. 바람은 생각보다 거칠다. 마른땅의 흙먼지가 회오리처럼 날아올라 머리카락 속으로 파고든다. 바람을 피하려고 몸을 돌린 순간 연희는 찢어진 신문지 하나가 풀로 붙인 듯 딱 붙어 있는 엉덩이를 본다. 처음엔 신문지를, 그다음엔 엉덩이를, 그리고 남자를 본다. 남자는 세운 무릎 사이에 목을 잔뜩 구겨서 집어넣고 잠이 든 것 같다. 대낮부터 술에 취한 건가. 장사도 안 되는데 재수 없게! 남자의 등을 짝 때리고 얼굴을 들어올린다. 남자의 얼굴은 세상 번뇌를 다 짊어진 고행자처럼 일그러져 있다. 목에는 붉은 흔적이 매질 자국처럼 남아 있다. 연희는 남자의 얼굴에서 눈을 떼지 못한다. 벙어리다.

"왜? 왜 또 왔어? 또 죽을려구 왔어?"

벙어리가 고개를 젓는다.

"먼 소린지 알지도 못하면서 고개는 왜 저어. 일어나. 집에 가."

그를 일으켜세웠으나 그는 발을 버팅이며 모텔 앞을 떠나지 않으려 한다.

"왜? 여기서 뭐 하게? 또 죽을려구? 어림없어. 다시는 여기서 그런 생각 하지도 마. 그러니 집에 가."

모텔 벽에 손바닥을 대고 벙어리는 꼼짝도 하지 않는다. 순간 베개를 두 개씩이나 필요로 하던 그들 부부의 섹스가 떠오른다. 그가 떠나지 못하는 것이 그것 때문인가.

"이런 병신! 그것도 잊어. 잊으라고."

팔에서 힘이 빠져나간다. 그걸 느낀 것일까. 갑자기 벙어리가

에메랄드 궁 257

연희의 품으로 쏟아져들어온다. 예상하지 못한 벙어리의 몸무게 때문에 연희는 뒤로 쿵 엉덩방아를 찧는다. 하지만 연희는 엉덩이에 힘을 주고 더 이상 뒤로 넘어지지 않으려 안간힘을 쓴다. 연희는 팔을 벌려 그의 등을 감싼다. 이제야 안심한 겁먹은 아이처럼 그가 엉엉 소리를 내어 울기 시작한다. 하루 종일 혼자서 길을 잃고 헤맨 아이 같다. 연희는 그의 등을 가만가만 두드린다. 그의 등에 절망과 고통 들이 낙타의 혹처럼 벌겋게 솟아 있다. 그래, 울어라, 실컷 울어. 연희는 아예 퍼질고 앉아 그를 좀더 안으로 끌어들인다. 십여 분이 지나자 그의 울음이 천천히 잦아들고 초라한 흐득임만 남는다.

모텔로 데리고 들어와 엘리베이터를 타고 삼층으로 올라간다. 317호다. 꼭 그 방으로 다시 가야 할 것 같다. 제 죽음을 마주할 수 있어야 벙어리는 다시 살 수 있을 거라고 생각한다. 방에 들어오자마자 벙어리는 마른 지푸라기처럼 침대에 쓰러진다. 연희는 벙어리 옆에 나란히 눕는다. 그의 머리를 쓰다듬고 야윈 그의 뺨을 쓰다듬는다. 벙어리가 품으로 파고든다. 연희는 벙어리의 등을 꼭 껴안는다. 살아라. 넌 이 방에서 다시 살아. 어떻게 하면 살겠니? 벙어리의 입술이 목덜미에 와 닿는다. 그가 다시 산다면 살보시라도 할 수 있을 것 같다. 연희는 거추장스러운 허물을 벗듯이 바지를 홀라당 벗어던진다.

뒷문만 남겨두고 정문은 일찍 닫아버린다. 새벽까지 앉아 있을 필요가 없기 때문이다. 옥상방으로 올라가자 늘 211호에서 자던 상만이 소주병을 앞에 놓고 앉아 있다. 잔을 들이켜는 상만의 입에서 바싹 마른 낙엽을 태울 때나 나는 냄새가 난다. 어디서 불 질이라도 하고 온 겐가.

"정말 이런 이야긴 하지 않으려 했는데……"

상만이 제 소주잔을 비우고 한 잔을 따라 연희 앞에 내민다. 뭔 지랄인가 싶다. 상만은 연희의 눈을 피하지 않는다. 소주가 묻어 있는 입술이 반짝거린다. 그 입술 속에 담긴 말들이 연희 눈에는 이미 보이기 시작하는 느낌이다. 그러나 이상한 것은 어떤 말이 나와서 연희를 쓰러뜨리려 해도 담담해질 수 있을 것 같다는 것이다.

"우리……, 이것 정리하자."

빈속에 마신 진한 커피가 식도를 타고 천천히 내려오는 느낌이다. 그렇지만 연희는 고개를 끄덕인다.

"은행 이자 내는 것도 지치고, 장사 안 되는 거 붙잡고 있어봤자 유지비도 안 나오고, ……이제 더 이상 서로 괴롭히지 말고 헤어지자고."

상만은 호의를 베푸는 사람처럼 넉넉하고 편안한 얼굴로 말을 잇는다. 연희는 다시 고개를 끄덕인다.

"사는 게 뭐 별거겠어? 나는 택시라도 하든지, 공사장이라도 가든지…… 당신은 그래도 식당 경력이 몇 년인데, 아직 밥장사 하면 먹고살 수는 있을 거야. 김밥집이라도 하나 해. 여기 정리하

에메랄드 궁 259

고도 남는 게 없으면 내가 빚이라도 얻어볼 테니까."

사랑하고 미워하고 증오하다가 헤어진다. 하지만 지금은 다른 선택의 여지가 없다. 이렇게 미워하면서 사는 것도 지쳤어. 이번엔 고개를 끄덕이는 대신 입술을 깨문다.

"선정인 어떻게 할 거야?"

"어쩌긴 뭘 어째? 우리가 여길 떠나면 자연히 그 기집애도 여길 까맣게 잊을 텐데."

"지금 생각하니 내가 잘못했다 싶어. 그냥 내버려뒀으면 선정이랑 당신이랑 잘 살았을지도 모르는데…… 밉다 밉다 하면서도 내가 미련이 있었나봐. 지나온 세월이 너무 억울해서……"

"무슨 뚱딴지같은 소리야?"

"애기 말야."

상만이 입을 다문다. 상만은 선정의 유산에 대해 연희에게 한 번도 이야기하거나 따진 적이 없다. 선정으로부터 그 전에 듣고 알고 있었는지, 그애의 오빠가 찾아와서야 제 아기를 없앤 것을 알았는지, 그것도 연희는 모른다. 하긴 연희보고 뭐라고 그러겠는가. 불륜도 사랑도 아닌 그 어정쩡한 관계에 대해 뭐라 설명할 수도 없을 것이다. 그래도, 가끔 연희는 생각한다. 그래도, 그것이 정말 상만이 원했던 일일지도 모른다는 것이다. 어쨌든, 선정이 피임을 하지 않은 것은 상만의 의지였으니까.

"걜 잡아."

"말 같지도 않은 소리 그만해."

"그년 오빠 말 못 들었어? 지 새끼 얼굴 한번 보려고 돈 때문에 저 짓 하는 거라고. 미친 게 아냐. 멀쩡한 년이야. 옆에서 누가 잡아주기만 하면 금방 사람구실 할 거야. 당신을 워낙 따르고……, 젊으니까 금방 애도 들어설 거고."

"그만해. 정말, 걔랑은 아무것도 아냐."

상만이 낚시질로 거칠어진 손으로 슥슥 얼굴을 문지른다. 오른쪽 손등에 난 사마귀가 오늘따라 더 커 보인다.

"그리고, ……아, 아냐."

"뭔데?"

"걔 오빠한테서 전화가 왔더라구."

"왜? 또 돈이야? 다 끝내겠다고 그쪽에서 먼저 그랬잖아."

"아니, 선정이 그년이 약을 먹었대."

연희는 벌떡 몸을 일으킨다. 약을, 그 멍청한 것이, 지가 왜. 지가 왜 명옥이 흉내를 내나. 부아가 치밀어오른다. 화가 난다. 이것들은 왜 지 생목숨을 버리지 못해 난린가 싶다. 사랑이니 뭐니 그따위에 목숨을 걸고 지랄들인가 싶다.

"그래서 어떻게 됐는데? 죽었대?"

"겨우 건져났다네."

"왜, 왜 그랬대? 당신 때문이래?"

"아니라니까, 걔랑 아무것도 아니라니까."

"그럼 왜?"

"현진가 뭔가 선정이 애가 하나 있었는데……"

에메랄드 궁 261

"전 남편이 돈 벌어오면 애 보여준다고 했다는 그애 아냐? 이름이 현지라고 했어."

"근데, 그게……, 애는 벌써 죽었다나봐. 우울증에 걸려서 앨 안고 아파트에서 추락했는데, 애는 죽고 저만 살았다나봐. 그후로 정신이 나갔다가 들어왔다가 종잡을 수 없게 되었다고. 그게 일 년 전이래."

연희는 온몸의 피와 뼈가 굳어버린 듯하다. 선정의 아이를, 뱃속의 그애를 그냥 두었어야 하는 게 아니었나. 선정에게 아이는 생명 같은 게 아니었나. 내가 도대체 무슨 짓을 한 건가.

"아무래도 안 되겠다고, 애가 정신이 나왔다 들어갔다 또 무슨 짓을 저지를지 몰라서 불안하다고, 병원에 입원시킬 모양이야."

"정신병원에 말야?"

"다시 이쪽으로 올 일 없을 테니 걱정 말라고 그러면서, 그동안 미안했대."

"애를 정신병원에……"

상만이 몸을 일으킨다. 술에 절여진 듯 희미한 그의 눈이 붉게 젖어 있다. 여기까지 오느라고 휘어진 등이 유난히 구부정해 보인다.

"내일 부동산에 내놓을 테니까 그리 알아. 요즘 같은 불경기에 선뜻 주인이 나타나기야 하겠냐만, 하는 데까지 해봐야지. 제때에 팔리면 경매에 넘어가는 것만은 어떻게 막아볼 수도 있을 텐데."

새벽빛이 부윰하다. 아니, 달인가보다. 달이 상만을 잡고 있다. 일어서긴 했으나 마땅히 갈 데가 없는 사람처럼 흐린 달빛 속에 갇혀 있던 그는 노인처럼 어기적거리며 조용히 문을 열고 밖으로 나간다. 연희는 벽에 등을 기댄 채 꼼짝도 하지 않는다.

한 달이 지나도록 두 사람 정도 전화로 문의가 왔을 뿐이다. 한 번 구경해보자고 찾아온 사람도 없다. 경기가 좋지 않고 모텔 사업이라는 게 불투명한데, 더군다나 이런 후진 모텔에 눈독을 들일 만한 사람은 없는 모양이다. 할아버지 한 분이 쭈뼛거리며 들어선다. 돌아가신 그분이 오신 건가 싶어 연희는 자리에서 벌떡 일어났다가 슬그머니 엉덩이를 내린다.

노인의 뒤에는 오십대쯤 되어 보이는 아주머니가 뒤따르고 있다. 노인은 등허리가 굽은데다, 얼굴에는 어쩔 수 없는 궁기까지 흐른다. 빨간 립스틱을 칠한 아주머니는 이쪽으로는 시선도 주지 않고 새침한 표정으로 엘리베이터 앞으로 짜박짜박 걸어간다. 돗자리 끼고 박카스 들고 산에 가서 노인들을 상대로 매춘을 하는 여자들이 있다고 하더니 아무래도 그런 쪽인 듯싶다. 여자가 보란 듯 노인네의 팔을 잡아끼더니 노인네의 부실해 보이는 다리에 제 하체를 바싹 갖다붙인다. 연희는 바깥으로 눈을 돌린다. 그분들을 잊기에는 그분들이 연희에게 준 선물이 너무 크다. 참 사치스러운 선물이었다 싶다.

꿈을 꾸다

모텔 마당에서 오씨가 사료봉투를 들고 누렁이 새끼를 어르고 있다. 뒷머리에 손가락 마디만한 검은 털이 박혀 있는 새끼다. 그러고 보니 저 강아지가 자주 오씨 주변에서 얼쩡거렸던 것 같다. 어미랑 다른 강아지들은 보이지 않는다. 월급을 타면 제 생리대 구입할 돈만 남겨두고 탈탈 털어서 고향에 보내버리는 오씨인데 강아지 사료 살 돈은 어디서 난 것일까. 늘 자리를 보전하고 누워 있던 아버지가 딸을 한번 봤으면 한단다. 위독하냐고 물어도 대답을 하지 않고 아무튼 꼭 한번 다녀가라고 했다는 것이다. 오늘 아침엔 아무래도 고향에 가봐야겠다며 훌쩍거렸다. 분명 아버지가 위독한 거라고, 그런데 걱정할까봐 자신에게 말을 안 한 거라고. 급기야 엉엉 소리내어 울었다. 고향으로 돌아가면 한국으로 돌아오기 어려울 것이다. 다시 못 만날 것 같은 예감 때문

264

인지 강아지한테 더 지극정성이다. 연희는 혀를 쯧쯧 찬다. 인기척을 느꼈는지 오씨가 뒤를 돌아본다. 얼굴 가득 안타까움이 묻어난다.

"점백이가 어디 아픈 것 같습다. 밥을 안 먹어서 사료를 사왔는데 이것도 안 먹습다."

금방 울 것 같은 표정이다. 연희는 강아지 옆으로 다가간다. 까만 눈동자가 반들거리고 코끝이 젖어 있긴 하나 그리 상태가 좋아 보이지는 않는다.

"많이 아픈 것 같지는 않은데? 사방을 돌아댕기는 똥개가 뭔들 안 먹겠어? 똥은 뭘 싸는지 살펴봐. 설사나 물똥을 싸면 뭘 잘못 주워먹은 거야."

오씨가 강아지를 안아들고 얼굴을 맞댄다. 오후의 햇살이 따갑다. 덥고 갑갑한지 강아지가 낑낑거린다. 오씨가 손을 놓자 강아지가 저만큼 달아나버린다. 마치 강아지의 기척에 놀란 듯 길 건너편 가로수 우듬지에서 까치가 날아오른다. 고개를 꺾고 오씨가 까치를 본다. 사흘 뒤 비행기라고 했나.

"아즘마, 무릎 아직도 그래요? 관절염이신 건 아니에요?"

잠깐 자리에서 일어나려는데, 종아리가 당기면서 무릎이 쿡쿡 찌르는 것처럼 아프다. 무릎을 손바닥으로 감싸고 겨우 몸을 일으킨다. 그러고 있는데 누가 프런트 유리창에 얼굴을 바싹 대고 다정하게 말을 붙인 것이다. 유리창에 금세 김이 서린다. 아즘

에메랄드 궁 265

마? 걱정이 담긴 목소리. 낯익은 목소리다.

"너!"

"안녕하셨어요?"

혜미다. 모자를 푹 눌러쓰고 화장까지 정성스럽게 한 혜미는 방글방글 웃고 있다. 머리에 쥐가 내린다더니 꼭 그렇다. 생각과 운동, 모든 뇌활동이 멈춰버린 듯하다. 입을 쩍 벌리고 혜미를 향해 손가락질을 한 채 연희는 석고처럼 굳어버린다. 그런 반응도 아랑곳없이 반가워 죽겠다는 표정으로 혜미가 팔짝팔짝 뛴다. 등에 업힌 아이도 제 어미를 따라서 펄떡거리며 깨득깨득 웃음을 사방에 퍼뜨리고 있다.

"너, 지금 여기가 어디라고 왔어?"

고함을 지르는 대신 목소리를 한껏 낮추고, 잠복하고 있는 경찰은 없는지 연희는 황급히 주위를 둘러본다. 경찰뿐만 아니다. 행여 상만과 마주치기라도 한다면 아이고, 여자고 할 것 없이 당장에 두 모녀를 바닥에 메다꽂을지도 모른다. 연희 역시 만나기만 하면 멱살을 잡고 경찰서로 끌고 가려고 했다. 그랬는데, 어찌된 일인지 정신을 차리고 났는데도 목소리가 낮아지고, 마치 자신이 죄를 지은 양 가슴이 콩닥거리는 것이다. 아니, 솔직히 말한다면 막상 혜미를 만나고 보니 서운함보다 반가운 마음이 앞선다. 그애들이 그렇게 가버리고 난 후 연희는 평생 혜미를 미워하며 살 줄 알았다. 그런데 시간이 지날수록 혜미가 궁금하고, 다현이가 보고 싶어 견딜 수 없었다. 아이의 발가락 손가락 하나까지 눈앞에 어른거려 어느 날엔가는 훌쩍훌쩍 눈물까지 찔끔거린 적도 있었다. 말 한마디 안 하고 도망가버린 혜미가 미웠지만, 시간이 지나니 어디 제가 저지른 일이랴 싶고, 연락처라도 안다면 몰래 만나 종이기저귀에 분유라도 사서 손에 쥐여주고 싶었다.

"너, 제정신이 아니구나."

"네, 아즘마, 저 미쳤나봐요. 아즘마가 저만 보면 맨날 그러지 않았어요, 미친년이라구."

"도대체 어떻게 된 거야?"

혜미가 포대기를 풀고 아이를 안는다. 연희는 얼른 혜미의 팔에 안긴 아이를 받는다.

"아즘마, 우리 다현이 많이 이뻐졌어요. 한번 보세요."

연희는 혜미와 다현이를 번갈아 본다. 쌍꺼풀진 크고 둥근 눈매와 도톰한 입술 모양이 클수록 제 엄마와 영판이다. 오물오물 다현이가 입을 움직인다. 연희는 다현이를 품에 꼭 안는다. 아이가 갑갑한지 인상을 찌푸린다.

"애 데리고 빨리 나가. 그때 심정 같으면 때려죽여도 시원찮겠지만, 지금 너 못 본 걸로 할 테니까, 그냥 가라구."

연희는 아이를 바닥에 내려놓고 혜미에게서 몸을 돌려 앉는다.

"아이, 아즘마. 제발요, 네?"

혜미가 연희 가슴에 제 얼굴을 폭 집어넣고 앙앙거린다. 그러고는 연희의 허리를 제 두 팔로 꼭 끌어안는다.

"나를 사람처럼 대해준 분은, 그렇게 잘해준 사람은 아즘마뿐

에메랄드 궁 267

이에요. 아즘마, 나 평생 아즘마 은혜 못 잊어요. 저한테 이렇게 냉정하게 하지 마세요."

연희는 엉겁결에 혜미의 등을 쓰다듬는다. 그새 몸이 더 말랐는지 등뼈가 선명하게 손에 잡힌다. 연희는 혜미의 얼굴을 들어올린다. 벌써 큰 눈에 눈물이 그렁그렁하게 맺혀 있다. 연희는 눈물을 닦아주며 혜미 눈 밑의 흉터를 어루만진다. 상처는 아물었지만 남은 흉터는 아픈 기억을 상기시킨다. 어느 새벽, 얼굴에 피를 흘리며 자신의 겨드랑이 밑으로 기어들어왔던 날이 떠올라 연희는 부르르 몸을 떤다.

"니가 미워서 이러는 거 아냐. 요새는 경찰이 들락거리지 않지만 혹시 몰라. 너 잡히고 싶지 않으면 빨리 가."

"죄송해요, 그런 짓까지 해서."

"그 일에 대해선 묻지 않으마. 배고픔이 사람을 어디까지 끌어내리는지는 내가 잘 알아. 하지만 사람을 다치게 한 건 큰 죄야. 그 사람 죽었으면 어쩔 뻔했니?"

혜미가 고개를 수그린다. 아니라고, 경석씨가 그런 게 아니라고, 그 방엔 다른 볼일이 있어서 들어갔다가 나온 거고, 급히 모텔을 나간 건 다른 사정이 있어서 그런 거라고 변명이라도 한다면 설령 그 말이 거짓말일지라도 믿고 싶은 마음이 든다.

"죄송해요, 아즘마. 그렇게 가고 싶지 않았어요. 정말이에요. 그런데, 경석씨 눈이 뒤집혀서 정말 제가 어떻게 할 사이도 없이……, 눈을 떠보니까 어떻게 된 일인지 사람이 피를 쏟고 쓰러

268

져 있고……"

"됐어, 그만해라."

"저는 그냥 경석씨가 끌고 갔고, 막무가내로 끌고 갔고……"

핏줄이라도 터진 것인지 혜미의 눈자위가 벌겋게 충혈된다. 혜미의 눈을 보니 괜히 물었다 싶은 자책감마저 든다.

"그래, 어떻게 온 거야? 얼마 전까지만 해도 경찰이 여기서 잠복하고 있었어. 넌 무슨 기집애가 간이 이리 크니? 여기 온 걸 경석이는 알아?"

"몰라요. 에메랄드 근처에는 얼씬도 하지 말라고 했어요. 그동안 한군데서 오래 있지도 못하고 늘 쫓겨다니면서…… 그런데, 아즘마가 보고 싶었어요. 암말도 않고 나가서 아즘마가 가슴에 돌덩이처럼 얹혀 있었어요. 아즘마만 생각하면 소화도 안 되고, 죄지은 기분이었어요."

"죄지은 기분이라구? 다현이 아빠가 지은 죄, 그거 큰 거야. 몇 번을 얘기해도 왜 못 알아들어? 살인미수야. 아저씨 오면 너 멱살 잡고 유치장에 처넣으려고 할 거야. 나타나긴 왜 나타났어? 경석이 때문에 우리 손해가 얼만 줄이나 알어? 그동안 손님 구경도 못 했어."

"그 사건 때문에 손님이 줄어든 거예요?"

"그것 때문만이겠니? 너 정말 모르는 거야, 아님 모른 척하는 거야?"

"무슨 말씀 하시는지 모르겠어요."

"경석이가 손님들한테 협박전화해서 돈을 뜯었어. 그것도 단골들만 골라서."

"협박전화라뇨? 그런 말은 첨 들어요."

"그때 같았으면 내가 너 가만 안 둬…, 그런데 참, 내가 늙었는지 시간이 약인지, 원……"

"……정말 죄송해요. ……전 정말 몰랐어요."

"아저씨 오기 전에 너 빨리 가. 나, 너한테는 감정 없어. 너보고 물어내라고 하지도 않을 거구. 하지만 아저씬 달라."

"아저씨 밤 되어야 교대하러 나오시잖아요. 그때까지만 저 여기 있을 게요."

"너 겁 안 나? 내가 신고하면 어쩌려구 그래?"

"겁나요. 하지만 숨어사는 거 너무 힘들고, 우리 다현이 다른 사람들한테 자랑도 하고 싶은데 이야기할 사람도 없고. 아즘마는 아즘마니까, 다른 사람은 몰라도 아즘마니까 나 용서해주실 것 같았고…… 아즘마, 우리 다현이가요, 엊그제 이모라고 하는 거예요. 제가 얼마나 놀랐는지 몰라요. 엄마라는 말만 겨우 하는 애가요."

연희는 눈물이 얼룩진 볼로 빤히 쳐다보는 여자애를 본다.

"애들 옹알이는 다 그런 거야. 비슷비슷한 말로 들리고."

"아니에요. 정말이에요."

혜미가 정색을 하며 손을 내젓는다. 연희는 혜미의 손을 잡는다.

"먹기는 잘 먹는 거야?"

270

"그럼요. 이유식이랑 생우유도 잘 먹고, 요즈음은 밥도 잘 먹어요."

"미친년. 다현이 말고 너 말야. 왜 그렇게 말랐어?"

"저요…… 저야 뭐…… 잘 먹어요."

"……그래, 경석이는 뭐 하니? 요즈음?"

"경석씨요?"

"왜? 혹시 또 니들만 버려두고 집으로 들어간 거야?"

혜미가 펄쩍 뛰며 손사래를 친다.

"아니에요. 요즈음은 식당 알바 하고 있어요. 분식집에서요."

혜미에게 물으면서도 연희는 아이의 얼굴에서 눈을 뗄 수가 없다. 다현이의 얼굴은 현미경으로 관찰한 작은 세포들의 움직임 같다. 입술과 두 볼, 콧잔등, 이마와 인중과 아미까지 미세한 움직임이 뽀글거리고 자글거리며 피어올랐다가 가라앉기를 반복한다. 까르륵거리고 웃으며, 낯가림도 하지 않고 아이는 재롱을 피워댄다. 연희는 눈이 부시다. 아이의 몸뚱이 어딘가에 사금파리라도 묻어 있는 것 같다.

"정말 아무 일도 아닌데 왔단 말야?"

"정말이라니까요. 집에 혼자 있는데요, 갑자기 몸이 막 근지러운 거예요. 근데, 갑자기 여기 목욕탕이 생각나겠죠. 세원장 말예요. 근데 세원장이 생각나니까 아즘마가 보고 싶어 미칠 것 같았어요. 죄송하고, 고맙고, 보고 싶구요. 그래서 그냥 아무 생각도 안 하고, 경석씨 생각도, 아저씨 무서운 것도, 경찰도, 아무것도

에메랄드 궁 271

생각 안 하고 버스정류장으로 막 달려간 거예요. 다현이 이만큼 큰 거 아즘마가 정말 좋아할 것 같고, 다현이도 아즘마 보면 진짜 좋아할 것 같고."

"나한테 야단맞을 생각은 안 나고?"

"헤헤. 근데, 아무리 기다려도 버스가 안 오는 거예요. 마음은 갈수록 더 조급해지고, 그래서 택시를 탔어요."

"사는 동넨 어디야?"

"여기서 조금 멀어요. 죄송해요, 아즘마. 경석씨가 혹시 아즘 마하고 부딪히더라도 알은체하지 말라고 했거든요. 바로 도망치 라고. 택시비가 만 삼천오백원이나 나오는 거예요. 한데 하나도 아깝지 않았어요."

연희는 혜미의 손을 잡는다. 세탁기도 없는지, 더운물도 안 나 오는 곳인지 혜미의 손이 더덕처럼 거칠다.

"잘 왔어. 온 김에 목욕이나 하고 가. 신고 안 할 테니 걱정 말고."

혜미가 다시 안겨온다. 그녀의 긴 머리칼이 연희의 코를 간질 인다. 언젠가 맡았던 비누향내가 아직도 그대로 나는 것 같다. 연희는 혜미의 등을 툭툭 두드려준다.

"가서 목욕하고 와. 다현이 데리고 가면 그동안 묵힌 때 다 못 벗겨. 내가 데리고 있을게."

"정말요? 다현이 데리고 목욕가면 전 매일 샤워만 하고 나왔거 든요. 그러고 나오면 온몸이 간지러워서 개미가 기어다니는 것 같 았어요. 때수건으로 벅벅 문지르고 나면 날아갈 것 같을 거예요."

272

"갈려면 빨리 가. 아저씨 오시기 전에 돌아가야지. 아저씨 만나면 무슨 일이 생길지 나도 책임 못 져. 혹시 아저씨 오면 손님 애기라고 둘러댈 테니까."

"애기 맡기는 손님도 있어요?"

"갓난애기 데리고 들어와서 몇 달 살다 도망간 사람도 있는데, 애기 맡기고 오입하는 사람 없을까?"

혜미가 미안한 듯 어깨를 으쓱이며 해해거린다.

"아저씨가 우리 다현이 못 알아볼까요?"

"그 화상이 다현이 얼굴을 한 번이라도 자세히 보기나 했대? 몰라. 모를 거야. 어이구, 그래도 겁은 나는 모양이네."

혜미가 일어나더니 아이의 볼에 입을 쪽 맞춘다.

"엄마, 갔다 올게. 그동안 이모하고 잘 놀고 있어. 참, 아즘마. 이 가방에 여벌 옷하구요, 이유식하고 우유병, 보온병 들었어요. 지금 우유 타주면 금방 잘 거예요. 여기까지 오느라 수선을 떨었더니 지도 피곤한지 연신 하품을 해대더라고요."

"걱정 말고 때나 벗기고 와. 물 없을까봐 보온병까지 들고 왔어? 정말 바보다. ……목욕하러 만 삼천오백원 주고 택시 타고 오고."

헤헤 웃으며 혜미가 방문을 열고 나간다. 목욕탕으로 가는 혜미의 발소리가 에메랄드의 복도를 울리더니 이윽고 금방 사라진다. 다현이는 제 에미가 가는데도 짜지도 않고 빠이빠이 손을 흔들어댄다.

에메랄드 궁 273

연희는 혜미의 뒷모습이 사라지는 것을 끝까지 지켜본다. 처음엔 그런 생각을 하지 못했다. 그런데 막상 아이와 둘이 남게 되자혜미가 오면 뒤를 밟아야겠다는 생각을 한다. 정말 경석과 함께있는지도 알아볼 심산이다. 혜미 혼자 여길 찾아온 걸 보면 경석과 같이 있지 않을 가능성도 있다. 너무나 힘들고 지쳐서 자포자기의 심정으로 찾아왔을 수도 있다는 것이다. 둘의 거처가 확인이 되면 그때 신고를 할지 안 할지 다시 고민해봐도 된다. 만약경석이 잡혀간다면 혼자 살아가야 할 혜미의 인생이 불쌍해지겠지만 평생 저렇게 쫓겨다니며 살 수는 없다. 아이는 경석의 엄마가 맡아도 될 것이다. 연희는 혼자서 이런저런 생각을 하며 혜미의 인생을 제맘대로 재단해본다.

우유 한 병을 다 먹지 못하고 다현이는 잠이 든다. 연희는 아이를 품에 안은 채 바닥에 몸을 눕는다. 금방 해산을 마친 산모처럼 몸의 마디마디가 맥을 놓아버리고 나른해진다. 연희는 팔베개를 한 채 소중한 보물을 만지듯 천천히 다현이의 머리카락과 볼과 눈, 코를 만진다. 눈초리에 묻은 물기를 닦고 귀를 살짝 잡아당겨보고 콧방울에 입을 대어본다. 손을 방바닥에 넣고 따뜻하게 만들어서 다현이의 옷 속으로 손을 넣어 젖꼭지도, 배꼽도 만져본다. 오동통하게 살이 오른 다리와 연신 꼼지락대는 발가락까지 봉사가 제 아이를 확인하듯 그렇게 천천히 만져본다. 그러다가 깜빡 잠이 든다.

머리 위에서 쩌쩌쩍. 우레가 깨어지는 소리가 난다. 모텔 에메랄드가 십수 년 전 텔레비전에서 본 백화점처럼 한순간에 와르르 무너지는 것이다. 그런데 어찌된 셈인지 연희는 마당에 있고, 도망치려 하면 할수록 발바닥은 본드를 붙여놓은 것처럼 꼼짝도 하지 않는다. 비명을 지르려고 했지만 말소리도 나오지 않는다. 연희는 품었던 물건을 더욱 꼭 껴안는다. 웅크린 등 위로 돌덩이와 흙더미, 네온사인의 불씨가 쏟아진다. 철커덕. MOTEL의 M자가 앞을 가로막는다. 더 이상 앞으로 나아갈 수도 없는 상황이다. 갇힌 공간 속으로 휴지와 정액이 든 콘돔과 가래침을 뱉은 재떨이가 떨어진다. 그리고 마지막으로 생리혈이 묻은 시트가 얼굴 위로 떨어져 세상을 와락 덮어버린다. 연희는 두 팔에 힘을 주고 몸을 더욱 웅크린다. 으아으아. 어디선가 고양이 울음소리가 난다. 팔 안쪽에 살아 숨 쉬는 생명체가 절규하며 꿈틀거린다. 연희는 팔 안쪽을 들여다본다. 반들반들한 눈동자를 두런거리며 눈만 동그랗게 내놓은 다현이가 연희를 쳐다보고 있다. 다현인가 싶더니 아니다. 가만히 들여다보니 선정이다. 화들짝 놀라 연희는 아기를 싼 포대기를 펼친다. 갑자기 분홍색 포대기가 하늘색으로 바뀐다. 기차가 그려진 하늘색 포대기 속에 아이는 벌거벗은 채 누워 있다. 속눈썹이 유난히 길고 볼이 터질 듯 통통한 아이가 배꼽에 탯줄을 달랑달랑 붙인 채 연희를 빤히 쳐다보고 있다. 얼마나 추웠니? 연희가 손을 내미는데, 아이의 눈이 점점 커진다. 점점 커져서 숟가락만 해지고 밥사발만 해지더니 순식간에

에메랄드 궁 275

호수만 해진다. 잘못하면 그 눈 속에 빠질 것 같아 연희는 다리를 버팅이며 힘을 준다. 비명을 지르며 몸부림을 친다.

연희는 눈을 번쩍 뜬다. 두 팔 안에서 다현이가 갑갑한지 찡찡거리고 있다. 어디서 칼바람이라도 몰아쳤는지 얼굴이 차갑다. 만져보니 이마가 축축하다. 식은땀이 겨드랑이와 가슴팍을 온통 적셔놓고 있다. 연희는 팔을 풀고 다현이의 가슴에 이불을 끌어올려주고 놀란 토끼처럼 팔딱거리는 아이의 가슴을 천천히 쓰다듬어준다. 혹시 아이가 꾼 꿈은 아닐까 싶을 정도로 아이의 심장이 빠르게 뛴다.

혜미가 늦다. 세원장으로 전화를 넣어볼까 하다가 연희는 조금만 더 기다려보기로 한다. 벌써 세 시간이 지났다. 어쩌면 묵은 때를 벗기느라 시간이 좀더 지체되는지도 모른다. 그동안 다현이는 한 번 깨어 우유를 먹었다. 오동통하게 살이 오른 볼이 젖병을 빨 때마다 보조개처럼 움푹 팼다. 연희는 볼록거리는 다현이의 볼에 살며시 입을 맞추었다. 예전처럼 여전히 우유만 먹으면 울지도 않고 생글거리며 혼자 놀았다. 깨득거리는 웃음을 좁은 방 안에 흩어놓으며 혼자서 신이 났던 아이는 조금 전에 다시 잠이 든 것이다.

바깥은 벌써 어둠이 짙은 그림자를 풀어놓고 있는 중이다. 연희는 아이의 가슴을 토닥여주고 밖으로 나간다. 세원장 근처까지 걸어가보았으나 혜미의 모습은 보이지 않는다. 세원장에 딸린 목욕탕은 이미 한 시간 전에 영업이 끝났다고 했다. 길이 어긋났

나보다. 어쩌면 혜미가 집에 와 있을지도 모른다. 멀리 초 간격으로 점멸하는 M자 네온사인을 보며 연희는 급한 걸음을 옮긴다. 아이가 자고 있기는 했지만 그동안 상만이라도 내려왔다면 큰일이 아닌가. 도대체 얘는 얼마나 묵은 때를 벗기길래……

그때 뭔가가 연희의 머리를 탁 치고 지나간다. 연희는 눈앞을 휘휘 둘러본다. 눈앞에는 아무것도 없다. 그런데 뭔가가 머리를 치고 지나간 것이다. 어릴 때, 옆집에 초상이 났다. 엄마의 심부름으로 골목길을 나서다가 그 집 문 앞에 달아두었던 조등에 이마를 부딪쳤다. 그때처럼 섬뜩한 느낌이다. 연희는 고개를 절절 흔든다. 그럴 리가 없다. 그애가……, 제 자식을…… 그럴 리, 없다.

사방에서는 아무 소리도 들리지 않는다. 아이의 이름을 부르는, 어미의 심장을 쥐어짜며 뜯어대는 비명소리는 그 어디에도 나지 않는다. 연희는 정적이 무섭다. 정적은 몸속으로 진군하는 군인들처럼 밀려오기 시작한다. 뭔가를 깨달으면서 비로소 느껴지는 고통이 정적 속에 선 연희를 온통 사로잡는다.

마당에는 언제 왔는지 누렁이가 벽에 기대어 누운 채 나른하게 잠들어 있다. 새끼 세 마리가 누렁이의 배에 얼굴을 박고 있다. 쪼그리고 앉아 그들을 들여다보고 있자니 가슴뿐 아니라 눈까지 먹먹해진다. 연희는 고개를 하늘로 돌린다. 에메랄드에도 불이 꺼지고 보이는 글자는 M뿐이다. 알파벳 M 뒤로 달무리 지듯 불그스름한 기운이 허공중에 어스레하게 번져 있다. 한 달 전

에메랄드 궁 277

이던가. 간판장이가 그랬다. 네온이 완전히 파손되어 수리가 불가능하니 간판을 몽땅 새로 갈아야 하겠다고 말이다. 모텔을 팔때 팔더라도 간판이 얼굴인데 싶어 알아본 것인데 대형 간판이라 돈이 많이 들었다. 당장은 힘에 부쳐 다음으로 미루고 만 간판은 볼 때마다 영 개운치가 않다. 거기다가 조명이 두 개나 나가버린 황금 돔은 어쩐지 으스스한 분위기를 풍긴다. 그것은 영락없는 무덤 꼴이다.

다현이가 다시 입을 오물거린다. 어린새의 주둥이처럼 입을 앞으로 쭉 내밀더니 이내 입맛을 다신다. 연희는 아이의 얼굴을 가슴에 꼭 끌어안는다. 얼마나 배가 고플까. 앞으로 또 얼마나 배가 고플까. 천벌을 받겠구나. 니 에미가 천벌을 받겠다. 아이의 엄마를 생각하는데 갑자기 허기가 몰려온다. 배가 고프다. 그러고 보니 혜미를 기다리느라 저녁도 꼬박 굶었다. 연희는 분홍색 포대기를 펼쳐 아이를 들쳐업는다. 옥상방으로 올라가 냉장고를 뒤져 반찬을 꺼낸다. 연희는 쟁반에 가지나물과 김치, 멸치조림, 된장국을 얹고 밥을 두 그릇 푼다.
317호는 문이 잠겨 있지 않다. 연희는 방으로 들어가 탁자 위에 쟁반을 놓고 답답하게 닫혀 있는 창문을 연다. 전셋집에서 쫓겨난 벙어리는 일도 하지 않고 벌써 이틀째 누워 있다. 벙어리 엄마는 어디로 갔는지, 집에 있던 짐들은 어떻게 했는지, 낡은 티셔츠에 트레이닝 바지를 입고 끈 풀린 운동화를 신은 벙어리가 빈

278

손인 채로 거리에 내몰려 있었다.

벙어리를 다시 본 것은 이틀 전이다. 누렁이가 새끼를 품고 있던 자리에 검은 부대자루처럼 누워 있는 걸 데리고 들어왔다. 얼굴이 누렇게 뜬 벙어리는 열이 펄펄 끓어 머리를 들어올리자 단내가 확 풍겼다. 일으켜세워서 부축하는데 무릎을 자꾸만 접질려서 엘리베이터까지 오는 데도 한참이 걸렸다. 방에 눕히고 프런트로 내려가 구급상자를 뒤졌다. 열이 오르면 해열제를 먹이고 내렸다가 다시 오르면 또 해열제를 먹였다. 만 하루가 지나자 만월처럼 달아올라 있던 그의 얼굴이 조금씩 습기를 머금어갔다.

아이를 벙어리 옆에 눕힌다. 침대에 눕히자 자세가 편치 않았던지 이리저리 뒤척이던 아이는 이내 머리를 뒤로 젖히고 가슴을 벙어리를 향해 주욱 내민 채로 자리를 잡는다. 불쌍한 제 처지도 모르고 지금은 마치 벙어리를 위로하는 것이 급선무라는 듯한 몸짓이다. 아이의 볼에 입을 맞춘다. 아이에게서 향긋한 수박 냄새가 난다. 벙어리도 그 냄새를 맡은 것일까. 벙어리의 코끝이 엄마의 젖냄새를 맡은 새끼토끼처럼 실룩거린다. 벙어리의 이마에 손을 올린다. 열은 거의 잡힌 것 같다. 지금은 얌전하고 조용한 온기가 그를 감싸고 있다. 그의 온기와 아이의 수박향이 연희를 아찔하게 한다. 연희는 아이 옆에 눕는다. 몸이 바닥부터 스러지는 것 같다. 덜컥 겁이 난다. 어쩌자고 이 둘을 거두었는지 가슴이 먹먹해온다. 이들을 지켜나갈 힘이 자신에게는 없다. 감기라도 걸린 듯 신열이 올라온다. 하루 종일 달아오른 한여름

처마 끝에 이마를 대고 있는 기분이다. 연희는 이마에 손을 올린다. 손등에 열기가 퍼지면서 손가락 끝이 찌릿해진다. 손 그림자로 눈앞이 조금 어두워지고 그 그늘 사이로 먼 데서 노랫소리가 들린다.

노랫소리는 점점 가까워진다. 쿵짝쿵짝쿵짝쿵짝. 빠르고 경쾌한 트로트다. 가사와 반주는 오래된 부부의 익숙한 잠자리처럼 반죽이 잘 맞는다. 노래 사이사이 마이크 소리가 웅웅거리는 걸로 봐서 아마도 지나가는 과일장수나 야채장수의 트럭에서 나는 소리 같다. 우습게도 노래는 침대 위에 나란히 누운 세 사람을 구원해줄 마지막 기도라도 되는 것처럼 장중하게 들린다. 연희는 노래를 따라 부른다. 그럴 수도 있을 것 같다. 지금 연희를 구원해줄 수 있는 것은 풀꽃이나 나무나 누렁이 혹은 휙 지나가버리고 마는 바람일지도 모른다. 자신이 가장 하찮게 생각했던 어떤 것일 수도 있다.

연희는 천천히 몸을 일으킨다. 연희는 벙어리를 흔든다. 벙어리가 눈꺼풀을 밀어올리며 힘겹게 눈을 뜬다.

"밥 먹자."

누워 있는 벙어리의 손에 숟가락을 쥐여준다. 벙어리가 몸을 일으킨다. 잠시 제 앞에 놓인 밥상을 보고 멈칫하더니 밥을 한 수저 푹 뜬다. 가지나물을 집어먹고 김치도 입에 넣는다. 벙어리가 밥을 먹는 걸 보고 연희도 숟가락을 드는데, 이상하다. 숟가락을 든 오른쪽 팔부터 어깨까지 전기가 지나가는 것처럼 찌릿하

280

다. 처음엔 배가 아픈 건가 했는데 그게 아니다. 몸속에서 뭔가가 흐르고 있는 것이다. 어깨까지 올라간 그것은 가슴으로 다시 내려오고 젖꼭지까지 미끄러진다. 침을 맞은 것처럼……, 이것은 젖이 도는 것이다. 연희는 몸을 돌리고 앉아 가슴을 손으로 문지른다. 그리고 블라우스 앞단추를 끄른다. 쪼그라들고 처진 가슴에 젖꼭지가 바짝 선 채로 도드라져나온다. 허연 물기가 젖꼭지 끝에 눈물처럼 맺혀 있다. 연희는 오물거리는 아이의 입술에 젖을 물린다. 잠시 입술을 허둥거리던 아이가 몸을 온통 입속으로 빨아들일 듯이 맹렬하게 젖을 빨기 시작한다. 금방이라도 뜨물 같은 젖이 뚝뚝 떨어질 것만 같은 찌릿한 느낌이 가슴을 휘젓는다. 연희는 부르르 진저리를 친다. 그러거나 말거나 벙어리는 이쪽은 쳐다보지도 않고 고개를 밥그릇에 푹 박은 채 쩝쩝 게걸스러운 소리를 내며 밥을 퍼먹고 있다.

궁

연희는 고개가 아프도록 건물을 올려다본다. 돔은 여전히 햇살 아래 그 위용을 당당하게 드러내고 있다. 꿈의 궁전이라 생각하게 해주었던 돔은 거대한 어둠의 사인처럼 연희를 내려다보고 있다. 물도 없이 알약이라도 한 움큼 삼킨 것 같아 연희는 연신 목을 문지르며 자꾸만 마른침을 삼킨다.

지푸라기라도 잡는 심정으로 상만과 법원에 나가 경매입찰표를 작성했지만 결국 실패하고 말았다. 경매낙찰자는 삼십대쯤으로 보이는 젊은 여자였다. 싸구려 화장품 냄새를 풍기는 여자는 어딘가 좀 비어 보이는 듯한 인상이었지만 에메랄드를 잘 꾸려나갈 것처럼 보였다. 모텔은 다음달까지 비워주기로 했다. 모텔 내외부의 리모델링을 하느라 에메랄드는 또 한바탕 힘겨운 씨름을 하게 될 것이다. 마치 자식의 수술 날짜를 잡아놓은 어미처럼 연희는 가슴이 아프게 저려오는 것을 느낀다. 모텔 현관문을 잡고 서 있는데 뜨거운 덩어리가 다시 또 올라온다. 울화인지 눈물인지 모를 것이 벌써 보름째 연희의 가슴속을 들락거리고 있다.

317호는 비어 있다. 벙어리가 편지 한 장만 달랑 남긴 채 떠난 것이 벌써 한 달이 넘었다. 벙어리를 치유한 것은 다현이였다. 시무룩하게 누워만 있는 벙어리를 처음으로 웃게 한 것도 다현이고, 벙어리의 눈에 생기를 불어넣어준 것도 다현이였다. 은행 일로 바빠서 317호에 들르지 못하는 날이 많아지자 벙어리가 다현이를 챙기기 시작했고, 다현이는 자신의 존재만으로 벙어리를 위로한 것이다. 아니, 다현이는 처음부터 특별한 능력을 가진 아이였다. 제 어미의 잘못을 모두 덮고도 남을 만큼 타인을 행복하게 만드는 아이였다.

어느 날 방에 들어가보니 벙어리가 다현이를 꼭 품고 자고 있었다. 그러고 보니 두 사람이 어딘가 닮은 구석도 있어 보였다. 연희는 벙어리의 어깨를 툭툭 건드려 깨웠다. 눈을 뜬 벙어리가 연희를 보더니 다현이의 머리를 조심스럽게 들어 아기베개에 뉘었다. 못 보던 베개였다. 개구리가 그려진 초록색 베개였는데 베개를 베고 누운 다현이의 얼굴이 환하게 피는 느낌이 났다.

– 웬 거야?

– 샀어요. 아기베개가 없어서.

– 밖에는 어떻게 나갔어?

– 다현이 업고요.

종이에 여기까지 적은 벙어리가 수줍게 웃었다. 바싹 메말라 있던 벙어리의 얼굴 어딘가가 어렴풋하게나마 채워진 모습이었다. 연희는 잠시 망설이다가 벙어리가 쓴 글자 밑에 볼펜으로 점을 꾹 찍었다. 할 이야기는 하고 넘어가야겠다는 생각이었다.

- 모텔이 경매에 넘어갔어. 너도 이제 니 갈 길로 가.

볼펜을 들고 한참을 망설이던 벙어리가 결심한 듯 종이를 자기 쪽으로 들고 갔다.

- 알았어요.

- 어디로 갈 거야?

- 일단은 어머니한테로 가겠어요.

- 그래, 넌 어디에 가든지, 뭘 하든지 잘해낼 거야. 성실하니까.

- 부탁이 있어요.

- 뭔데?

- 어려운 부탁일지도 몰라요.

- 뭔데?

- 다현이

- 다현이가 왜?

- 절 주세요.

연희는 입을 쩍 벌리고 벙어리를 보았다. 벙어리의 표정이 애절해졌다. 얼굴의 주름들이 한곳으로 모이고 눈에는 금방 물기가 차올랐다.

- 엄마가 버린 아이잖아요. 찾으러 올 시간은 이미 지났어요.

제가 잘 키울게요.

 - 니가 어떻게 애를 키울려고.

 - 엄마랑 같이 키우면 돼요. 저는 무슨 일이든지 할 수 있어요. 근데 다현이가 있어야 할 것 같아요. 다현이가 없었으면 저는 다시 죽었을 거예요.

 - 잘 생각해봐. 남의 애를 키우는 건 절대 쉬운 일이 아냐. 일단 고향에 내려가서 니 엄마랑 의논하고, 충분히 생각한 후에 결정해도 늦지 않아.

 - 저, 자신 있어요.

 - 다현이 때문에 그래. 니가 키울 수 없을 때 다현이는 두 번 상처를 받게 되는 거야.

벙어리가 연희의 팔을 잡았지만 연희는 더 이상 아무 말도 하지 않고 방을 나와버렸다. 다현이를 키우겠다고 결심한 것은 아니었다. 혜미를 기다리고 있었다. 다현이를 키울 것이냐 말 것이냐는 그다음 문제라고 생각했다. 하지만 벙어리 말이 맞는지도 몰랐다. 혜미가 올 시간은 이미 지난 것이다.

벙어리는 사흘 뒤 떠났다. 벙어리가 에메랄드에 머문 지 꼭 두 달 만이었다. 벙어리가 남긴 편지에는 연희의 생각이 바뀌면 다현이를 데리러 오겠다는 것과 제 엄마가 가 있다는 고향집 주소가 적혀 있었다.

다현이를 업고 보육원 앞까지 갔다가 다시 돌아온다. 이 헛걸

에메랄드 궁 285

음이 벌써 두번째다. 내일은 꼭 데려다주겠다 생각한다. 벙어리가 이곳을 떠난 지 한 달이 지났지만 아직 그에게서는 아무런 연락이 없다. 그것이 새삼스럽거나 놀랄 일은 아니라고 연희는 생각한다. 무슨 사정이 있거나, 제 어미가 기겁을 했거나, 생각이 바뀌었거나 했겠지만 벙어리가 다현이를 버린 것은 아니다. 다현이는 제 엄마가 버렸다.

다현이를 키워볼까, 하고 생각하지 않은 것도 아니다. 하지만 제 자식도 갖다버린 년이 남의 자식을 잘 키울 리가 없다. 앞으로 혼자서 살아야 하고 생계 역시 스스로 책임져야 한다. 먹고사는 일이 인생의 전부가 되어버린 것이다. 결국 처음 아이를 버린 그때와 지금, 달라진 게 하나도 없다. 내 자식도 아닌 다음에야 언제든지 아이를 다시 버릴 수가 있다는 말이 된다. 이런 상처를 아이에게 줄 수는 없다. 그래서 그런 것이다. 이 뜨거운 생명을 덥석 안을 수가 없는 것이다.

어디서 밤새 술을 퍼마신 건지 까치집 머리를 한 상만이 저만큼 걸어오고 있다. 어슬렁거리며 걷는 상만은 지치고 병든 짐승 같다. 그도 곧 떠날 것이다. 집을 비워야 하는 한 달의 유예기간 동안 그 역시 연희처럼 쉽게 일상에 젖어들지 못하고, 쉽게 잠들지 못하고, 쉽게 짐을 싸지 못할 것이다. 그나 연희나 지나간 시간들에 연연하느라 코앞에 닥친 내일을 꿈꾸지 못한다. 더 이상 일일연속극의 다음 장면을 궁금해하지 않는 사람들이 되어버렸다.

연희는 칭얼거리는 아이의 등을 추스르며 현관 앞 돌화분에 걸터앉는다. 시간이 지날수록 제 인생의 불행을 눈치챈 것인지 아이는 가끔 목을 놓아 운다. 어느 날 사라졌음을 뒤늦게 알게 되는, 이미 오래전에 도둑맞은 물건처럼 그렇게 엄마의 부재를 느끼게 되기까지 아이는 길고도 험난한 길을 걸어가야 할 것이다. 그 또한 연희는 궁금해하지 않으려 한다.

장사를 막 시작하려는지 정란씨 부부가 포장마차를 부리고 있다. 일손이 굼뜬 남편에게 신경질을 내며 고함을 질러대던 정란씨가 이쪽을 보다가 연희와 눈이 마주친다. 정란씨가 손을 흔든다. 연희가 마주 손을 흔들자 그때까지 칭얼거리고 있던 아이가 손을 들며 빠이빠이 하고 소리내어 말한다. 뒤돌아보니 아이의 얼굴엔 함박웃음이 봄햇살처럼 내려앉아 있다. 그 속엔 갑작스러운 재앙을 맞이한 피폐함도, 버려진 슬픔 따위도 찾아볼 수 없다.

문득 울컥 목이 멘다. 아직 이 길이 끝나지 않은 것인가, 먼 길을 돌아 처음의 그때로 다시 돌아왔지만, 아직 걸어가야 하는 것인가, 이 아이가 살아내어야 할 만만찮은 시간을 독을 품은 꽃처럼 기어이 지켜보아야 하는 것인가, 하는 생각들이 마치 라디오에서 흘러나오는 갑작스러운 공습경보처럼 연희를 옭아맨다. 결국 내가 나를 포기하지 않으면 이 세상에서 나를 쓰러뜨릴 것은 아무것도 없다는 오기 같은 것이 역류하듯 올라온다. 연희는 입안 가득 고인 뜨거운 침을 꿀꺽 삼킨다.

아이가 발을 까불며 연희의 엉덩이를 찬다. 절벽에서 떨어지지 않기 위해 마지막 순간까지 놓치지 않아야 할 나뭇가지처럼 절박하게 잡고 있어야 할 연희의 등을 아이는 깨득깨득 웃음을 풀어놓으며 투닥투닥 차고 있다. 정란씨가 다현이 이름을 부르자 더욱 큰소리로 아이는 빠이빠이를 외친다. 번쩍 높이 쳐든 정란씨의 손이 마치 만선의 깃발처럼 힘차게 흔들린다.

작가의 말

처음 그녀의 이름을 지어주었던 때가 생각납니다. 얼마나 가슴이 두근거렸는지요. 가장 그녀다운 이름이 무엇일까 고민하며 이렇게도 저렇게도 소리내어 불러보곤 했습니다. 가끔 새로운 삶에 적응하기 위해 새 언어가 필요할 때가 있었습니다. 그럴 땐 어쩔 수 없이 이름이 바뀌기도 했지요. 새로운 이름이 내 혀에 자연스럽게 적응되기까지 난 또 그녀와 힘겨운 씨름을 다시 시작하곤 했습니다.

가끔 몇 달씩 어두운 서랍 속에서 잠들고 있기도 했지만 한 번도 그녀를 외면하거나 잊은 적은 없었습니다. 그녀 역시 나를 다그치지 않았습니다. 그동안 세 권의 책을 내었고, 시간은 마치 누가 뭉텅 잘라내기나 한 것처럼 빠르게 지나갔습니다. 새로운 책이 나올 때마다 나는 그녀를 꺼내 오래오래 만지작거렸습니다.

그녀는 마치 내 몸에 붙어 있는 또다른 심장 같았습니다. 나는 아직도 꿈을 꿉니다. 그녀와 손을 잡고 있지는 않지만 늘 함께 걷고 있는 꿈입니다. 가끔 그녀의 몸과 내 몸이 붙었다가 떨어지곤 합니다. 아무도 앞서 걸어나가지 않습니다. 이렇게 긴 여정일 것을 마치 알고 있었다는 듯이 말입니다.

얼마 전 아버지 산소에 다녀왔습니다. 돌아가신 지 올해로 십이 년이 되었지만 아직도 친정집 안방에 누워 계실 것만 같은 아버지는 이제 육신은 한 줌 흙이 되고, 영혼은 그곳의 노랑맷새가 후루룩 마셔버렸겠지요. 산소에 가면 이런저런 이야기를 나누곤 하는데, 아버지도 처음과는 달리 제법 말씀이 많아지셨습니다. 뭐하다가 이제 왔노, 외롭다, 자주 오너라, ……하시는 소리는 늘 같지만 말입니다.

상석 밑에 넣어두었던 책을 꺼내었습니다. 책을 쌌던 비닐은 다 찢어지고 비를 잔뜩 머금은 책은 불린 콩처럼 뚱뚱해졌습니다. 한 손으로 들어도 묵직한 책을 종이가방에 넣고 새 책을 상석 밑에 넣었습니다. 아버지는 또 막내딸이 쓴 새 책 읽는 재미가 쏠쏠하겠지요. 여기저기 자랑도 하고 싶을 텐데 이곳에서 자랑은 어떻게 하는지 모르겠습니다.

바닷가 자갈밭 한구석에 쪼그리고 앉아 조심스럽게 불을 피웠습니다. 습기를 잔뜩 머금은 책은 연기만 피워댈 뿐 좀처럼 탈 엄두를 내지 못합니다. 나는 연기 때문에 눈물을 질질 흘려대면서

290

나뭇가지로 젖은 책을 뒤적거립니다. 문득, 활활 타지 못하는 것
이 덜 여문 글 때문이 아닐까 하는 생각을 합니다. 한 장 한 장
뜯어 불에 말렸다가 다시 태웁니다. 글자가, 문장이, 눈에 들어옵
니다. 제대로 붙기 시작한 불 때문인지, 부끄러움 때문인지 얼굴
이 화화 달아오릅니다.

타고 남은 재는 금방 들어온 바닷물이 휙 쓸어가버렸습니다.
책을 한 권 불태우고 돌아서는 발길은 무겁습니다. 언제 나는 파
란 불꽃으로 뜨겁게 타서 자신 있게 훨훨 날아오르는 내 글들을
볼 수 있을까요.

많은 시간 동안 내 변덕을 받아주고 참아주던 그녀, 아주 가
끔 내 변덕에 심통을 부리기도 했지만 늘 내 편이었던 그녀에게
사랑한다고 말하고 싶습니다.

피노키오에게 생명을 불어넣어준 요정처럼 그녀를 세상의 빛
가운데로 당당하게 내보내준 심사위원님께 감사의 말씀을 전합
니다.

무관심한 척하면서도 사실은 마음 깊이 내 글쓰기를 지지하는
사랑하는 가족들, 감사합니다.

내 소설이 누군가에게 작은 울림이나마 남길 수 있기를 바랍니
다. 매운 연기만 피워올리는 글이 아니라 맑고 밝은 불길을 낼 수
있는 그런 소설을 쓰겠습니다. 앞으로 세상을 좀더 낱낱이 보고,
배우고, 사색하는 작가가 되겠습니다.

에메랄드 궁

1판 1쇄 펴냄 2013년 3월 21일
1판 3쇄 펴냄 2013년 3월 25일

지은이 박향
펴낸이 이수철
펴낸곳 나무 옆 의자

출판등록 2001 . 10 . 15 . 제03-01326호
주소 경기도 고양시 일산동구 장항동 622-19
전화 02) 706-2367
팩스 02) 718-5752

공급처 현문미디어
전화 02) 703-2367 **팩스** 02) 718-5752
홈페이지 www.hmbooks.co.kr
인쇄 제본 현문자현 **종이** 월드페이퍼

값 12,000원 **ISBN** 978-89-97962-08-2 03810

* 나무 옆 의자는 출판인쇄그룹 현문의 자회사입니다.
* 잘못된 책은 바꿔드립니다.
* 이 책의 전부 또는 일부 내용을 재사용하려면 반드시
  저작권자와 나무옆 의자에게 동의를 받으셔야 합니다.

국립중앙도서관 출판시도서목록(CIP)

에메랄드 궁 : 박향 장편소설 / 지은이: 박향. ──
고양 : 나무옆의자, 2013
p. ; cm
수상: 제9회 세계문학상 대상, 2013
ISBN 978-89-97962-08-2 03810 : ₩12000

한국 현대 소설[韓國現代小說]

813.62-KDC5
895.734-DDC21   CIP2013001464